낭만컨설팅

낭만컨설팅

은승완
장편소설

폭스코너

차례

지금 이 순간에도 세상 어딘가에선 박람회가 개최되고 있을 것이다. 굳이 인터넷을 열심히 들락거리지 않아도 알 수 있는 일이다. 오늘날은 소비의 시대이자 익명성의 시대이며 디지털미디어 시대이자 무슨무슨 시대인 만큼 또한 박람회의 시대이기도 하니까. 박람회가 열린다는 건, 도시의 멀티플렉스 영화관에서 3D영화가 상영되고, 거대한 타워크레인이 높은 빌딩을 한 층 한 층 쌓아가며, 공장의 컨베이어벨트에서 자동차가 조립되고, 통신사 마케팅팀에서 신상품 판매계획이 수립되며, 몇 년째 적자에 허덕이고 있는 테마파크 사장실에서 관람객 유치 전략이 수정되고, 무명작가의 짧은 글이 SNS에서 화제가 되고, 서른두 살 아무개의 결혼 계획이 결정되며, 또 다른 아무개의 숨이 꼴깍 넘어가는 것만큼이나 흔하디흔한 일이다. 사람들이 밥을 먹고 일을 하고 수다를 떨고 가끔 술을 마시거나 운동을 하듯 기업들과 단체들은 태연하게 박람회를 개최한다. 각종 취업박람회나 상품박람회에만 해당되는 말이 아니다. 알고 보면 음악콩쿠르니 백일장대회니 머슬마니아니 하는 것들도 모두 그것의 일종이니까. 사실 인간 세상 자체가 거대한 박람회장이다. 그렇게 박람회는 우리

곁에 은밀하게 다가와 시치미를 뚝 떼고 세상의 일부가 되어 있다.

* * *

내 삶에 박람회가 끼어든 건 햇살이 따사로운 어느 봄날이었다. R컨설팅에 입사한 지 꼬박 일 년하고 며칠이 지난 그날, 나는 회의에서 무슨 말을 해야 할지 궁리 중이었다. 안건은 간단했다.

회사를 부흥시킬 아이디어 회의.

그런 것도 회의 안건이 될 수 있다는 사실이 신기했다. 그날따라 내 심기는 몹시 불편했는데, 회의 제목에서 느껴지는 내용과 현실의 부조화 탓이 컸다. 새삼스럽게 부흥이라니……. 그건 한때라도 흥했던 적이 있다는 말이 아닌가. 그러나 내가 보기에 이 회사는 그랬던 적이 없었다. 사장이 고심해서 골랐을 '부흥'이라는 단어는 한마디로 우리 회사에 어울리지 않는 말이었고, 그것이 살을 파고들어가는 발톱처럼 신경을 아프게 건드렸다.

결국 나는 아이디어를 떠올리려는 노력을 포기했다. 될 대로 되라지. 점심식사 후에 들른 카페의 출입문이 열리면서 얼떨결에 한줄기 바람이 따라 들어왔다. 어쩔 줄 몰라 하는 바람의 옷깃에서 봄내음이 훅 끼쳤다. 덕분에 기분마저 부드러워졌던 것일까. 회사에 처음 면접을 보러 오던 순간이 마치 오래된 추억처럼 떠올랐다.

그날 사장은 만면에 미소를 띠고선 자리를 권했다. 그때까지도 나는 의심을 떨치지 못했었다.

R컨설팅. 직원 모집. 카운슬링&컨설팅 직. 나이 성별 학력 경력 상관없음. 상담자격증 소지자와 이벤트 유경험자 우대. 문장력 있는 분 환영.

연애편지 대필 경험자 환영. 사랑하는 사람의 이름을 목청껏 불러본 적 있는 분 환영. 남의 이익을 위해 자기의 이익을 포기했던 적 있는 분 환영. 술자리에서 분위기에 구애받지 않고 시를 읊을 줄 아는 분 환영. 세상의 모든 법규와 관습, 제도라면 의심부터 해보는 분 환영. 가난한 자, 약한 자의 운명에 눈물 흘려본 적 있는 분 환영. 한때 혁명을 위해 기꺼이 죽을 수 있다고 결심했던 분 가열차게 환영. 낭만적인 것을 위해서라면 인생을 걸 수 있다고 믿는 분 엄청나게 환영. 업무와 희망 연봉은 면접 후 결정합니다.

그 며칠 전이었다. 나는 인터넷 구인 사이트 공고를 읽어내려가면서 고개를 갸웃거렸었다. 무슨 구인광고가 이래? 요새

유행하는 개그 패러디인가? 나는 사이트를 확인하지 않을 수 없었다. 다시 봐도 그건 구인광고였다.

그즈음의 나는 절망과 낙담에 중독돼 있었다. 사십 줄이 가까운 나이에 곶감 빼먹듯 쉽게 일자리를 구할 수 있으리라 자신했던 건 아니다. 그 정도 현실감각은 내게도 있었다. 그러나 상황은 예상보다 훨씬 심각했다. 지원이라도 해볼 수 있는 직장은 다섯 손가락으로 꼽을 정도였다. 하긴 누구 탓을 하겠는가. 주제 파악도 못하고 호기롭게 회사를 때려치운 스스로를 원망하는 수밖에. 그건 인생이 내게 가하는 냉혹한 복수였다. 참으로 이상한 일이었다. 회사를 그만두고 시나리오를 만지작거리던 일 년 동안 밑도 끝도 없긴 했지만 내겐 자신감이 있었다. 그러나 벌어놓은 생활비를 까먹고 나자 제일 먼저 시나리오를 포기하게 되었다. 자신감 같은 건 온데간데없이 사라지고 말았다. 영화감독이 되겠다고 떵떵거리던 체면에 대놓고 취직자리를 알아볼 수도 없었다. 어찌 보면 순전히 오기에 가까웠다. 직장에 다시 들어가는 대신 나는 몇 년 동안 아르바이트만 했다. 처음에는 소규모 광고기획사들의 연례보고서나 브로슈어, 팸플릿과 카탈로그 등을 기획하고 카피를 쓰는 일들을 했지만 그런 일들도 점점 줄어들다가 급기야 모두 끊기고 말았다. 그렇게 십 년을 버티는 동안 남은 것이라곤

습관처럼 익숙해진 가난과 훌쩍 먹어버린 나이뿐이었다. 시간이야말로 거짓을 들추고 허영을 무너뜨리는 묘약이다. 그러니까 내게 있었던 건 자신감이 아니었다. 아무짝에 쓸모없는 똥배짱, 바로 그것이었다. 밥줄이 끊기자 그저 막막하고 두려웠다. 막다른 길에 내몰린 심정이랄까. 그런데 그 구인광고가 실낱같은 희망을 지펴준 것이다.

회사는 서울 변두리의 낡은 오피스텔에 입주해 있었다. 사장실에서 눈길을 잡아끈 건 베이지색 보드판에 붙어 있는 두 장의 사진이었다. 탐스런 꽃잎을 활짝 펼친 자줏빛 목련 한 송이. 그리고 원경으로 찍은 목련나무 한 그루. 봄날 한때, 나무는 어느 연립주택 화단에서 꽃망울을 터뜨리며 하늘을 향해 팔을 높이 벌리고 있었다. 꽃과 나무 사진 찍는 게 취미인가? 그렇게 보기엔 구도나 색감이 지극히 평이했다.

"영화 조연출도 하시고 시나리오를 쓰셨군요. 아직 입봉작은 없는 건가요?"

사장이 이력서와 자기소개서를 들여다보며 물었다.

"네, 아직은."

차마 '앞으로도'라고까진 대답하지 못했다. 이력서엔 일 년여 만에 중단된 시나리오 작업을 최대한 부풀려서 썼다. 하지도 않았던 조연출 경력까지 써넣었던 건 구인광고란에서 본

'이벤트 경력자 우대'라는 조건에 혹시라도 부합하지 않을까 싶어서였다.

"단편영화 같은 거라도 있을 거 아닙니까?"

"아, 아쉽게도요."

내가 처음 쓴 시나리오는 감상적이고 어설픈 작품이었다. 길고양이와 노숙자의 우정을 그린 그 작품은 공모전에서 광속으로 탈락했다. 네가 감독이라면, 고양이한테 이런 심오한 감정연기를 시킬 수 있겠냐? 선배는 무덤덤하게 한마디를 던졌을 뿐이다. 나는 심기일전해서 내 모든 열정과 에너지를 쏟아부어 폭력과 섹스와 코믹과 판타지와 스릴러가 결합된 장르도, 주제도, 스타일도 애매하기 짝이 없는 작품을 하나 더 썼다. 그 시나리오를 제일 처음 읽어본 소설가 친구는 기대에 찬 내 가슴에 비수를 꽂듯 이렇게 말했다. 만약 이게 공모전에 뽑힌다면 내가 쓴 소설이 우리나라의 문학상을 모조리 휩쓸고도 남을 거라 장담한다. 그날 나는 그의 면전에서 그가 쓴 소설을 갈기갈기 찢어버리고 싶은 충동을 견디느라 초인적인 인내심을 발휘해야 했다. 하지만 두 달이 지나고 나서 나는 깨달았다. 그 친구야말로 내 면전에서 내 시나리오를 갈기갈기 찢어버리고 싶은 충동을 참느라 초인적인 인내심을 발휘했을 것임을.

"괜찮은 직장까지 그만두고 십 년간 영화판에 있었다면 뭔가 성공할 거라는 믿음이 있었던 것 아닌가요?"

"시작할 때만 해도 철이 없어서 그랬던 것 같긴 한데……."

'십 년간 영화판'이라는 말이 가슴을 뜨끔하게 했다.

"먹고사는 문제는 어떻게?"

"틈틈이 아르바이트를 했습니다."

"넉넉하진 않았겠네요."

이번에는 부아가 끓어올랐다. 그걸 지금 말이라고……. 생활이 넉넉하면 이런 정체가 의심스런 회사에 면접씩이나 보러 왔겠냐. 소리라도 질러주고 싶어졌다. 사장이 이력서와 자기소개서를 내려놓더니 나를 물끄러미 쳐다보았다. 깊은 물속을 들여다보기라도 하듯 진심을 파악하려는, 그런 눈길이었다.

"우리 회사는 물건을 파는 회사가 아닙니다. 그렇다고 명확한 서비스를 파는 회사도 아닙니다."

"그럼 뭘 파시는데요?"

이판사판이라는 심정으로 내가 물었다.

"좋은 질문입니다. 그러니까 우리는 낭만을 팔아보려고 합니다."

"아, 네……."

그러니까 낭만인지 뭔지를 파는 것도 아니고 팔아보려고 한다고? 그럼 그렇지. 나 같은 놈과 면접을 보려는 회사인데 어디 온전할 리 있겠어.

"낭만을 판다는 것 자체가 낭만적인 행위는 아니지요. 얼핏 생각해봐도 그렇죠? 그 낭만이란 걸 상업적으로 포장한 것일 테니까요. 하지만 나는 그런 방식으로라도 이 세상에 낭만을 퍼뜨리고 싶습니다. 언제부터인가 사람들의 가슴에서 말라죽어버린 낭만, 세상에서 점점 소멸해가는 낭만, 젊은 날에 한 번쯤 꿈꾸었던 바로 그 낭만 말입니다. 그렇게 따지면 이건 사업이라기보다 미션이라고 봐야 합니다."

사장이 자리에서 벌떡 일어났다. 생각보다 키가 훌쩍 컸는데, 찢어진 청바지에 체크무늬 인디고블루 셔츠가 꽤나 잘 어울렸다. 복장 하난 어지간히 낭만적이군.

"우리의 실질적인 서비스는 컨설팅과 이벤트, 카운슬링 같은 것들입니다. 하지만 그건 수단일 뿐 목적이 아닙니다. 우리들이 돈을 버는 건 사람들의 가슴에 죽어가는 낭만을 되살리고, 세상에서 말라가는 낭만에게 물을 줘서 다시 번성하게 하는 것이지 이윤 자체는 아니라는 겁니다. 혹시《좋은 기업을 넘어 위대한 기업으로》라는 책을 읽어보셨나요?"

"못 읽어봤습니다."

"기업컨설턴트가 쓴 세계적인 베스트셀러지요. 내용을 한 마디로 요약하면 이겁니다. 정말로 위대한 기업들은 결코 단기간의 이익만을 좇지 않았고 독창적인 가치를 추구했으며 때론 그 가치를 위해 이익을 포기할 때도 있었다는 겁니다. 그렇게 자기들의 가치를 추구한 결과 단지 좋은 기업으로 그치는 게 아니라 위대한 기업으로 성장할 수 있었다는 거죠."

나는 하마터면 사무실이 떠나가라 박장대소를 터뜨릴 뻔했다. 웃음을 참아내느라 고개를 수그린 채 어금니를 꽉 물고 두 주먹을 움켜쥐었다. 지금 농담을 하는 건 아닐 테고 혹시 과대망상증인 걸까? 서울 변두리의 낡고 허름한 사무실에서 위대한 기업 운운한다는 게 가당키나 한 일인가. 낭만이라니요? 사장님! 아니 당신, 대체 정체가 뭐야? 댓바람에 묻고 싶은 충동을 나는 겨우 억눌렀다.

"뭔가 거창하고 추상적이네요."

"뭐가요? 낭만은 추상이 아닙니다. 거창한 것도 아니지요. 그건 구체이면서 현실입니다. 어린 시절을, 그리고 젊은 날을 떠올려보세요. 음……."

사장은 이번에도 정색을 하고 말했다.

"윤석민 씨는 왜 느닷없이 회사를 그만두고 영화를 만들려고 했습니까? 따지고 보면 그것도 낭만적인 결정 아니었나요? 벌어놓은 돈이 있는 것도 아니고, 집이 부자인 것도 아니고, 그쪽 판에 인맥이 있는 것도 아니라고 자기소개서에 썼던데, 아무런 보장도 없는 그 일에 왜 무작정 뛰어들었느냐 그 말입니다."

딱 일 년 하고 손 털었다니까요. 그렇게 대답할 수는 없었다. 사장은 느닷없이 자기 가슴 부위에 오른손을 얹었다. 그리고 손을 슬그머니 움켜쥐더니 심장 근처를 툭툭 두드렸다.

"바로 이 가슴이 시켰기 때문 아닌가요. 머리가 아닌 가슴 말입니다."

나는 갑자기 먹먹해지고 말았다. 사장이 나를 불행한 예술가로 여기는 건 천부당만부당한 오해였다. 그럼에도 그때껏 내게 그런 말을 해준 이는 아무도 없었다. 오래전 안정적이었던 직장을 때려치우고 영화를 하겠다고 했을 때, 주변에서 보인 반응들은 딴판이었다. 어머니는 "이 썩을 놈이 배때기가 불렀네"라며 호통을 쳤고, 애인이었던 여자는 "자기, 혹시 딴 여자 생겼어?"라고 시무룩한 얼굴로 물었다. 친구 중 한 명은 "비융신, 인생이 만만한 줄 알지?"라며 이기죽거렸다. "그럼, 한 번뿐인 인생인데 하고 싶은 걸 하며 살아야지"라고 격려해준 이도 없진 않았지만 대부분 무관심에 가까운 반응이었다. 그런데 그 바닥에서 두 손 두 발을 턴 지 십 년 가까이 지난 뜻밖의 장소에서 생판 모르는 타인에게 진심으로 이해받는 기분이었다.

느닷없이 눈물이 울컥 쏟아져 나와서 나는 고개를 숙이고 손으로 얼굴을 가렸다. 전혀 예상하지 못한 상황이라 무척 당황스러웠다. 한동안 나와 사장의 숨소리만 빈 공간에 들썩거렸다.

"윤석민 씨! 당신은 합격입니다. 우리와 함께할 자격이 있어요. 당장 다음 주 월요일부터 이곳으로 나오시길 바랍니다."

사장은 성격파 배우처럼 힘 있는 목소리로 말했다. 나도 연기파 배우처럼 호소력 있는 목소리로 대답하고 싶었지만 잘되지 않았다. 다음 주부터 출근하겠다고 겨우 대답했을 뿐이다.

사무실을 나와 지하철역으로 걸어가는데 엄청난 후회가 밀려들었다. 무조건 나가겠다고 말하다니, 제정신인가. 나는 걸음을 멈추고 내 머리를 쥐어박았다. 그 이상한 회사가 제대로 월급이나 줄지 어떻게 안단 말인가. 그럼에도 이미 엎질러진 물이었다. 며칠 다녀보고 아니다 싶으면 그때 그만둬도 늦지는 않았다.

처음엔 회사의 전후사정을 파악하기 위해서, 일주일이 지나고선 특별히 오라는 데도 없고 해서, 보름이 지나고부턴 한 달을 채우고 월급을 받기 위해서, 나는 그 회사에 나름 성실하게 출퇴근을 했다. 심지어 지각이나 조퇴 한 번 하지 않았고 틈틈이 야근까지 했다.

입사 후에 내가 해온 일은, 그러나 '낭만'이라기엔 너무 흔한 것들이었다. 회원제로 운영하는 연애상담과 갖가지 작업의 기술 제공하기. 상세한 케이스별 매뉴얼은 사장이 모두 작성해놓은 상태였고, 나는 그것들을 참고하고 적당히 응용해서 주로 이메일 상담을 해주었다. 사장이 진행하는 상담은 따로 있었다. 바로 유부남 유부녀 커플들에 대한 비밀상담이었는데, 청춘남녀에 비한다면 훨씬 상담료가 높았다. 회사 수익의 대부분은 거기서 나오고 있었다. 목구멍이 포도청이라지만 회의감이 드는 건 어쩔 수 없었다. 이런 식으로 회사가 계속 유지될 수 있을지도 의문이었다.

"이 일을 계속할 생각은 없습니다. 어쩌다보니 여기까지 와버렸네요. 조만간 무슨 수를 내긴 내야겠습니다."

내 속내를 엿보기라도 했는지 사장이 흘린 말이었다. 회원제 연애상담은 고육지책이라는 변명. 회사 연혁을 뒤적거려보면 거짓인 것 같지는 않았다. 홈페이지에 대문짝만 하게 실린 사진은 '남녀 솔로커플 1,000인 만남 이벤트'였다. 몇 년

전 인터넷에서 화제가 된 '솔로대첩'의 전신쯤 될까. 그러나 다른 이벤트 업체들이 더욱 화려하고 거창한 청춘커플 맺어주기 이벤트를 실시하면서 철수해야 했단다. 월회비를 받고 개인회원들 프러포즈를 대행해주는 사업도 예전만 못해 중단된 상태였고, 부부 상담센터와 어렵게 협찬을 맺어 시행한 부부 간 낭만 찾기 프로그램도 몇 달 만에 중단되었다. '낭만적인 사무실 분위기로 업무효율 높이기'라는 제목으로 기업컨설팅을 시행하려 했지만 번번이 먹히지 않았다고 했다. 교육사업과 연계하려고도 했는데, 인프라 구축에 돈이 많이 들어 포기해야 했다.

첫 월급을 타고 나자 다시 무력감이 찾아들었다. 여기서 멈춰야 하나 계속 함께 가야 하나? 그날 사장이 소금구이 삼겹살에 소주를 사주었다.

"원래 말씀하신 것과 업무가 다르잖습니까? 연애상담은 그렇다 쳐도 유부남들의 상담까지 하는 건 좀……."

나는 술기운을 빌려 불만을 털어놓았다. 사장은 흔들림 없는 눈길로 나를 건너다보았다. 면접 때의 그 말간 눈동자로.

"윤 과장님, 나야 많이 보진 않았지만 세상의 수많은 문학작품과 영화와 드라마가 불륜을 소재로 다루고 있다고 들었습니다. 그게 왜 그런 것 같습니까?"

"뭐, 그야……."

"절대 불륜을 옹호하거나 조장하자는 게 아닙니다. 다만 일부일처제의 족쇄에 빠져 이러지도 저러지도 못하는 대한민국 기성 남녀들의 어려움을 은밀하게 해결해주자는 것이지요. 가정은 이 사회의 마지막 보루지요. 그러니까 가정불화를 은밀히 막아주는 건 총을 들고 휴전선을 지키는 것만큼이나 중요한 일이에요. 이건 국정원도 못하는 일입니다."

"그런가요?"

"자자, 곧 다른 사업을 시작하면 보람을 느낄 날도 올 겁니다."

사장이 내 어깨를 툭툭 치며 위로했다. 이쯤 되면 더 가보는 수밖에 없었다. 뭐, 다른 직장에서 와달라는 스카우트 제의가 있는 것도 아니었으니까. 그날 이후 나는 바쁘다는 핑계로 사장이 떠넘긴 불륜 알리바이까지 작성할 때가 많았다.

2

회의실에는 전 직원이 모여 있었다. 최종호 사장, 미술사를 전공하고 연극판에서 활동하다가 입사한 다재다능한 오진주 대리, 이벤트 회사와 중소기업에서 근무하다가 구조조정 된 뒤 입사한 김태민 과장, 그리고 나.

"모두 고객들 건 잘 진행하고 있죠? 이상 있는 분 말씀해보실까요?"

사장이 직원들을 둘러보며 말했다. 나와 김 과장은 각각 백 명이 넘는 온라인 연애상담 회원들을 관리하고 있었다. 오 대리는 주로 여성 고객들의 컨설팅과 경리 일을 함께 담당했다. 여성 고객의 경우엔 몇 명 되지 않았지만 더 치밀한 답변을 요구해오는 바람에 머리 아프긴 마찬가지라고 했다.

우리 셋은 서로의 얼굴만 멀뚱멀뚱 돌아보았다. 무소식이 희소식. 현재까지 특별한 문제는 없는 모양이었다.

"다들 큰 문제가 없다니 좋습니다."

사장이 미소를 지으며 사가지고 온 커피를 돌렸다. 오 대리는 카페라떼, 김 과장은 카푸치노, 나와 최 사장은 아메리카노였다. 그가 직원들에게 커피를 서비스하는 건 이번 달 월급도 일주일가량 늦어진다는 신호임을 아무도 모르지 않았다.

"음, 아시다시피 회사가 갈수록 어려움이 많아요. 그럼에도 여러분들이 헌신적으로 열심히 일을 해주셔서 그저 고마울 따름입니다. 이번 달도 자금 사정이 안 좋아서 여러분들 월급이 늦어질 것 같습니다. 제가 참 죄송한 마음이고요."

사장은 언제부터인가 소심해져 있었다. 세상사가 으레 그렇듯 문제는 그놈의 돈이었다. 궁핍이란 좀벌레와 같아서 사람의 자존심과 긍지와 명예와 젊음을 모조리 갉아먹고 만다. 매에 장사가 없듯이 가난에도 장사가 없는 법이다. 사장의 불륜 상담이 나름 잘되고 있다고는 하나 손익분기점을 겨우 넘길 수준이었다. 게다가 몇 달째 온라인 회원이 늘어나지 않고 있었다. 다달이 받는 회비를 늘리자니 위험부담이 컸다. 회비를 올린다면 회원들이 얼마나 떨어져나갈지 모르는 일이니까. 따지고 보면 낭만 최대의 적 역시 궁핍일지 모른다. 세상의 낭만성을 회복하고 싶다고? 그럼 세상의 궁핍을 모조리 쓸어내버리면 된다. 물론 그것은 필요조건일 뿐 충분조건은 아니다. 풍요로움이 모두 낭만으로 이어지는 건 아니니까 말이다.

나는 커피를 들이켜고 회의용 자료에 씌어 있는 안건 제목을 뚫어져라 쏘아보았다.

회사를 부흥시킬 사업 아이디어 회의.

이번 달 월급이 또 늦어진다는 말에 짜증이 난 것인가. 모두들 비슷한 기분인지 무거운 침묵이 이어졌다. 최 사장의 목소리가 누군가의 옅은 한숨소리를 슬그머니 밀어냈다.

"지금에야 하는 말이지만 나는 회사가 잘되면 당을 만들 생각까지 가지고 있었습니다."

나와 김 과장과 오 대리가 서로 눈길을 교환했다. 이게 무슨 깜짝 발언이지 하는 눈치들이었다.

"낭만당! 웃음거리가 될 것 같아 아무에게도 말을 하진 않았습니다만 낭만을 살리기 위해서라면 정치적인 접근이 필요하다고 생각했습니다. 그러니까 국민들이 낭만을 회복할 수 있도록 제도들을 차근차근 확보해나가는 겁니다."

"그깟 일 때문에 당까지 만드시겠다고요?"

오 대리가 눈을 동그랗게 뜨고 되물었다.

"물론 궁극적으로는 보다 많은 권력을 힘없는 사람들에게 나눠주기 위해서죠."

"그다음에는요?"

"그다음? 음, 글쎄요. 잘되면 일단 자전거 타고 전국일주나 해볼까? 이십 대 때부터 해보고 싶었던 일인데 지금도 그걸 못하고 있으니까요."

"……"

"그러나 지금은 회사부터 살려야 합니다. 이제 회원제 연애 상담 사업은 출구전략을 세울 때가 되었어요. 그러기 위해선 수익이 나는 사업이 절실합니다. 그래서 여러분들의 아이디어가 필요합니다."

"전에도 말씀드렸지만, 수익성을 높이기 위해서라면 개인 회원제를 기업회원제로 바꾸는 게 중요할 것 같습니다."

김 과장이 마치 깨지기 쉬운 유리조각을 만지듯 조심스럽게 말했다.

"기업들에게 연애상담하라고 광고라도 하잔 말이에요?"

오 대리가 신랄한 어투로 되물었다.

"아니, 그런 게 아니고. 낭만이란 개념을 최대한 활용해보자는 거죠. 음, 낭만성을 회복한 기업문화를 통해 직원들의 사기를 높이고 사무실 분위기를 혁신해서 궁극적으로 일의 능률, 생산성을 높일 수 있다는 걸 잘 포장해서 기업컨설팅을 시도할 수도 있다고 봐요. 한때 신바람경영이니 편경영이니 하는 것들도 유행했는데, 낭만이라고 융합시키지 못할 이유가 있냐고요. 낭만적인 사무실 만들기, 낭만적인 팀 분위기로 업무 능률 올리기, 낭만적인 상사 되기와 아버지 되기 같은 교육 프로그램을 기업교육 과정이 되도록 시도해야 합니다."

언제나 의욕적인 김 과장. 그야말로 회사의 산소 같은 존재였다.

"기업문화와 낭만성 회복이라……. 일단은 내가 기업 교육담당자들에게 다시 타진을 해볼 테니 김 과장이 전체적인 플랜을 짜보고 커리큘럼과 교재 등도 구체적으로 연구해보세요."

김 과장이 의지를 불사르며 고개를 끄덕였다. 회사의 영업과 마케팅, 자금 조달은 모두 사장이 책임을 졌다. 기업 담당자들을 만나는 것 역시 사장의 업무였기에 어찌 보면 직원들은 눈치 보지 않고 아이디어를 마음껏 펼칠 수 있었다.

"또 다른 아이디어는 없습니까?"

사장이 나와 오 대리를 바라보았다. 두뇌가 파업이라도 벌인 듯 아무것도 떠오르지 않았다.

"전부터 생각했던 건데요, 낭만택배 상품을 개발해보면 어떨까요? 그러니까 기념일이나 생일날 같은 때에 낭만적인 상품을 배달시켜주는 앱을 개발해보는 거예요."

오 대리도 은근한 아이디어꾼이었다.

"음, 생일날뿐만 아니라 일종의 추억이 담긴 상품들을 배달해볼 수도 있고 또…….."

"좋군요. 근데 조금 복잡하긴 하겠어요. 앱 프로그램 개발업체들과 접촉도 해야 하고, 또 택배상품을 무엇으로 할지도……."

낭만적인 택배상품으로 될 만한 것들이 무엇이 있을까. 나도 안 돌아가는 머리를 열심히 굴려보았다. 이것이다! 라고 무릎을 칠 만한 아이템은 떠오르지 않았다. 추억의 도시락? 한때 유행했던 패션상품들? 옛날에 인기를 끌었던 과자 같은 것들? 추억의 영화나 디스크?

그때 바지 주머니에서 스마트폰이 진동을 했다. 나는 힐끔 눈치를 보면서 스마트폰을 확인했다.

밥 사준다면서 언제 사줄 거야? 이쪽으로 안 오니?

미진이 보내온 '카카오톡' 내용이었다. 그녀는 얼마 전 우연히 만나게 된 대학 동창인데, 혼자서 아이들 셋을 부양하는 '돌싱녀'였다. 한번 만나서 술을 마시기로 했는데, 차일피일 미루었더니 먼저 연락해온 것이다. 그녀가 다니는 회사가 코엑스 근처에 있다고 했다. 나는 스마트폰을 다시 주머니에 집어넣었다.

"낭만택배 아이디어는 오 대리가 책임지고 플랜을 짜보세요. 앱을 개발할 거면 업체 선정을 어떻게 할 것이며 물건 배달 문제는 또 어떻게 할 것인지 한번 알아보시고."

사장이 이번에는 내게 고개를 돌렸다. 말투는 딱딱했지만 눈빛에선 기대감을 숨기지 않았다.

"윤 과장은 오늘따라 왜 그렇게 조용해요? 뭐 생각나는 아이디어 없어요?"

"음…… 그러니까……."

뭐라도 한마디 해야 했으나 아무것도 떠오르지 않았다. 차바퀴가 헛돌듯이 말이 입안에서 헛돌았다. 당황했기 때문이었을까. 갑자기 생각이 엉뚱한 쪽으로 방향을 틀었다. 미진과 미처 잡지 못한 약속과 미진이 일하는 동네……. 한 단어가 뿔처럼 뇌리에서 솟아올랐다.

"코엑스……"

"네?"

"엑스포……."

김 과장과 오 대리가 나를 이상하다는 듯이 쳐다보았다. 나는 순간적으로 떠오른 아이디어를 쏟아내기 시작했다.

"음, 그러니까 낭만엑스포를 열어보면 어떨까요?"

"낭만…… 엑스포?"

"네. 엑스포요. 그걸 개최해서 전 국민적으로 낭만 바람을 그냥 확 일으키는 겁니다. 기업컨설팅 부스도 만들고 오 대리가 말한 낭만 택배물품 부스도 만들고, 또 기업들 협찬을 받아서 낭만 서비스와 추억 마케팅 같은 것들도 상품화해서 부스로 만들어보는 거죠. 그곳에서 낭만콘서트도 열고, 낭만적

출판물 전시회도 열고요. 그렇게 낭만 바람몰이를 해보는 겁니다."

사장이 나를 빤히 쳐다보았다. 오 대리는 고개를 갸웃거렸고, 김 과장은 골똘히 궁리하는 표정이었다.

"정말로 할 수 있겠어요? 준비하고 생각할 것도 많지만 무엇보다 돈이 엄청 들 텐데……."

"맞아요. 실행 가능성이 낮은 것 같아요. 그건 우리 회사가 힘을 키운 뒤에 하면 어떨까요?"

오 대리가 먼저 말했고, 김 과장이 맞장구를 쳤다. 그러나 사장의 눈빛은 달랐다. 풀이 죽어 직원들 눈치를 보던 회의 초반의 그가 아니었다. 마치 병색을 떨치고 일어난 환자처럼 얼굴에 화색이 돌았다. 사장의 신경세포 어딘가에서 잠자고 있던 미세한 촉을 내 아이디어가 건드린 게 분명했다. 나는 아차, 하는 심정이 되었다. 괜히 책임지지도 못할 아이디어를 낸 건 아닌가.

"음, 김 과장이나 오 대리 말이 현실적이긴 하지만 기업들의 협찬을 받아낼 수만 있다면 불가능한 것도 아닌 것 같네요. 지금 문제는 내가 어떻게든 해결해볼 테니 윤 과장이 전체적인 윤곽을 짜보면 어때요?"

"어머, 사장님 진짜로 해보시게요? 엑스포를요?"

오 대리가 놀라서 되물었다. 김 과장도 입이 살짝 벌어져 있었다. 그도 그럴 것이 회사로선 위험부담이 너무 큰 모험이었다.

"자금도 자금이지만 인원도 턱없이 부족할 것 같은데요."

김 과장이 다시 조심스럽게 말했다.

"오 대리나 김 과장의 아이디어도 엑스포와 연계시키는 게 낫겠어요. 기업컨설팅이나 낭만택배 주문도 현장에서 이루어질 수 있도록 말이에요. 기업 협찬 전문가는 내가 섭외해보도록 하겠습니다. 나중에 실행 단계에 가면 아르바이트를 최대한 써야죠. 지금 각자 관리하는 고객들 일정 차질 없이 이어나가면서 엑스포 한번 준비해봅시다."

나는 덜컥 겁이 났다. 이렇게 즉흥적으로 결정이 나도 되는 것인가. 무슨 배드민턴 동호회 야유회를 가는 것도 아니고 엑스포가 아닌가. 물론 엑스포라고 해서 대전 엑스포나 여수 엑스포 같은 국제적인 엑스포만 있는 건 아니었다. 언젠가부터 기업들은 주요한 마케팅 수단으로 별의별 희한한 엑스포들을 다 개최하곤 했다. 그러나 소규모 엑스포라고 해도 답이 나오지 않기는 마찬가지였다. 기업들 협찬부터 전시회 구성과 인원조달, 그리고 전시관 대여에 이르기까지 우리 회사 규모로는 어림없는 일이다. 대체 어쩌자고 그런 말을 했던 것일까.

사장은 또 왜 저렇게 의욕적인 것일까. 내 입술을 쥐어뜯고 싶은 충동이 일었다.

"사장님, 근데 신중해야 하지 않을까요. 말이야 쉽게 할 수 있는 거지만 참여할 만한 업체가 얼마나 될지도 알아봐야 하고, 또 자금이 얼마나 들지도 계산해야 하고, 무엇보다 그게 우리 회사에 얼마만큼의 수익효과를 가져다줄지 비용편익분석이나 시장조사부터 해야 하지 않을까요?"

김 과장이 경제학과 출신답게 합리적인 의견을 내세웠다. 그는 아내와 초등학교에 들어갈 아이가 있는 한 집안의 가장이었다. 그럼에도 사장의 결심을 바꾸지는 못했다. 사장이 비장한 눈빛으로 우리를 둘러보았다.

"여러분들의 걱정과 염려가 무엇인지 나도 알아요. 하지만 지금은 무엇이든 시도를 해야 할 때입니다. 당연히 무리이고 모험이지요. 그렇지만 무리가 아니고 모험이 아닌 것만 해야 한다면 우리 같은 회사가 대체 무엇을 할 수 있겠습니까. 내가 컨설팅회사를 창업하겠다고 했을 때도 가까운 사람들이 다 말렸습니다. 하지만 나는 회사를 만들었고, 어찌 됐건 여러분들과 여기까지 오지 않았습니까. 기회라는 건 공짜로 오지도 않고, 우리를 마냥 기다려주지도 않습니다. 위험이 없는 기회 같은 건 이 세상에 없어요."

"네, 사장님 그럼 한번 해봐요. 계획을 짜고 시도해보다가 안 되면 그때 가서 포기하더라도, 지금은 모험을 걸어볼 때라고 봐요."

오 대리가 사장을 지지하고 나섰다. 나 원 참, 정말 럭비공 같은 여자였다. 오 대리, 그렇듯 쉽게 말해서야 되겠어? 추궁이라도 하듯 김 과장이 그녀를 허탈하게 돌아보았다.

"김 과장과 윤 과장은 어때요? 계속 반대입니까?"

"사장님 의견이 그러시다면 한번 해보죠. 오 대리 말대로 시도하다 무리다 싶으면 그때 가서 다른 길을 모색해보고요."

김 과장이 투항 의사를 밝혔다. 얼떨결에 3 대 1로 결정이 나고 만 것이다. 내 삶에 박람회가 불쑥 끼어드는 순간이었다.

* * *

다음 날, 나는 도서관에 가서 관련 책자들부터 뒤적거려보았다. 박람회의 역사가 인류문명의 역사만큼 오래되었다는 사실도 알게 되었다. 성서의 에스더서에도 아하수오레 왕이 자신의 치적을 과시하기 위해 재화들을 전시하고 무려 180일 동안 축제를 벌였다는 이야기가 나온다. 180일간 벌어진 왕의 축제라니……. 하루 벌어 하루 먹고사는 나 같은 사람의 처지로선 상상조차 하기 힘들었다. 물론 현대적인 의미의 엑스포는 훨씬 나중의 일이다. 1851년의 런던국제박람회가 그 효시이다. 당시 제국주의자들은 자신들의 치적을 과시하고 싶어 안달이 난 상태였다. 과학자나 발명가, 자본가들도 새로운 상품을 세상에 널리 알릴 공간이 필요했다. 박람회는 그런 이해관계가 맞물려 탄생한 근대문명의 화려한 전시장이자 각축장이었다. 제국주의의 과시욕과 과학혁명의 성과, 자본주의적 욕망이 한꺼번에 뒤섞이며 대대적인 출발을 알린 것이다. 그 결과 수많은 발명품과 기념품들이 한꺼번에 쏟아져 나왔다. 파리의 에펠탑도, 뉴욕의 자유의 여신상도, 그레이엄 벨의 전화기도, 에디슨의 전구와 포드의 자동차, 그리고 텔레비전도 모두 박람회를 통해 세상에 자신의 탄생을 알렸다.

제국주의 국가들은 국력을 대내외에 과시하는 기회이자 수단으로 삼기 위해 엑스포를 경쟁적으로 유치했다. 특히 영국의 빅토리아 여왕과 프랑스의 나폴레옹 3세는 엑스포 경쟁에 불을 붙인 대표적인 인물들이었다. 그 둘은 런던과 파리에서 번갈아 엑스포를 유치하며 바다 건너 라이벌의 콧대를 눌러주기 위해 갖은 애를 다 썼다. 홍, 허영심 많은 프랑스 놈에게 뒤질 순 없지! 늙은 암퇘지 같은 영국 년, 이번에야말로 콧대를 납작하게 해줄 테다! 더욱 거대하고, 더욱 요란하고, 더욱 화려하게! 초창기부터 엑스포가 입이 쩍 벌어질 만큼 대규모였던 데엔 두 제국주의자들의 허파에 바람이 잔뜩 들어간 탓이 컸다.

역사책에 등장하는 엑스포들은 우리가 구상하는 '낭만엑스포'와는 차원도 다르고 규모도 달랐다. 그럼에도 사장은 낭만박람회에 기꺼이 '엑스포'라는 용어를 차용하기로 했다. 나나 김 과장이나 오 대리도 동의했다. 규모는 작아도 명칭만은 원대하게! '낭만엑스포'는 회사의 새로운 이정표가 되어야 했으니까. 낭만엑스포의 전체 기획안을 짜는 건 내 몫이었다. 김 과장은 낭만엑스포 행사 중에 진행될 기업컨설팅 분야를, 오 대리는 택배와 전시, 출판 분야를 기획하는 것으로 업무 분장이 이루어졌다. 기업협찬과 자금과 인원조달은 사장이 책임지는 것으로 그 주의 마지막 날 두 번째 회의가 마무리되었다. 갑자기 등짐을 지고 몽골 고비사막 초입에 들어선 외봉낙타라도 된 것처럼 어깨가 무거워졌다.

3

숙집에는 나와 김 과장과 오 대리만 남았다. 월요일 회의가 끝나면 우리는 매번 반주를 곁들인 저녁을 먹었다. 오늘 저녁의 메뉴는 생선구이와 된장찌개, 소주 그리고 막걸리였다. 사장은 다른 약속이 있다면서 먼저 자리를 떴다. 김 과장이 소주를 한 병 더 시키며 쏘아붙였다.

"윤 과장아, 대체 무슨 생각으로 그런 아이디어를 낸 거냐?"

우리는 한 살 터울이어서 서로 말을 트고 지냈다. 잘 다니던 회사의 구조조정으로 졸지에 이 회사에 들어온 김 과장. 낭만엑스포 추진 결정이 나자 왠지 그에게 미안했다.

"난들 사장이 그렇게 적극적으로 나올지 알았겠냐?"

"근데 정말로 우리가 할 수 있을까요?"

이번에는 오 대리가 물어왔다. 올해 서른이 된 오 대리는 사장 못지않은 행동파였다. 반짝이는 눈매와 톡톡 튀는 말투까지 극적일 만큼 생생해서 그럴 때의 그녀는 다시 돌아보게 만드는 묘한 매력이 있었다.

"사장님이야 뭐, 추진력 하나는 올림픽 금메달감이시니까 지금은 적극적이시지. 하지만……."

김 과장이 지극히 회의적인 태도로 고개를 가로저었다. 내 생각은 김 과장과 달랐다. 언제까지 남들 청춘사업 뒤치다꺼리나 할 것인가. 어차피 침몰해가는 배라면 살기 위해선 무엇이든 해봐야 한다. 이러다 죽나 저러다 죽나 마찬가지 아닌가. 어느새 나는 낭만엑스포를 성사시키고 싶은 몽상과 막막하게 느껴지는 현실적 계획 사이에서 아슬아슬한 줄타기를 하고 있었다.

내 삶의 절망적이었던 시간들이 파노라마 영상처럼 눈앞에 나타났다. 멀리 갈 것도 없었다. 불과 일여 년 전, 모든 일이 다 끊겨버린 그 시절. 카드까지 연체가 되어 옴짝달싹 못하던 그날들……. 하루 종일 인터넷 구인구직 사이트를 뒤적거려도 지원할 수 있는 회사조차 몇 되지 않았다. 그런데 회사가 문을 닫는다면 그 짓거리를 또 해야 할 것이다. 이력서를 쓰면서 한숨을 쉬고 직장생활 기간을 부풀리고 온갖 미사여구를 동원해 자기소개서를 쓰면서 자괴감으로 괴로워하고……. 별안간 벼락같은 목소리가 귀청을 때렸다. 그런 건 이곳에서 끝장을 봐야 한다! 마치 다른 차원의 세계에 사는 또 다른 내가 시공을 초월해서 보낸 계시라도 듣는 것 같았다. 이곳에서 실패한다면 차라리 굶어 죽을지언정 입사지원서 따위 쓰지 않으리라. 거짓말로 점철된 자기소개소설 따위 쓰지 않으리라.

나는 결연한 마음이 되어서 술잔을 비웠다. 그렇다고 내 결심을 김 과장이나 오 대리에게 섣불리 내비치진 않았다.

갑자기 옆자리에서 실랑이가 일었다. 무슨 일인가로, 앉아 있던 사람들끼리 티격태격 시비가 붙은 것이다. 우리는 일제히 그들에게로 시선을 돌렸다. 등산복 차림인 노년의 사내들 서넛이 말다툼을 벌이고 있었는데, 급기야 한 명이 숟가락을 내던지고 일어났다. 내동댕이쳐진 숟가락 하나가 난데없이 내 자리로 날아들었다. 그들은 사과도 없이 차례대로 일어나서 밖으로 왁자지껄 몰려 나갔다. 밥집 바깥에서도 큰 소리로 실랑이를 벌이더니 두 명은 가고 다른 두 명이 안으로 들어왔다. 그들은 불콰하게 술에 취한 상태로 다시 막걸리 잔을 들었다.

"그런데요, 사장님도 참 엉뚱하지 않으세요?"

오 대리의 물음이 내 주의를 돌려놓았다.

"뭐가요?"

"낭만당을 만들려고 하셨다잖아요."

"낭만당이라……."

김 과장이 술잔을 비웠고, 오 대리가 낄낄거렸다.

"하긴 낭만당이면 어떻고 남로당이면 어떻겠어? 대한민국이 살기 좋아지려면 그런 당도 하나쯤 있어야 하지 않겠어?"

나는 짐짓 너스레를 떨었다.

"그러니까 우린 잠정적으로 낭만당 당원인 거죠? 흠, 정치적인 결사체라. 나도 대학교 때 그런 걸 꿈꾸기도 했었는데……"

오 대리가 손바닥으로 턱을 받치며 꿈꾸듯이 말했다.

"한때 혁명을 꿈꾸지 않았던 젊은이가 있었겠어?"

내 말을 김 과장이 곧바로 반박했다.

"무슨 말도 안 되는 소리야? 난 그런 것 단 한 번도 꿈꾼 적 없었어. 혁명은 무슨…… 솔직히 우리 세대에겐 언감생심이지. 대학생이 되자마자 아이엠에프가 몰려왔으니까. 무조건 살아남는 게 우선이었다고. 혁명 같은 건 영화나 책에서만 봤을 뿐이야."

"맞아요. 우린 태어날 때부터 혁명을 떠올릴 수 없었고, 꿈도 꿀 수 없었고, 낭만도 빼앗긴 불행한 세대라고요."

"어느 세대에나 아픔은 있지 않을까. 유신세대나 6·10세대들을 보라고. 그 시절에는 대학 교정마다 사복경찰들이 돌아다녔고, 포장마차에서 대통령 욕을 하다가 경찰서로 잡혀가 두들겨 맞기도 했다더군. 그러니까 꼭 그렇게 볼 건 아닌 것 같아."

"그땐 그래도 적의 실체가 지금처럼 교활하진 않았을 거 아니에요? 지금은 도대체 무엇과 싸워야 하는지조차 모를 만큼 적들이 간교해진 시대라고요."

"모택동이 그런 말을 했지. 혁명이란 사교모임의 만찬도, 문학작품을 집필하거나 회화를 그리는 것도 아니라고. 그건 우아함이나 예의와는 어울리지 않는 것이고 그 자체로 폭력적인 것이라고 말이야."

"대체 하고 싶은 말이 뭐야? 폭력적인 시대가 아니라 좋다는 거야, 나쁘다는 거야? 다시 폭력의 시대가 오기라도 해야 한다는 거야?"

김 과장이 신경질적인 반응을 보였다.

"우리 앞의 생존이나 신경 쓰자는 거야."

"허이구, 대단한 현실주의자 납셨네."

김 과장이 기가 차다는 듯이 비웃었다. 나는 머쓱해져서 잔을 비웠다. 자꾸만 누군가의 눈길이 느껴져서 고개를 돌리니 옆자리에 있던 노인이 나를 노려보는 중이었다. 왠지 모르게 고압적이면서도 공격적인 눈초리. 내가 뭘 잘못 말하기라도 했나 싶어 뜨끔했다. 노인은 다시 고개를 돌려 막걸리 잔을 들었다.

"그런데 오늘 분위기 왜 이래요? 너무 착 가라앉았잖아요.

벌써부터 패잔병처럼 이러지 말자고요. 네? 우리 노래방 갈
까요?"

오 대리가 눈을 반짝이며 제안했다. 나와 김 과장이 동시에
오 대리를 쳐다보며 유쾌하게 웃었다. 듣고 보니 기분전환이
필요할 것 같았다. 김 과장은 제법 취했는지 술집을 나가면서
살짝 비틀거렸다. 우리는 가까운 노래방으로 가서 두 시간 동
안 신나게 노래를 불렀다. 술에 취해서 악을 써대다보니 작은
박람회가 아니라 월드컵이나 올림픽이라도 유치할 기세였다.
낭만엑스포 그까짓 것쯤이야.

노래방을 나오니 벌써 자정이 가까운 시각이었다. 우리는
노래방 출구로 이어지는 계단을 오르면서부터 오랜 비행을
마치고 지구로 귀환하는 우주인들처럼 빠르게 현실로 복귀하
고 있었다. 내일 아침에는 평소보다 더 밝은 햇살이 삶을 참
담하게 하리라.

김 과장이 강풍에 흔들리는 나뭇가지처럼 손을 흔들고 사
라졌다. 오 대리도 멈춰 선 택시를 향해 달음질쳐 갔다. 김 과
장은 아내와 딸이 있었고, 오 대리도 동거 중인 애인이 있었
다. 나는 그들이 사라지는 뒷모습을 하릴없이 지켜본 뒤, 심
야 실내 포장마차로 걸어갔다. 실내 포장마차에서 잔치국수
와 함께 소주를 한 병 시켰다. 알코올 기운이 혈관을 타고 돌

며 내 안에서 잠자고 있던 세 쌍둥이들을 흔들어 깨웠다. 외로움, 헛헛함, 무엇에 대한 것인지 모를 막막한 그리움. 어떤 철학자가 실존의 무게라 말했던 그것. 미진에게 카톡이라도 보낼까. 너무 늦은 시간이었다.

잔치국수를 아끼듯 천천히 먹고 있는데, 누군가가 옆에서 소주잔을 건넸다. 아니, 요즘 시대에도 술잔을 건네는 사람이 있다니. 나는 막연하게 낭만적인 상황을 기대하며 고개를 돌렸다. 그리고 이내 실망하지 않을 수 없었다. 등산복 차림의 모자 쓴 노인. 두어 시간 전에 밥집에서 실랑이를 벌이고 나를 노려보던 그 노인이었다.

"한 잔 받으시오."

나는 망설이다가 잔을 받아 비우고 다시 노인에게 건넸다.

"회사가 이 근처십니까?"

"예. 저기 골목 뒤쪽에 있습니다."

노인이 묻고 내가 대답했다.

"명함 한 장 줄 수 있소?"

노인이 친구에게 하듯 담담히 물었다. 명함이야 통째로 줘도 상관없었지만 그가 왜 내게 관심을 기울이는지 모를 일이었다.

"아까 술집에서 하는 말들을 옆에서 듣자 하니 무슨 당을 만든다고 하던데……."

"네?"

"혁명이 뭐가 어떻다고 말하던데……."

"뭐라고요?"

대체 이 노인의 머릿속에 살고 있는 사람은 어느 시대의 누구인 걸까? 갑자기 술이 확 깨는 기분이었다.

"아까 자네들이 하는 말을 다 들었다니까. 무슨 당을 만들어서 혁명을 하겠다고 하지 않았던가?"

노인은 술잔을 들고 나를 노려보았다. 마치 네놈 정체를 반드시 밝혀내고 말겠다는 듯이. 이번에는 나도 호기심을 가지고 그를 찬찬히 훑어보았다. 등산모자 옆쪽으로 흰머리가 비죽비죽 비어져 나와 있었고, 모자 아래 눈동자에선 특유의 아집이 내비쳐졌다. 나는 헛웃음을 짓고 슬그머니 시선을 돌렸다. 실내 포장마차 안에는 드문드문 취객들이 남아 있었다. 내가 앉아 있는 대각선 쪽으로 여자 두 명이 잔치국수를 먹고 있었다. 그들과 떨어진 옆자리에는 혼자서 국수를 마시고 있는 남자가, 그 반대편에는 다른 두 명의 남자들이 무슨 일인가로 티격태격하고 있었다. 그러고 보면 길거리에서 서로 목소리를 높이거나 싸우는 사람들이 많아진 것 같았다. 해마다 평균기온이 높아지듯이 해마다 사람들의 분노지수 또한 높아지는 게 틀림없었다. 그러니까 지구온난화만큼이나 심각한 '지구인온난화'! 앞서거니 뒤서거니 불쾌지수도 아닌 분노지수가 상승하면서 사람들이 걸핏하면 언성을 높이고 숟가락을 내던지고 욕설을 퍼붓는 것이다. 그렇듯 들끓어오르던 분노가 어느 순간 솥에서 끓는 물이 넘치듯이 화르륵 넘쳐 오르면 어떻게 되는 거지? 그게 혁명은 아니겠지. 그러나 그런 것들이 쌓여서 혁명의 기운이 만들어지는 것이겠지. 하지만 혁명이란 게 얼마나 무섭겠어. 모택동 말대로 그 자체가 폭력적인 건데 말이야. 좋은 게 좋은 거라고 말로 푸는 게 '장땡'이지. 아무렴. 그러니까 사람들의 분노지수를 낮추기 위해서라도 낭만은 필요하지. 우리 시대의 낭만이란 물의 끓는점을 낮춰주는 작용을 하는 것일지도 몰라. 게다가 그 수많은 외기러기들을 맺어주는 역할은 어떻고. 파수꾼처럼 가정을 지켜주는 사장의 역할은 또 어떻고. 그야말로 사회불안을 음지에서 조용히 해소하는 역할이랄까. 사장 말대로 이건 국정원도 못하는 국가적 미션이라니까. 국가에서 우리에게 지원금이라도 줘야 하는 거라고. 그런 두서없는 몽상의 틈을 노인의 목소리가 비집고 들어왔다.

"혁명 같은 걸 꿈꾸는 놈들은 모두 빨갱이새끼들이지. 이 사회의 암적인 존재들이란 말일세."

나는 미간을 찌푸리며 노인을 돌아보았다. 노인의 눈빛을 마주하자 얼토당토않게 싱거운 웃음이 터졌다.

"정말로 그렇게 생각하세요?"

노인을 놀려주고 싶은 이상한 충동이 일었다.

"저기 저 두 분을 보세요."

나는 언성을 높이는 두 명의 취객을 고갯짓으로 가리켰다. 그리고 목소리를 비밀스럽게 낮추었다.

"정말로 혁명이 필요하다는 걸 아직도 모르시겠어요? 두 눈이 있으면 좀 보시고 두 귀가 있으면 좀 들어보시라고요. 모두가 모두에게 분노하는 사회잖아요. 아까 선생님도 일행 분들과 싸우시더군요."

노인의 얼굴 근육이 미세하게 꿈틀거렸다. 그가 반박하지 못하도록 빠르게 말을 이었다.

"정말로 우리는 혁명을 일으킬 거거든요. 두고 보세요. 이 좆같은 사회와 시스템을 발칵 뒤집어버릴 거라고요. 가난하고 힘없고 빽 없고 그래서 매일같이 울분을 삼키면서도 매번 당하고 살아야 하는 이 땅의 을들을 위해 깃발을 높이 치켜들 거란 말입니다. 그래서 약한 사람들을 착취하고 자기 배를 채우고 국민의 안녕과 생활에는 관심도 없고 탐욕과 부패와 조작과 은폐와 무능으로 점철된 세상 모든 갑들의 모가지를 댕

강 날려버릴 겁니다. 우리가 만들 낭만당의 최종 목표는 바로 그거지요. 혁명 말입니다. 사랑과 더불어 혁명이야말로 지상 최고의 낭만이니까요."

나는 단숨에 잔을 비웠다. 말을 해놓고 보니 오래 참았던 고백이라도 한 듯 속이 후련했다. 때론 생각이 말을 지배하는 게 아니라 말이 생각을 지배하는 것이다. 당장이라도 혁명의 깃발을 흔들며 도로를 질주할 수 있을 것만 같았다. 노인의 얼굴은 마치 구겨진 원고지 뭉치처럼 일그러져 있었는데, 나는 그것이 또한 통쾌했다.

"혁명에 관심 있으면 연락하시던가요."

나는 노인과 언쟁을 하고 싶지도, 원수가 되고 싶지도 않았다. 그래서 다시 목소리 톤을 싹 바꾸어 노인에게 꾸벅 인사를 했다.

"저기, 어르신. 사실은 다 농담이었어요. 제가 술에 취해서 그만…… 죄송합니다."

그때 노인이 놀라운 괴력을 발휘하며 내 팔을 붙잡았다. 나는 깜짝 놀라 뒤로 물러서며 노인의 팔을 뿌리쳤다. 그리고 재빨리 실내 포장마차에서 나왔다. 노인이 부랴부랴 일어나 나를 쫓아왔다.

"젊은 친구, 나랑 한잔 더 합시다."

그가 내 팔을 다시 붙잡았지만 나는 노인을 밀치고 날쌔게
그 자리를 벗어났다. 뒤통수가 근질거렸지만 돌아보지 않고
뛰다시피 택시가 있는 데로 달려갔다.

4

휴일이면 정오까지 늦잠을 자며 게으름을 피운다. 잠자리
에서 일어나면 슬리퍼를 끌고 분식집으로 가 점심을 먹고, 집
으로 돌아와 커피를 마신다. 언제부터인가 끼니는 라면과 김
밥으로 때우더라도 커피만큼은 여과지로 내려서 마시는 버릇
이 생겼다. 내가 누리는 유일한 호사라고나 할까. 그것만큼은
포기하고 싶지 않아서 부암동에 들러 커피 분쇄기도 샀고, 커
피콩도 주문했다. 오늘의 커피는 탄자니아 AA 킬리만자로와
이디오피아 예가체프를 반씩 섞은 것이다. 두 개를 섞자 약간
탄내가 나면서도 부드럽게 혀에 감기는 진한 풍미가 느껴졌
다. 커피 맛을 음미하는 그 짧은 순간만큼은 편안한 행복감에
젖는다.

　오후에는 자취방 한쪽 끝에서 다른 쪽 끝까지 드럼통처럼
굴러다니면서 책을 읽는다. 대부분의 휴일이 그렇듯 고적하
게 지나간다. 내 방에는 모두 세 부류의 책들이 있는데, 내 방
식대로 분류하자면 이렇다. 이미 읽은 책, 앞으로 읽을 책, 그
리고 읽다가 만 책. 나는 '읽다가 만 책들'을 끝까지 읽어보기
로 계획을 세웠다. 특별한 이유는 없었다. 언젠가부터 책장을
볼 때마다 읽다가 만 책들이 갚지 못한 채무처럼, 혹은 기르

다가 방치해버린 반려동물처럼 눈에 밟혔다. 읽다가 만 책들을 그대로 놓아둔 채 새로운 책을 계속 사다보니 사귀고 있는 애인과의 관계를 끝내지도 않고 또 다른 애인과 관계를 맺는 데만 정신이 팔린 바람둥이가 된 기분이었다. 읽다가 만 책들에 대한 미안함, 마침표를 찍지 못한 시간들에 대한 부채감…….

어떤 책에는 읽다가 그만둘 수밖에 없었던 사연이 있다. 대체로 시시한 사연이긴 하지만 어쨌든. 책이 재미가 없어진 경우도 있고, 갑자기 바빠진 경우도 있고, 그 책을 읽다가 또 다른 책에 관심을 빼앗긴 경우도 있고, 흥미를 잃어버린 경우도 있고, 피치 못할 다른 이유가 있었을 수도 있다. 그러나 세월이 흐르면서 그런 모든 이유는 흐릿해지고 모호해져서 사라지고 잊힌다. 마침내 돌올하게 남는 것은 읽다가 말았다는 사실뿐이다.

내가 처음으로 고른 건《그리스인 조르바》였다. 그 책을 다시 읽어나가며 자연스레 소피스트 박을 떠올렸다. 그리고 미진도. 미진과는 일주일 뒤에 만나기로 했지만 소피스트 박과는 이제 그럴 수 없었다.

나는 책의 어느 한 단락에 밑줄을 그었다.

"조르바, 지금 이 순간에 자네 뭐 하는가?" "잠자고 있네." "그럼 잘 자게." "조르바, 지금 이 순간에 자네 뭐 하는가?" "일하고 있네." "잘해보게." "조르바, 자네 지금 이 순간에 뭐 하는가?" "여자에게 키스하고 있네." "조르바, 잘해보게. 키스할 동안 딴 일일랑 잊어버리게. 이 세상에는 아무것도 없네. 자네와 그 여자밖에는. 키스나 실컷 하게."•

《그리스인 조르바》를 처음 접했던 건 대학교 신입생 시절, '소피스트 박' 덕분이었다. 당시엔 그가 왜 그런 별명으로 불리는지 알지 못했고 관심도 없었다. 내가 학생회에 두 달 늦게 들어간 이유도 없지는 않았다. 나는 평상시는 물론 술자리에서까지 말투가 현학적인 그에게 호감을 갖지 못했다. 그는 여학생들에게 인기가 많았다. 5 대 5 가르마 파마머리에 트렌치코트를 입고 귀에 피어싱을 하고 언제나 가냘픈 손가락에 담배를 끼고 살았다. 어쩌면 돈 많은 부잣집 자제라는 이유로 거리감을 느꼈던 건지도 모르겠다.

대학에 입학하던 그해, 아버지가 신장암 수술을 받아 다니던 직장을 그만두었다. 병원비는 누나와 형이 마련했지만 아

• 《그리스인 조르바》, 니코스 카잔차키스 지음, 이윤기 옮김, 고려원, 1991.

버지의 병수발을 들 사람이 없었기에, 나는 입학하자마자 학교 대신 병원으로 등교하다시피 했다. 다음 학기엔 등록을 할 수 있을지도 불분명했다. 등록금이야 대출로 융통할 수 있다지만 생활비를 마련한다는 게 녹록지 않았다. 한 학기를 휴학하고 아르바이트라도 해야 했다. 가난은, 마치 단벌 외투처럼 언제나 나와 한 몸이었다. 그것을 들키고 싶지 않아서 나는 친구들과 적당한 거리를 두는 편을 택했다. 아버지가 퇴원하고 나자 겨우 정상적인 학교생활을 할 수 있었다. 다행히 누나와 형이 내 생활비를 보조해주기로 했다.

나는 무리들과 어울리는 대신 비어 있는 학생회실에서 혼자 책 읽기를 즐겼다. 그즈음 학생들은 도서관과 PC방을 훨씬 더 자주 찾았다. 저녁 무렵의 학생회실의 낡고 퇴락한 분위기가 나는 이상하게 싫지 않았다. 어쩌면 가난한 내 신세와 비슷하다는 동질감 같은 걸 느꼈던 것인지도 모른다. 벽에 스프레이로 씌어 있는 붉은 글씨의 독일어 문장도 어딘가 정겨워 보였다.

Es irrt der Mensch, solang er strebt —사람은 노력하는 한 방황하게 되어 있다. 괴테 할아버지.

그곳의 정적 속에 앉아 있다 보면 이따금 망명한 혁명가라도 된 기분이 들었다. 학생들이 적은 일지와 노트들을 뒤적거리는 재미도 쏠쏠했다. 간혹 누군가 독일어로 쓴 글에 짧은 독일어 실력으로 답글을 달기도 했다. Mir geht es gut. Wie geht es Ihnen? 그러다가 예기치 않게 소피스트 박과 부딪친 것이다. 방심했던 늦은 오후, 문을 열고 들어온 이가 그였다.

"학생회실에 도둑고양이가 드나든다는 소문이 돌던데, 그게 너였구나."

"아직도 도둑고양이라고 불러? 길고양이지."

"내가 보기에 넌 고양이보다는 개과 같은데."

나는 머쓱하게 웃어 보였다.

그가 내 책을 보더니 입술을 비죽거렸다. 그리고 책 표지를 조심스럽게 넘겨보았다.

"하, 마의 산이라…… 넌 엄숙주의자냐?"

그의 볼살이 부드럽게 펴졌다. 나는 그의 질문을 이해하지 못했다. 그 작품을 엄숙주의라 평하는 말조차 처음이었다.

"난 무슨무슨 주의, 그런 거 관심 없는데."

"그럼 토마스 만을 좋아하는 건 아니군. 내가 보기에, 토마스 만은 너무 엄숙하단 말씀이지."

미친 새끼. 잘난 체하기는. 얼핏 보니 그는 현학을 드러내고 싶어 안달이었고, 나는 보기 좋게 걸려든 먹잇감이었다. 그가 자신이 메고 있던 가방을 열더니 책을 꺼내 들어 보였다. 《그리스인 조르바》였다.

"카잔차키스는 어때? 이 사람이야말로 노벨문학상을 받았어야 해."

"카잔차, 키스! 라고? 이름 하난 멋진데."

그가 어이없다는 듯이 바라보았다. 너 키스 한 번도 안 해봤지? 묻기라도 하는 눈길이었다.

"어둠이 내리는 저녁이면 그는 학생회실에 숨어들어 혼자 고독한 독서에 빠져들었다……. 캬아, 나와 술 한잔 마실 자격이 있는데, 어때?"

마치 무대 위에서 연기를 하듯 그가 너스레를 떨었다. 그에게 외로움을 들켰기 때문이었을까. 그날따라 그의 잘난 체가 밉지 않았다. 그렇게 해서 그와 나는 친구가 되었다. 그 시절, 내 허무맹랑한 지적 허영심을 채워주는 이는 그가 유일했기에 나는 그와 빠르게 가까워졌다. 1학년 가을학기에 아이엠에프가 터졌고, 학과에선 몇몇 동기들과 선배들이 보이지 않았다. 그다음 해에는 상당수의 남학생들이 군대를 갔고, 누군가의 집안이 파산했다는 소문들이 공공연히 나돌았다. 대한민국은 사상초유의 난리를 겪는 중이었고, 대학 캠퍼스도 그것을 비껴가진 못했다. 오히려 그 변화의 소용돌이 한가운데에 빠르게 휩쓸려 들어갔다. 내가 보기에 젊은이들은 극단적인 두 부류와 어정쩡한 한 부류로 나뉘었다. 현실적인 목표만이 지상 유일의 가치가 되어버린 다수의 젊은이. 그리고 다른한쪽의 극소수 명맥만 남아 있는 운동권. 두 부류는 도저히섞일 수 없는 물과 기름이었고, 그들 사이에 나처럼 어디에도소속되지 못한 부류가 서성거리고 있었다. 운동권을 더욱 움츠리게 한 건 역사상 최초의 정권 교체였다. 표면적으로는 군사독재도 사라졌고, 최루탄도 사라졌다. 언제부터인가 학생들은 돌과 화염병 대신 들뢰즈니 네그리니 지젝이니 하는 철학자들의 책을 읽고 훨씬 지적이고 세련되고 우아하게 혁명에 대해 이야기했다. 어쩌다가 학생회 사회과학 분야 세미나에 참석해서 토론을 듣다보면 혁명이니 운동이니 하는 것들은 쇼핑센터나 백화점에서 바겐세일에 들어간 상품 같았다. 소화하지도 못한 이론이라도 떠벌리는 학생들은 극소수였다. 압도적으로 많은 학생들이 도서관에서 취업 준비에 열중했고, 생활비나 학비를 벌기 위한 아르바이트로 몸을 축냈다. 또 다른 부류는 밤을 새워 스타크래프트 게임에 몰두했고 '으뜸과 버금'이나 '영화마을' 같은 비디오대여점을 들락거리며 쏟아져 나오는 영상매체에 빠져들었다. 소피스트 박은 학생회 문학회를 탈퇴해서 단독으로 독서모임을 만들었다. 어느 날인가는 영어 스터디모임 친구들과 술자리에서 싸움판을

52

벌이기도 했다. 학생회 전체 술자리에서였는데, 예민하게 굴던 소피스트 박이 스터디모임 친구에게 주먹을 날리다가 패싸움 직전까지 간 것이다. 왜 그랬냐고 묻자 그는 대수롭지 않게 대답했다.

"오늘이 카잔차키스 사망 50주기 되는 날이거든. 새끼들이 이런 날까지 토익, 토익 노래를 부르니 술맛이 떨어져서 견딜 수가 있어야지."

도서관에서 확인해본 결과 카잔차키스는 1955년에 사망했다. 계산상으론 앞뒤가 맞지 않는 말이었다. 어느 자리에서나 궤변을 늘어놓아 그런 별명을 얻은 뒤에도 그의 기이한 행각은 점점 심해졌다. 그는 강의실보다 술집에 훨씬 더 잘 나타났으며 그때마다 옆에 있는 여자도 바뀌어 있었다. 자신의 삶을 조르바처럼, 아니 조르바의 여성편력 부분만 뚝 떼어다가 닮으려고 열심히 노력하는 듯 보였다.

그렇게 시간이 훌쩍 가고 2학년 가을학기 정기총회가 다가왔다. 정기총회의 메인 무대는 해마다 공연했던 독일어 원어 연극이었는데, 그해에는 원어 연극을 하겠다는 학생들이 없어 공연이 무산될 위기에 빠졌다. 당시 학생회에서 가장 몸집이 큰 소모임은 영어 스터디였다. 내가 가입한 문학회나 소피스트 박이 만든 새로운 문학회나 사회과학분과 스터디나 모두 명맥만 유지할 정도로 인원이 적었다. 독문학과에서 원어 연극을 하겠다는 학생이 없는 것도, 독일어 공부보다 영어 공부를 하는 학생이 훨씬 많은 것도 '웃픈' 현상이긴 했다. 그러나 영웅은 위기에서 출현한다고 했던가. 당시 원어 연극을 맡아서 성사시키겠다고 자청한 이가 바로 소피스트 박이었다. 그리고 그건 학생회가 또 다른 소용돌이로 빠져드는 시발점이었다.

나는 《그리스인 조르바》의 책장을 덮고 조용히 두 눈을 감는다. 평안했던 휴일 오후가 저물어가고 있다.

소피스트 박. 그러면 지금 내게 어떤 궤변을 늘어놓을까.

5

월요일 오후, 킨텍스에서 열린 일자리 박람회를 돌아보고 회사로 왔다. 그런데 사무실 분위기가 심상치 않았다. 바닥이 십 도쯤 기울어진 느낌이랄까. 평소와 달리 굳게 닫힌 사장실 안쪽에서 말소리가 두런두런 흘러나오고 있었다. 이따금은 소리치는 듯한 격한 말투였다. 김 과장이 어리둥절해 있는 나를 잡아끌다시피 복도로 데리고 나왔다.

"갑자기 왜들 그래? 무슨 일 있어?"

오 대리도 가방을 챙겨 사무실에서 나왔다. 우리는 셋이 함께 엘리베이터를 타고 일층으로 내려갔다.

"사장님 괜찮으시겠죠?"

오 대리가 김 과장에게 되물었다.

"무슨 일인데 그러냐니까?"

내가 살짝 언성을 높여 되물었다.

"우리도 자세한 건 모르겠는데…… 사채업자들 같아."

"뭐라구?"

그들이 전한 상황은 이랬다. 오후 다섯 시 반쯤, 사장이 나와서 일찍 퇴근하라고 말했다. 그러나 십 분도 지나지 않아 검은 양복에 깍두기 머리를 한 거구의 사내와 금테 안경을 쓴 당나귀 인상의 키 작은 사내가 사무실로 들이닥쳤다. 그들은 다짜고짜 사장이 자리에 있느냐고 물었다. 불손하고 무례한 태도가 온몸에서 녹물처럼 뚝뚝 떨어지고 있었다. 무슨 일이 냐고 묻는 김 과장을 덩치가 벽으로 밀어붙였을 때, 사장이 문을 열고 나왔다. 그들은 점령군 장교처럼 거만한 걸음걸이로 사장실로 들어갔다. 이어 안에서 욕설과 함께 책상을 쾅쾅 두드리는 소리가 났다.

"사장님 저러다가 폭행이라도 당하시는 거 아니에요?"

"사장실에서 이야기까지 나누는 걸 보면 그렇지는 않을 거야."

"우리가 뭐 할 수 있는 일이 없을까요?"

오 대리가 김 과장과 나를 돌아보며 물었다. 김 과장이 무겁게 고개를 가로저었다.

"엑스포는 무슨…… 사장님부터 설득해야겠어."

나는 김 과장과 오 대리에게 체념하듯 말했다.

"우린 그만 퇴근하자. 이럴 땐 우리가 없는 편이 더 나을지도 모르니까."

김 과장이 오 대리를 안심시키면서 먼저 걸음을 옮겼다. 나는 두고 온 가방을 가지러 다시 올라가야 했다.

사무실은 엘리베이터에서 내리면 왼편 끝에 있었다. 같은 층엔 아이티 회사와 작은 무역회사와 개인 사무실들이 입주해 있었다. 복도를 걸어가는 내내 마음이 무거웠다. 회사 사정이 안 좋다는 건 알았지만 이 정도까지일 줄은 예상하지 못했다. 그런데 엑스포라니……. 사실 포기해야 한다는 게 아쉽기는 했다. 그러나 지금 상황에서 그걸 밀어붙인다는 건 무모한 열정일 뿐이었다. 또한 내가 꺼낸 제안이었으니 내가 거둬들여야 했다. 그런데 사무실 안으로 발을 들여놓는 순간 나는 소금기둥처럼 몸이 굳어지고 말았다. 내 눈을 믿을 수 없었다. 사무실 중간에 거구의 검은 양복이 어깨를 추켜세우고 서 있었다. 두 발짝쯤 앞에는 당나귀 인상의 키 작은 사내가 서 있었다. 당나귀 앞에서 꿈틀거렸던 건 사장의 덥수룩한 머리였다. 사장은 마치 전쟁에서 패한 중세의 영주처럼 당나귀 앞에 무릎을 꿇은 채 고개를 푹 수그리고 있었다.

　나는 너무 충격을 받아서 그 자리에 서 있다는 사실조차 잊어버렸다. 그때 당나귀가 고개를 내 쪽으로 기이할 만큼 천천히 돌렸다. 시간은 평소보다 훨씬 느리게 흘러갔다. 비현실적인 그 상황을 몸만은 생생히 느끼는지 팔과 목에 오소소 소름이 돋았다. 광대뼈가 튀어나온 기묘한 얼굴에 날카로운 눈을 번득이며 서 있는 당나귀 인간. 콧구멍을 벌름거리던 그가 히히힝, 울음소리라도 낼 것만 같았다. 당나귀 인간이 좋아하는 건 당근이 아니었다. 약하고 가난한 자의 뜨거운 피와 연약한 살이었다. 그의 얼굴에서 야비한 웃음이 나타났다가 이내 새 털구름처럼 흩어졌다. 너희들은 아무리 발버둥 쳐도 내 손아귀를 벗어날 수 없어. 그 웃음이 그렇게 말하고 있었다.

"최 사장, 우리가 뭐 하루 이틀 알고 지낸 사인가? 보통 사이난 말이지. 아무튼 내 최 사장과의 의리를 생각해서 기회를 더 주도록 하지."

사장이 고개를 들었다. 연신 고맙다는 말과 함께 고개를 조아렸다. 당나귀 인간이 나를 힐끗 돌아보았다. 나는 숨소리마저 조심스럽게 뒷걸음질 쳐서 사무실을 주춤주춤 빠져나왔다.

건물을 벗어나는 내내 당나귀 인간의 이죽거리는 웃음과 눈빛이 아른거렸다.

6

아침 회의시간에 사장이 카페라떼와 녹차라떼 그리고 아메리카노를 돌렸다. 각자 자신의 커피를 들고 조용히 홀짝거렸지만 분위기는 무거웠다. 무릎을 꿇은 사장의 조아림과 당나귀의 야비한 눈초리가 떠올라 나도 모르게 도리질을 쳤다.

"자, 각자 진행하는 건들 이상이 없으면 엑스포 기획안 준비 상황 좀 볼까요?"

사장은 천진할 만큼 밝은 목소리로 말했다. 김 과장과 오 대리와 나는 서로 눈치만 보며 선뜻 말을 꺼내지 못했다. 사장의 부푼 기대에 찬물을 끼얹는 게 쉽진 않았지만 시간만 끌 수도 없었다.

"사장님."

"그래요. 윤 과장이 먼저 진행상황을 이야기해보세요."

사장의 목소리는 여전히 활기찼다. 어제의 치욕적인 장면을 내가 목격했다는 걸 모르고 있는 것이다.

"지금 엑스포를 여는 건 무리일 것 같습니다. 전시장 대여료만 하루에 수백만 원이어서 저희가 감당할 수준이 안 되구요. 엑스포를 개최했다고 해도 과연 그것이 얼마나 마케팅 효과를 볼지 예상하기 힘들구요. 일단 엑스포를 열기보다는 김 과장과 오 대리가 제안했던 사업 아이템을 현실화시키는 게 나을 것 같습니다."

김 과장과 오 대리는 표정 관리에 애썼다. 반면 사장의 얼굴 근육은 마취주사라도 맞은 듯 부자연스럽게 굳어갔다.

"지금 같은 상황에서 엑스포를 여는 건 회사가 자멸하는 지름길입니다. 다시 재고해주십시오."

김 과장과 오 대리가 지원사격을 시작했다.

"저도 윤 과장 생각에 전적으로 동의합니다. 저희 인력으론 준비 자체를 할 수가 없습니다."

"회사 자금 사정도 생각해야 하고요. 사정이 안 좋다는 건 알았지만 사채를 쓰셔야 할 정도인 줄은 몰랐거든요. 저희가 그런 사실을 안 이상 무리하게 일을 진행해서 사장님께 더 부담을 드리고 싶진 않습니다. 그러니까 사장님, 이번 건은 다음으로 미뤄주세요."

한동안 사장은 눈을 지그시 감고 의견을 경청했다. 그러더니 눈을 뜨고 허리를 편 뒤 우리들을 돌아보았다.

"여러분들 혹시 야구 좋아해요?"

예상치 못한 말이었다. 우리는 아무 대답도 못하고 서로 긴장한 눈길만 주고받았다.

"난 어린 시절에 프로야구 광팬이었어요. 내 우상이 누구였는지 알아요?"

뜬금없이 웬 야구? 모두 뜨악한 낯빛이었다.

"박철순!"

"……."

"야구팬들이나 전문가들은 요즘도 심심찮게 우리 프로야구 역사상 최고의 투수가 누구였느냐는 문제로 논쟁을 벌이지요. 선동렬이 최고였다, 아니다, 최동원이 최고였다, 아니다, 지금 메이저리그에 간 류현진이 최고다. 하지만 내게는 언제나 최고의 투수가 박철순입니다. 난 충청도하고는 아무런 관련도 없지만 말입니다."

"사장님, 그거랑 지금 우리가 논의하는 문제랑 도대체……."

사장의 변화구에 말려들 김 과장이 아니었지만, 사장도 호락호락 물러서진 않았다. 그가 이번에는 강속구로 윽박지르듯이 말을 이었다.

"우리 회사가 무슨 일을 하는 뎁니까?"

"연애 컨설팅을 하는 회사지요."

"앞으로도 그 일이나 하며 연명하고 있을 겁니까?"

"그런 건 아니지만……."

사장은 제구력에 자신 있는 투수처럼 흔들림이 없었다.

"박철순은 코리안 시리즈에 등판해 팀을 우승시킬 당시 심각한 허리 부상 중이었습니다. 그는 우승만 한다면 평생 원이 없겠다고 생각했기에 부상 중인 몸으로도 등판을 강행했던 것이지요. 그리고 팀을 우승으로 이끌었습니다. 그 뒤에 입었던 부상들은 그 등판의 대가였어요. 그러니까 그는 자신의 몸뚱이와 우승을 맞바꾼 것이었지요. 사람들은 넘어져도 쓰러지지 않고 다시 일어서는 그를 불사조라고 불렀지요. 그러나 그는 불사조이기 이전에 진정한 로맨티스트였습니다. 로맨티스트였기에 단 한순간을 위해서 자신의 몸을 던질 수 있었던 거라구요."

나는 건너편 벽만 쳐다보았다. 실재하는 벽보다 더욱 단단한 벽에 부딪혔다는 낭패감을 곱씹으면서.

"나는 그렇습니다. 단 한 번이라도 우리의 뜻을 펼쳐볼 수 있다면, 그것으로 족할 수도 있을 것 같습니다."

"사장님, 저희는 이윤을 목표로 하는 회사입니다. 그리고 지금 회사는 쓰러지기 일보직전이구요."

김 과장이 특유의 논리로 설득했지만 사장은 곧바로 반박했다.

"그래요. 말 잘했습니다. 회사가 쓰러지기 직전이라 어떻게든 한번 일어서보려는 것입니다."

사장의 목소리가 쩌렁쩌렁 울려 퍼졌다. 내 눈엔 사장이 회사를 운영하는 경영자가 아니라 거사를 도모하려는 혁명가처럼 보였다.

"나는 낭만엑스포를 반드시 열겠습니다. 이 회사의 변곡점이 될 수 있다고 확신합니다. 여러분은 그저 각자 맡은 일에 최선을 다해주시기 바랍니다."

사장이 자리에서 일어났다. 돌아선 그의 어깨 위로 숭고한 기운이 아지랑이처럼 일렁거렸던가. 그건 나의 착각이었다. 돌아선 그의 어깨에서 엿보이는 건 멸종 위기에 몰린 생물종에게서 느껴지는 쓸쓸함이었다. 나는 사장이 존경스러웠다. 적어도 그 순간만큼은 그랬다. 그처럼 온 마음과 몸을 던져서 무엇인가를 이루어내고 싶은 게 있다니. 어떤 목표를 위해 내 삶을 불쏘시개로 완전 연소시키고 싶은 순간적인 욕망에 나는 몸을 흠칫 떨었다. 그럼에도 열정은 금세 두려움에 묻혀버렸다. 어쩔 수 없는 일이었다. 나는 사장과 같은 불굴의 정신력을 소유한 사람이 못 되니까. 그처럼 낭만에 미쳐 있는 게 아니니까. 그럼에도 사장과 함께 끝까지 가보는 것 말고 다른 도리가 없음을 인정해야 했다. 김 과장도 오 대리도 나와 똑같은 심정 같았다.

　토요일, 미진을 만나러 가는 지하철 안이었다. 나는 《누구를 위하여 종은 울리나》를 꺼내 펼쳤다. 《그리스인 조르바》는 지난주에 책장의 왼편 '읽다가 만 책' 영역에서 오른편 '이미 읽은 책' 영역으로 넘어갔다. 마지막 책장을 덮은 뒤, 나는 잠시 눈을 감았다. 광산을 말아먹고 유쾌하게 춤을 추는 조르바의 모습이 머릿속에 그려졌다. 조르바의 그 천진성이야말로 진정 혁명적인 게 아닐까. 카잔차키스를 만난 게 소피스트 박 덕분이라면 헤밍웨이를 만난 건 미진 덕택이었다.

　지금은 없어진 동숭동의 예술영화 전용극장에서 잉그리드 버그만 회고전을 했던 적이 있다. 그곳에서 미진과 함께 봤던 영화가 〈누구를 위하여 종은 울리나〉였다. 술을 마시며 들어보니 미진은 헤밍웨이의 다른 소설들도 많이 읽은 것 같았다. 나는 《노인과 바다》만 알고 있을 뿐이었다. 그래도 티를 낼 순 없어서 시종 미진의 말에 고개를 끄덕이고 맞장구를 쳤다. 미진과 헤어지고 돌아와서 나는 헤밍웨이의 소설들을 하나씩 찾아 읽었다. 《누구를 위하여 종은 울리나》를 읽다가 말았던 건 내용을 알고 있어서였다. 그 작품 역시 헤밍웨이의 다른 작품과 비슷한 면이 있었다. 주인공이 행동주의자이면서 허

무주의의 냄새를 짙게 풍긴다는 면에서 특히. 문장은 마치 잘
떠놓은 생선회처럼 정갈하면서도 품위가 있었다.

"그들에게는 오직 행위만이 있을 뿐이다. 자신에게나 상
대방에게나. 행위 이외의 어떤 것도 있을 수 없었고, 이것
만이 전부였고 영원이었다. 그것은 과거, 현재, 미래를 초
월한 것이었다. 전에는 함께 가질 수 없었던 것, 그것을 이
제 그들은 함께 나누고 있는 것이다. 그들은 현재, 과거, 미
래를, 아니 무엇보다도 현재, 현재, 현재를 함께 나누고 있
는 것이다. 아아, 이 현재, 현재, 현재를, 오직 현재만을 우
선 현재만을."[•]

주인공 로버트 조던은 비굴한 삶보다는 숭고한 죽음을 선
택할 사람이었다. 현재만을 소중히 여긴다는 면에선 조르바
와도 닮아 있었다. 반혁명분자들과 싸우는 인텔리겐치아 조
르바라고나 할까.

하지만 현재라니⋯⋯. 물처럼 흘러가버리고 잡았다 싶으면
빠져나가는 그 현재라니⋯⋯. 이미 기억과 욕망의 덩어리가

• 《누구를 위하여 종은 울리나》, E. 헤밍웨이 지음, 최준기 옮김, 글방문고, 1990.

되어버린 나로선 책을 읽을수록 헛헛해지는 기분이었다.

딴은 오 대리의 말이 맞았다. 우리 시대는 헤밍웨이나 니코스 카잔차키스가 살았던 혁명의 시대와는 거리가 멀었다. 그런 꿈은 아주 오래된 추억이 되어버렸다. 언제부턴가 사람들도 혁명이니 운동이니 하는 말 자체에 알레르기 반응을 보이는 것 같았다.

미진과 만나기로 한 무역센터역까지는 한참을 더 가야 했다. 책을 덮자 졸음이 밀려들면서 의식이 수면 아래로 천천히 가라앉았다. 덜커덩덜커덩. 지하철이 흔들리면서 감은 눈 사이로 환한 빛이 스며들었다. 가물가물, 빛과 어둠이 뒤섞인 공간이 눈앞에 펼쳐졌다. 누군가의 목소리가 들려왔다. 가면을 쓴 채 군중에게 열정적으로 말을 거는 남자. 무대도 없고, 조명도 없고, 관객도 없고, 연기도 없었다. 그곳엔 단지 군중에게 외치는 한 명의 남자가 서 있을 뿐이었다. 사람들은 그를 힐끗 쳐다볼 뿐 관심을 두지 않았다. 그 앞에 앉아 있던 몇몇의 학생들만 갈채를 보냈다. 남자는 아랑곳하지 않고 대사를 읊었다. 어느 순간 남자가 가면을 벗고 나를 정면으로 노려보았다. 그의 한쪽 눈에서 붉은 피가 나더니 볼을 타고 흘러 바닥으로 툭 떨어졌다. 나는 흠칫 놀라 눈을 뜨고 말았다.

흔들리는 지하철 안에 피곤한 얼굴로 서 있는 승객들이 보였다. 졸음이 가시면서 묻어둔 기억들이 빛의 속도로 밀려들었다.

2학년 가을, 정기총회를 앞둔 학생회실은 한겨울 강의실만큼이나 냉랭했다. 넓은 창으로 쏟아져 들어오는 햇살의 따사로운 입자도 실내의 싸늘한 기운을 녹이지는 못했다. 학생들끼리 논쟁이 붙는 경우는 흔했지만 그날은 정도가 심했다. 누군가 금방이라도 자리를 박차고 일어날 분위기였다. 그 중심에는 소피스트 박이 있었다. 누구도 문제 삼지 않던 학생회 집행부의 태도를 그가 비판하고 나선 것이다.

"나는 원어 연극을 포기한다는 걸 받아들일 수 없습니다. 그건 단순히 하나의 공연이 아니라 우리 학과의 상징 아닌가요? 원어 연극을 포기해야 한다면 정기총회도 포기하는 게 낫다고 생각합니다."

소피스트 박의 목소리는 어느 때보다 격앙돼 있었다. 대부분의 집행부들 역시 상기된 표정이었다. 그들은 못마땅한 감정을 굳이 숨기려들지 않았다.

"원어 연극 못한다고 정기총회를 포기하자는 건 지붕에 구멍이 나서 물 좀 샌다고 집을 다 때려 부수자는 말과 같은 거 아닌가요?"

"그런가요? 나는 오히려 원어 연극을 없애고 정기총회를 하자는 말이 지붕을 다 드러내고도 그걸 집이라고 우기는 것 같아 보이는데요."

부학생회장이 비아냥거렸지만 물러설 소피스트 박이 아니었다.

"그렇다고 정기총회까지 그만두자는 걸 지금 의견이라고 내놓는 겁니까? 뭔가 좀 생산적인 방안을 내라는 겁니다."

"그만큼 원어 연극이 중요하다는 겁니다. 어찌 됐든 나는 원어 연극을 포기하려는 집행부의 결정을 받아들일 수 없습니다. 차라리 나한테 맡겨주면 어떻게든 한번 꾸려보겠습니다."

분위기는 시작할 때와는 전혀 다른 양상으로 바뀌어갔다. 소피스트 박의 항의에 집행부 모두가 주춤거리기 시작한 것이다.

약간의 소란과 웅성거림 그리고 칭찬인지 비웃음인지 모를 말들이 오갔다. 그러나 한 친구만은 유난히 굳은 표정으로 앉아 있었다. 독문과 신임 학생회장 장해성이었다.

우리가 2학년이 되던 그해, 내가 다니던 학교에는 적지 않은 변화가 일어났다. 운동권 학생회가 퇴조하고 최초로 비운동권 학생회가 출범했다. 나라에 상대적 진보정권이 들어선 그해, 학교에선 그 반대의 현상이 나타난 것이다. 학교마다 사정은 달랐지만 우리 학교는 그런 면에서만큼은 변화가 빨랐다. 과별로는 기존 운동권이 주축인 곳도 있었지만 총학생회와 단과대학 대부분은 비운동권이 새롭게 둥지를 틀었다. 아마도 아이엠에프 사태와 정권교체라는 시대적 분위기가 하나의 원인이었을지 모른다. 장해성은 그런 시대의 상징적인 존재였다. 그는 입학 때부터 영어 실력이 출중했고, 그 영어 실력만큼이나 인기가 많았다. 그가 회장을 맡고 있는 영어스터디 모임이 이제는 학생회에서 가장 큰 소모임이었다. 그는 학과 학생회장 후보에 입후보해서 압도적인 표차로 당선되었다.

"현식이 생각도 일리가 있다고 생각합니다. 하지만 집행부가 학우들의 설문을 바탕으로 내린 결정을 다시 손바닥 뒤집듯 뒤집어서는 안 된다고 생각합니다."

해성이 소피스트 박의 말을 반박했다. 그때껏 정기총회의 메인 프로그램이었던 원어 연극을 '취업률 제고를 위한 학과 대토론회'로 바꾸자고 제안한 이도 신임 학생회장인 해성이었다. 비운동권 학생회는 이전과는 다른 정체성을 보여주고 싶어 안달이 난 상태였다. 그런 상황에서 해성은 스스로가 앞장서서 이전의 전통들을 바꿔나가려고 했다. 설문조사가 이루어졌고, 참여가 시들해진 원어 연극을 대신해 대토론회가 메인 프로그램으로 자리 잡은 거였다.

한순간 해성과 소피스트 박의 시선이 부딪쳤다. 몇 년 전까지 거리에서 벌어지던 전투경찰과 시위대의 대치와도 같이 팽팽한 긴장감이 흘렀다. 나는 조마조마한 분위기를 감지하면서도 그때껏 말을 아꼈다. 해성의 논리도 반박하기 힘든 건 사실이었으니까. 어찌 됐건 정당한 절차를 거쳐서 내린 결정이었다. 학생회 조례에도 프로그램의 수립은 집행부의 권한으로 나와 있었다.

"수업에 빠져서 응하지 못한 친구들도 있을 테고 다른 바쁜 일 때문에 조사에 참여하지 못한 친구들도 있을 텐데 그런 알량한 설문조사 결과 하나만으로 어떻게 이십 년 이상 계속해온 학과의 상징적인 행사를 없애버릴 수가 있는 겁니까?"

"아니, 지금 말이 심하네. 그리고 전후관계가 뒤바뀌었는데요, 엄밀히 말하자면 없앤 건 우리가 아닙니다. 우리는 다만 학우들의 변화한 마음을 받아들인 것뿐이에요. 지난해만 해도 원어 연극을 하겠다고 나서는 학우들이 현저하게 줄어들어서 애를 먹었던 걸 다들 알잖습니까? 그래서 이젠 뭔가 학우들이 많이 참여할 수 있는 프로그램을 고민했던 것이고, 그렇게 해서 공식적인 절차를 통해 결정된 사안입니다."

부학생회장이 해성과 바통 터치를 해가며 소피스트 박을 압박했다. 나도 그대로 방관만 하고 있을 순 없었다.

"그렇다고 해도 설문조사만으로 이십 년간 지속되던 원어 연극을 없애기로 한 결정은 역시 문제가 있다고 생각합니다. 좀 더 신중했어야 합니다. 학우들의 설문조사 결과가 말해주는 건 원어 연극을 폐지하자는 게 아니라 현실적으로 피부에 와 닿을 만한 그런 프로그램을 마련해주길 바랐던 게 아닐까요? 그래서 대토론회를 열자는 데 찬성표가 압도적으로 많았던 것이죠."

서둘러 한 발언이 어쩐지 내 의도와 빗나간 듯싶었다. 오히려 대토론회 프로그램 쪽에 힘을 실어준 느낌이었다. 나는 소피스트 박과 다른 집행부의 얼굴을 둘러본 뒤, 황급히 덧붙였다.

"그러니까 제 말은 설문조사에 참여하지 않은 학생들도 많았다는 것이고, 개중에는 원어 연극을 하고 싶은 학생이 있지 않다고 장담할 수 없다는 겁니다. 그리고 조금 더 신중한 절차를 거쳐야 한다는 것이죠. 그래서 대토론회는 대토론회대로 하되 원어 연극을 개최하는 방법도 포기하지 말고 계속 찾아봐야 한다는 것입니다."

이마에서 눈두덩으로 한 줄기 땀이 흘러내렸다. 현실성 없는 말임을 나 자신이 더 잘 알고 있었다.

"아니, 석민이 의견이 듣기엔 좋을지 몰라도 빛 좋은 개살

구지요. 그게 현실적으로 가능합니까?"

문화부장이 기가 차다는 표정으로 반문했다. 나와 코드가 전혀 맞지 않는, 주는 것 없이 미운 동기 녀석이었다. 해성을 마치 보스처럼 신봉하는 태도부터가 눈살을 찌푸리게 했다. 지지자의 발언에 힘입어 해성이 곧바로 말을 이었다.

"맞는 지적이에요. 지금이 시월 중순입니다. 시월 중순. 아무리 늦어도 정기총회는 십일월 하순까지는 이루어져야 하는데, 원어 연극을 하려면 당장 지금부터 준비를 시작해도 늦습니다. 그거 학생들 참가 독려하고 작품 선정하고 대본 잡고, 연기 지도까지 하려면 최소 두 달 이상은 필요해요. 그런데 언제 대토론회를 하고 또 원어 연극을 같이 하자는 겁니까? 정 그렇게 원어 연극이 하고 싶으면 방학 때 하고 싶은 사람들끼리 모여서 공연하면 어떨까요?"

'방학 때'라는 말에 폭소가 터져 나왔다. 나는 머쓱하게 웃으며 입을 다물 수밖에 없었다. 무척 분했지만 달리 반박을 하지도 못했다. 어쩌면 전체 회의에 참가한 학생들 중 원어 연극을 적극 지지하는 학생이 나와 소피스트 박 두 명뿐이라는 사실에 기가 죽었던 것일지도 모른다. 사실 그런 분위기는 우리 학과의 상황과도 무관하지 않았다. 그해 학교의 일방적인 학과 구조조정 계획으로 인해 독문학과가 다른 학과와의 통폐합 대상이 되었던 것이다. 학생들은 너 나 할 것 없이 패배감에 젖어 있었다. 그런 상황에서 원어 연극에 대한 무관심은 어찌 보면 당연한 현상일지 몰랐다.

"시기와 시간은 문제가 되지 않는다고 봅니다. 중요한 건 의지지요. 대토론회도 하고 원어 연극도 한다고 뭐가 문제 됩니까? 인원 문제라면 내가 어떻게든 해보도록 할게요."

소피스트 박이 다시 눈을 번득이며 집행부를 둘러보았다. 그는 나와 달리 전혀 기가 죽지 않았다. 아니, 상대의 공격을 빨아들이는 신화 속의 괴물처럼 공격을 받으면 받을수록 더 괴력을 발휘하는 것 같았다. 그러나 아무도 그와 눈을 더 마주치려 하지 않았다.

"아니, 시간적으로도 문제지만 무엇보다 예산 문제가 걸립니다. 두 개를 모두 집행하기는 너무 어려워요. 하지만 원어 연극에 뜻이 있는 학우들끼리 자체적으로 움직이는 것까지 막을 순 없겠지요. 그렇게 한다면 학생회에서도 지원할 건 최대한 할 수 있도록 하겠습니다."

해성이 논란에 종지부를 찍었다. 그게 형식적인 말임을 소피스트 박도 알고 나도 알았다. 예산을 모두 다른 곳에 쓸 거면서 무슨 지원을 할 수 있다는 말인가. 나는 목까지 차오르는 불만을 억누르고 앉아 있었다. 그러나 소피스트 박은 달랐다.

잠자코 있던 그가 마치 연기를 하듯 천천히 일어섰다. 입을 사리물고 천천히 좌중을 훑어보더니 나직한 어조로 외쳤다.

"교활한 새끼들! 그래, 너희들 마음대로 다 해 처먹어라!"

그는 마치 대사를 연습하듯 또박또박 발음했다. 이어 혐오가 담긴 눈빛을 분분히 뿌리고선 회의실을 나가버렸다.

"저 또라이 새끼가 진짜!"

성질 급한 집행부 몇몇은 달려나가 소피스트 박의 얼굴을 들이받을 기세였다. 다행히 옆에 있던 다른 친구들이 그들을 말렸다. 또 다른 누군가가 욕설을 뱉어냈지만 금세 다른 목소리에 묻혀버렸다. 해성은 침착함을 잃지 않고 앉아 있었다. 어수선한 분위기에 마침표를 찍은 건 미진이었다. 그때껏 있는 듯 없는 듯 앉아 있던 미진이 마치 무언의 항변이라도 하듯 일어난 것이다. 그녀는 집행부를 향해 조용하지만 단호하게 말했다.

"나도 그만 가볼게요."

짧은 그 한마디를 끝으로 미진이 퇴장했다. 나는 미진의 뒷모습을 지켜보다가 해성과 눈이 마주치고 말았다. 씁쓸한 미소가 해성의 입가에 걸렸다가 사라지는 걸 나는 놓치지 않았다. 그때 나도 같이 일어나서 나가는 편이 나았을 것이다. 회의는 이제 대토론회를 어떻게 성공적으로 개최할 것이냐는 안건으로 이어졌다. 그들이 나누는 이야기가 내 귀에 한마디도 들어오지 않는 건 당연했다. 집행부도 아니면서, 원어 연극을 이어가도록 해보자는 소피스트 박에게 설득당해서 참석한 자리였다. 그럼에도 나는 그대로 앉아 있었다. 이유는 딱 한 가지. 그 순간 어이없게도 소피스트 박처럼, 그리고 미진처럼 일어설 용기가 나지 않았다. 가능하다면 나는 누구와도 적이 되고 싶지 않았다. 그런 내 자신이 싫었지만 달리 어쩌지도 못했다. 해성은 어쨌거나 앓던 이를 뽑아내서 후련하다는 듯 미소를 숨기지 않았다. 나는 살짝 눈살을 찌푸리고 그에게서 눈을 돌려버렸다. 그날, 내가 했던 마지막 저항은 모두들 떠들썩하게 몰려간 뒤풀이에 참석하지 않는 것뿐이었다.

* * *

내가 손을 들어 보이자 미진이 미소를 지으며 다가왔다. 시간의 저편에서 부드럽게 밀려드는 물결이 마음을 찰랑찰랑 적셨다.

"아이들은 어디 맡겼어?"

"그럼! 하루하루가 전쟁이다, 전쟁. 아, 오늘 하루라도 풀려나서 얼마나 좋은지 몰라."

대답을 듣고 보니 갑자기 부담스러워졌다. 뭔가 깨가 쏟아지도록 재미나게 시간을 보내줘야 할 것만 같았다. 내 마음을 읽었는지 그녀가 핀잔을 주었다.

"넌 어쩜 그렇게 하나도 안 변했니. 생각이 많은 것까지 여전하구나."

나는 떨떠름하게 웃었다. 당황스러운 감정을 숨기기 위해 서둘러 밥과 술을 시켰다.

세월이란 길고도 깊은 잠과 닮아 있었다. 그 잠에서 막 깨어난 뒤처럼 나는 자꾸만 허둥거렸다. 지난번엔 잠깐 커피만 마셨으니 제대로 보는 건 십여 년 만에 처음이었다. 나도 그랬지만 그녀도 공통의 화제를 찾지 못해 종종 말이 끊겼고, 그때마다 멋쩍게 웃었다. 어색함을 피하기 위해서 나는 빠르게 술잔을 비웠다.

"근데 넌 아이가 셋이야?"

"무식하면 용감하다잖아. 너는 결혼 왜 안 했어?"

그녀가 질문의 화살을 내 쪽으로 돌렸다.

"그냥 뭐 어쩌다보니……."

그녀를 마지막으로 본 게 4학년 가을 학기였던가. 나는 군대를 다녀왔고, 그녀는 몇 번의 휴학 끝에 졸업을 하고 취업 준비에 한창이었다. 나는 그녀와 이따금씩 만나 교정을 산책

하거나 술을 마시거나 했다. 데이트라고 하기엔 싱겁기만 한 만남이었다. 흔한 표현대로 친구도 아니고 연인도 아닌 참으로 뜨뜻미지근한, 그래서 멀어지기도 힘든 가까움이랄까. 내 겐 그녀에 대한 연정보다 생활비 마련과 진로에 대한 압박감이 더욱 컸다. 어느 순간 그녀가 결혼을 한다고 통보해왔고, 이후 연락이 끊겼다. 놀랍게도 결혼 상대자는 해성이었다. 나도 그랬지만 그 누구도 그들의 연애를 눈치챘던 것 같지는 않았다. 그리고 얼마 뒤, 소피스트 박의 죽음이 있었다.

미진은 직장생활에 아이들 셋을 키우는 것도 모자라 여성 단체에서 봉사활동까지 하고 있었다. 양성평등실천협의회라던가. 주말에 가끔씩 나간다고 했는데, 구체적인 내용엔 함구했다. 가정폭력 피해 여성들에 대한 상담이 주요 업무이고, 가끔은 집회나 시위에도 참가한다고만 언급했다. 어쨌거나 아이를 셋 낳았다는 건 인류에 세 번 기여한 셈이 아닐까. 인류라는 종에 대한 일차적인 기여. 종의 관점에서 보면 하나의 인간이 탄생한다는 건 그 자체로 어떤 사상이나 철학보다 위대할지 모른다. 하나의 생명이 바로 하나의 가능성일 테니까. 그들 중 또 다른 예수와 또 다른 체게바라와 또 다른 아인슈타인과 또 다른 피카소가 나오지 말란 법이 없다. 물론 또 다른 히틀러와 또 다른 폴 포트와 또 다른 무솔리니가 나오지 말란 법도 없지만 이왕이면 희망적인 게 좋지 않겠는가. 그런 관점에서 보자면 나는 아무것도 생산한 게 없었다. 아이도, 작품도, 사상도, 하다못해 아름다운 문장 하나, 눈부신 대사 하나도. 인류라는 종의 입장에서는 있어도 그만 없어도 그만인 구성원 아닐까. 지구 최후의 날이 닥쳐 방주에 탑승할 인류를 선별한다고 하면, 아마 나는 제일 먼저 명단에서 제외될 것이다.

"근데 너는 무슨 일을 하는 거야?"

미진이 명함을 꺼내들며 눈빛을 반짝였다.

"아아, 그냥 고민에 빠진 사람들 상담하고 기업 컨설팅해주는 뭐 그런 일들이야."

나는 당황해서 대충 얼버무렸다. 전혀 없는 말을 지어낸 건 아니었다.

"잘돼?"

미진이 고개를 갸웃거리더니 다시 물었다.

"응, 뭐, 그냥 그래."

"애인은 없냐?"

미진이 미소를 지으며 물었다.

"애인이 있으면 오늘 같은 토요일에 너를 만나겠냐?"

"솔로가…… 참 재미없게 사는구나."

머리 위 스피커에서 캐리 앤드 론의 〈아이오유〉가 흘러나왔다. 1990년대 중반쯤 유동근과 황신혜가 주연한 드라마의 주제곡으로 유명했던 곡이다. 대학생이 아니라 고3 때였던가. 아무튼 그 언저리쯤 대학로나 신촌 거리를 돌아다니다보면 어김없이 흘러나오던 곡이었다.

"너, 나랑 코리아극장 갔던 것 기억나?"

갑자기 미진이 킥킥거리며 물어왔다. 코리아극장이라고? 그 단어를 입으로 발음하기도 오랜만이었다. 명동 한복판에 있던 그 극장 역시 지금은 사라지고 없다. 하지만 내가 기억하기론 그녀와 함께 간 극장은 동숭아트홀과 광화문의 백두대간이었다. 코리아극장을 같이 간 기억은 전혀 나지 않았다. 백두대간에서 〈포르노그래픽 어페어〉라는 영화를 보았는데, 영화가 진행될수록 어색했던 기억이 났다. 에로틱한 장면들 때문이었다. 어쨌든 나는 이만저만 헛물을 켠 게 아니었다. 몇 달 뒤에 그녀가 해성과 결혼한다는 소식을 들었으니까.

"코리아극장은 기억이 안 나는데, 거긴 왜?"

"하긴 네가 술이 좀 취하긴 했었지. 아휴, 기억이 안 난다니까 말을 하기도 뭣하네."

"뭔데?"

나는 궁금해져서 다시 물었다. 그녀는 싱긋거리며 나를 쳐다보기만 했다.

"네가 거기서 나하고 살자고 그랬어, 야."

"뭐라구? 에이, 설마. 아무리 취했어도 그렇지, 내가 미쳤냐?"

나도 모르게 화들짝 놀라서 되받았다.

"네가 술을 먹고 나서 극장엘 가자고 해서 같이 갔는데, 영화를 보다가 갑자기 벌떡 일어나 나가더라. 그래서 내가 따라갔는데, 갑자기 돌아서더니 나한테 그러는 거야. 너, 나랑 살자."

"정말이야? 우와…… 나도 전혀 박력 없는 놈은 아니었네."

"박력? 하이고 웃기고 있네."

미진이 머리를 뒤로 젖히며 까르르 웃음을 터뜨렸다.

"네 몰골이 어땠는지 알아? 후줄근한 면티에 김칫국물은 묻어 있지. 머리는 떡이 졌고, 눈은 게슴츠레해져서 꼭 조는 것 같지. 입에서는 술 냄새가 풀풀 나지. 계단을 오르내리는 다른 사람들한테 민망해 죽겠는데, 네 목소리가 또 좀 크냐? 그 큰 목소리로 혀가 꼬여서 뭐라고 자꾸 말하는데 처음엔 못 알아들었지. 나랑 살자, 그러는 거 같기도 하고 나랑 자자, 그러는 거 같기도 하고. 아휴 정말 부끄러워서 그대로 집으로 가버릴까 싶었는데, 그러자니 뭔가 마음이 짠하고 아무튼 난 감했었어."

"너, 지금 소설 쓰는 거 아니야?"

"내가 왜 거짓말을 하니? 쓸데없이."

"그래서 그다음엔?"

"화장실을 다녀왔더니 없어졌더라. 다음 날 전화했는데 너희 어머니께서 안 바꿔주시더라고. 네가 한사코 전화를 안 받는다고 그러시면서. 그리고 다음에 만났을 땐 네가 전혀 기억을 못하는 듯했고. 참 싱거운 녀석도 다 있네, 그렇게 생각하면서 소주 한 잔에 정리했지, 뭐."

마치 다른 사람의 이야기를 전해 듣는 기분이었다.

"너, 친구들이랑 싸웠던 것도 기억나니?"

그 기억은 잊어버리지 않았다. 그건 군대를 다녀와 서먹서먹했던 그녀와의 관계가 다시 가까워진 계기이기도 했다. 당시 소피스트 박은 자퇴한 상태였는데, 내가 술자리에서 언젠가의 그처럼 영어스터디 친구들을 싸잡아 비난했던 것이다. 싸움이 벌어지기 일촉즉발의 상황이었는데, 미진이 나를 노려보더니 돌연 자리를 박차고 나가버렸다. 그녀는 삼 년인가를 휴학하고 여전히 학교에 다니는 졸업반이었다. 아무튼 내가 오랜만에 만난 친구들과의 술자리 분위기에 초를 친 격이었는데, 그녀까지 나가버리자 다들 어쩔 줄 몰라 했다. 같은 복학생이던 해성이 내게 시비를 걸어와도 나는 개의치 않았다. 부랴부랴 미진을 쫓아갔을 뿐이다.

 다른 아이들이라면 모를까, 그녀마저 나를 차갑게 대하는 걸 견딜 수 없었다. 나는 버스정류장으로 걷는 미진을 쫓아가서 붙잡았다. 무슨 내용인지는 기억나지 않지만 길에서 말싸움을 하며 한동안 실랑이를 벌였다. 그녀는 나를 뿌리치고 버스에 올랐다. 나도 오기가 치밀어 그녀를 따라 버스에 올라탔다. 군대에 가기 전까지만 해도 미진과 소피스트 박은 연인 사이였다. 하지만 이제 그 둘의 연애가 끝났음을, 나는 모르지 않았다. 경기도 분당행 시외버스 안에서 나는 열심히 떠들어댔다. 무슨 말이었는지는 도무지 기억에 없다. 다만 선명한 것은 어느 순간 그녀가 보여준 해맑은 웃음이다. 갑자기 버스 안에 눈부시게 환한 빛이 무더기로 쏟아져 내리는 느낌이었다. 버스에서 내리고도 정류장에 선 채 무슨 이야기인가를 한참 나누었던 기억이 있다. 그리고 그녀는 집으로 갔고 나는 밤 열두 시가 넘어 차비도 없이 혼자 남았다. 봄이었지만 여전히 추운 날씨였다. 나는 궁리 끝에 꾀를 냈다. 가까운 병원 응급실로 가서 대기석 의자에 앉아 밤을 새운 것이다. 그날 이후 나는 미진과 가까워졌다. 그녀가 여전히 학교에 남아 있다는 사실이 반가웠다. 그럼에도 우리는 가까운 친구 이상이 되지는 못했다.

"너는 그때 왜 갑자기 뛰쳐나갔던 거야?"

"그러니까, 내가 아이들한테 마구 퍼부었던 말들이 떠오르더라고. 나도 한때 걔들한테 속물이니 어쩌니 그러면서 한참까불었었거든."

"아, 그랬어?"

이내 나는 고개를 갸웃거렸다. 과연 그게 이유였을까. 그것보단 해성 때문이 아니었을까.

해성에 대한 내 반감의 뿌리는 열등감이었을 것이다. 특별한 사람이 되고 싶었지만 어느 모로 보나 내겐 평범함뿐이라는 절망감. 거기엔 소피스트 박의 영향이 없지 않았다. 그나 해성과는 다른 방향으로 나 또한 카리스마 있는 사람이고 싶었다. 그러나 그때쯤엔 내가 영어스터디 모임 아이들과 똑같은 속물이라는 걸, 아니 어떤 면에서는 훨씬 더하다는 걸 인정해야 했다. 나는 그것을 인정하고 싶지 않아 조바심을 쳤다.

오랫동안 그녀도 나도 말이 없었다. 캐리 앤드 론과 김광석의 노래도, 그다음 흘러나오던 그린데이와 서태지의 노래도 모두 끝이 났다. 이젠 2000년대 이후 가요계를 평정한 아이돌그룹 노래들이 흘러나오고 있었다. 탁자 위 술병은 세 개로 늘어나 있었다. 내가 혼자 두 병을 마셨고, 그녀는 몇 잔 홀짝

거리기만 했다. 아직 술이 반 병 가까이 남아 있었지만 그녀가 이만 나가자고 했다. 일어날 때 보니 그녀의 눈 밑에 옅은 잔주름이 도드라졌다. 아이들 셋을 혼자서 키우는 게 만만치 않을 것이다. 신산스런 삶이 보이는 듯해서 그녀가 갑자기 안쓰럽게 여겨졌다.

술집에서 나와 우리는 잠깐 걷기로 했다. 코엑스 부근에서부터 강남 쪽으로 무작정 걸어내려갔다. 오피스빌딩의 층마다 불이 켜진 곳이 많았다. 그녀는 시원한 바람을 쐬려는 듯 머리를 살짝 치켜들고선 보도 위를 터벅터벅 걸었다.

"근데 왜 연락 한번 없었니?"

그녀가 나를 돌아보지 않고 물었다.

"결혼한 여자한테 내가 왜 연락을 하니?"

"내 소식 전혀 궁금하지도 않았나 보구나."

"그건 아니지만…… 네가 먼저 할 수도 있었잖아."

그녀는 대답 없이 고개를 자분자분 끄덕였다. 문득 우리 둘 사이에 누군가 함께 걷는 느낌이 들었다. 소피스트 박. 그녀 역시 그를 떠올리고 있는 것이리라. 벌써 십 년도 더 됐는데, 여전히 우리는 그에 대해서 말하기를 꺼려하고 있었다.

"저기……"

그녀가 무슨 말인가를 꺼내려다가 말았다.

"그만 걷자. 다리 아프다."

긴장해서 돌아보는 내게 그녀가 말했다. 나는 어깨를 으쓱한 뒤 그녀를 광역버스에 태워서 보냈다. 그리고 혼자 꿋꿋이 선릉역까지 걸어가 지하철을 탔다.

나는 서점에 들러 외젠 들라크루아의 화집을 샀다. 서양 미술사에서 낭만주의를 활짝 꽃피운 화가. 엑스포의 콘셉트를 잡아야 하는데, 도무지 감이 잡히지 않아서 무슨 영감이라도 얻을까 싶어 구입한 것이다. 회화 작품에 관심이 있었음에도 화집을 산 건 오랜만이었다. 어쨌거나 이 19세기 프랑스 화가의 그림들을 보니 새삼스런 호기심이 몽글몽글 피어났다. 가장 눈길을 끌었던 작품은 기원전 9세기 아시리아의 마지막 왕 사르다나팔루스의 최후를 그린 〈사르다나팔루스의 죽음〉이었다. 그건 사르다나팔루스가 반란병들이 쳐들어오기 전에 보물을 모아놓고 애첩들을 죽이는 장면을 묘사한 그림이었다. 비극적인 스토리가 가미되면 언제나 흥미는 배가되기 마련이었다. 들라크루아는 왕의 최후를 마치 그림으로 이야기해주겠다는 듯 화려한 색채를 동원하여 강렬한 필체로 묘사하고 있었다. 죽음을 다루는 주제임에도 그렇듯 생생한 힘과 활력이 느껴져서 오히려 비현실적이라고나 할까. 확실히 최후라든가 죽음이라든가 하는 것들은 낭만주의의 주요한 소재였다. 자신의 애첩들과 보물과 시종들을 모조리 끌어 모아 장작더미 위에서 함께 타죽은 사르다나팔루스 왕의 엽기적이기까지 한 최후야말로 낭만주의자들의 상상력에 불을 확 붙이는 소재였으리라.

들라크루아의 화집을 덮는 순간, 누군가의 뒷모습이 뇌리에 스쳐갔다. 회의실을 나갈 때 보았던 사장의 고집스러우면서도 쓸쓸한 어깨와 등짝, 그 너머 짙은 노을에 물든 서녘 하늘의 뜬금없는 비장미.

기획안은 며칠째 제자리걸음만 반복하고 있었다. 내 한숨 소리는 잦아졌고, 김 과장과 오 대리의 주름살도 늘어갔다. 엑스포가 성사되려면 장소가 있어야 했고, 프로그램이 있어야 했고, 협찬사와 광고회사들이 있어야 했고, 참가할 업체들이 있어야 했다. 그러나 그 모든 것보다 더욱 시급한 건 콘셉트였다. 세상에 강렬하게 각인될 단 한 줄의 문장 말이다. "대체 낭만엑스포가 뭐지?"라는 물음에 대한 명쾌한 답변. "지금 왜 낭만엑스포인가?"라는 의구심을 풀어줄 속 시원한 대답. 그건 추진자인 내 스스로 납득해야 할 명분이기도 했다. 회사의 사활이 걸린 일이라면 명분 또한 합당해야 할 테니까. 그런데 나로선 그걸 찾아내기가 힘들었다. 단지 사장의 의지가 강력해서……. 사장을 말릴 수가 없어서……. 사장과 한배를 탄 운명이기 때문에……. 그런 수동적인 이유만으로는 콘셉트를 만들어낼 수 없었다. 나는 점심을 먹다가 김 과장과 오 대리에게 시비라도 걸듯 물었다.

"근데 대체 우리가 이걸 왜 해야 하는 거지?"

"뭘요?"

"몰라서 물어? 낭만엑스포 말이야. 왜, 왜, 왜 해야 하는 거냐구?"

"그야 회사를 한번 살려보려는 거죠."

오 대리가 양푼이 김치찌개에 밥을 싹싹 비비며 대답했다. 김 과장은 반찬으로 나온 콩나물을 한 젓가락 집어먹었다.

"단지 우리 회사를 살리겠다는 이유라면 너무 궁색한 거 아닌가? 다른 사람들을 설득할 명분도 없고 하물며 나 자신조차 설득할 수 없다구."

"그러니까 누가 그런 아이디어를 내라고 했냐? 네가 낸 아이디어니까 설득할 명분도 네가 만들어봐라."

김 과장이 콩나물을 와작와작 씹으면서 대답했다.

"오케이."

나는 두 손을 드는 시늉을 했다. 김 과장은 콩나물이 아니라 나라는 인간을 와작와작 씹고 싶을 것이다. 한동안 모두 밥을 먹는 데만 열중했다. 김치찌개의 얼큰함으로 열이 오르자 얼굴에서 땀이 샘처럼 솟았다.

"근데 지금 우리에게 필요한 게 어떤 명분이나 이유는 아닐

거야."

김 과장이 먼저 말문을 열었다. 나는 땀을 훔치면서 숟가락질을 멈추었다.

"우린 회사란 말이야, 이윤을 목적으로 하는 회사. 이벤튼지 컨설팅인지 카운슬링인지 주 종목이 헷갈리긴 하지만 어쨌든. 회사가 추진하는 일의 이유야 당근 이윤이지. 그것 말고 대체 뭐가 더 있겠어."

"하지만 회사의 사활을 걸고 달려들 정도라면 일단 그럴 만한 명분이 있어야 하잖아?"

"그걸 우리 자신이 만들어야지. 만들어내서 믿어야지."

"믿어야 한다구? 납득이 안 되는데 어떻게 믿어?"

"납득해서 믿는 게 아니라 믿다보면 납득하게 되는 거야. 그게 믿음의 본질이야."

"방금은 뭐 우리가 이윤을 목적으로 하는 회사라며? 근데 무슨 사이비 교주나 할 법한 말씀을 하고 그러시나?"

"말 잘했다. 우리 사회에서 이윤이야말로 최고의 종교란 걸 몰라서 하는 소리야? 우리 사회 전체가 자본과 돈을 믿는 거대한 종교사회이고, 거대 기업사회라는 걸 몰라서 하는 소리냐구?"

"뭐 나도 동감은 해."

"그냥 눈 딱 감고 믿어. 그러면 그 믿음의 토양에서 새싹이 돋아나듯 저절로 엑스포를 해야만 하는 그럴듯한 명분과 이유가 만들어질 테니까."

"그걸 알면서 김 과장 너는 왜 안 믿는데?"

나는 김 과장의 궤변에 살짝 부아가 치밀었다.

"나야 뻔하지. 돈이 전혀 안 될 것 같으니까. 요샌 솔직히 다른 직장을 알아봐야 하나 고민 중이야."

김 과장이 밥숟가락을 내려놓았다. 한겨울 북서풍이라도 몰아친 듯 냉랭한 기운이 훅 끼쳤다.

"아, 그만큼 답답하단 뜻이야."

김 과장이 나와 오 대리 눈치를 보며 한 발짝 물러섰다. 나는 숟가락을 내려놓고 물컵을 비웠다. 오 대리는 남은 김치찌개와 밥을 마지막까지 긁어 먹었다. 딱히 할 말도 없는데다 머쓱해진 나는 가방에서 들라크루아의 화집을 꺼내 펼쳤다.

"혹시 이 화가 알아?"

"들라크루아네요."

오 대리가 관심을 내비쳤다.

"오, 알고 있었어?"

오 대리가 넌지시 화집을 눈으로 넘겨다보았다.

"제 전공이 미술사잖아요. 워낙 유명하기도 하고요. 근데 갑자기 화집을 다 사시고?"

"무슨 영감이라도 떠오를까 싶어서, 낭만주의 대표 화가지만 제대로 아는 그림이 없는 것 같아. 그런데 나는 이 사람이 왜 낭만주의의 대표 화가라 일컬어지는지 잘 모르겠어. 사실 인상파 화가나 그 뒤의 야수파 화가나 그런 사람들의 꿈틀거리고 강렬한 화풍에 비한다면 이 사람의 그림풍이나 소재는 오히려 고전주의 쪽에 가까운 거 아닌가?"

김 과장이 나와 오 대리를 멀거니 지켜보았다. 웬 때 아닌 예술 논쟁이냐는 듯이. 오 대리가 화집을 가져가 한 장씩 넘겨보면서 말했다.

"그게 궁금하셨구나. 그럼 이 사람과 동시대에 활동했던 앵그르라는 화가의 화집을 한번 보세요. 그럼 저절로 이해가 되실 거예요."

"그래?"

"사조라는 건 상대적인 거잖아요. 한 시대를 풍미하던 사조가 있고, 그것에 반발해서 반대 방향으로 튕겨져 나가는 게 새로운 사조의 문을 활짝 여는 경우가 많으니까요."

"계속해봐."

"앵그르는 아마 신고전주의자인가 그럴 거예요. 그런데 그의 화풍을 보면 완전히 반대예요. 뭐라고 해야 하지? 매끈하고 깔끔하고 균형이 잡혀 있고 선 하나도 치밀하게 계산해서 그었다고 해야 할까? 너무 안정적이라고나 할까. 아니면 정형화되어 있다고나 할까. 그런 형식미를 확 무너뜨린 게 낭만주의인 거죠."

오 대리가 화집을 빠르게 넘기더니 한쪽 면을 펴 보였다. 세계사 교과서의 단골 소재로 나왔던 프랑스 칠월 혁명을 형상화한 〈민중을 이끄는 자유의 여신〉이었다.

"보세요, 얼마나 역동적이에요?"

"듣고 보니 그러네. 그냥 스케치고 나발이고 필요 없이 되는대로 막 물감을 떡칠한 느낌이야."

"에이, 그렇기야 하겠어요. 하지만 배치나 조화나 그런 것을 의도적으로 무시한 경향은 있을 거예요."

"그런 것 같기도 하군."

"균형이나 조화, 그런 형식보다 낭만주의자들에겐 감정이 중요하고, 감정을 극단적으로 표현할 수 있는 게 색채니까요."

사장의 뒷모습이 떠올랐다. 회의 시간에 엑스포를 추진하자고 열변을 토하던 모습도 함께.

"듣다보니 사장님은 정말 낭만주의자가 맞는 것 같아."

"우리도 그렇게 일을 준비해야 하는 거 아닐까요?"

"어떻게?"

"낭만적으로요. 앞뒤 생각 안 하고 막 밀어붙이는 거죠. 너무 계산하지 말고."

"그래서 빚만 떠안고 쫄딱 망하면 그땐 어떻게 할 건데?"

"뒷일이야 사장님이 책임지시겠죠, 뭐."

"갑자기 미술평론 쪽으로 진로를 바꾸더니 이젠 또 뭐야? 다 함께 무책임해지자는 거야? 아님 모험주의인가?"

김 과장이 고개를 절레절레 저었다.

"두 사람 대화도 그렇고 사장님도 그렇고, 낭만, 낭만, 요샌 무슨 결사조직이라도 된 것 같아. 낭만주의 운동이라도 벌이는 것 같다구. 젠장."

"김 과장, 방금 운동이라고 했지?"

김 과장의 말이 귓속을 파고들었다. 갑자기 여러 개의 전구가 한꺼번에 켜지기라도 한 것처럼 머릿속이 환해졌다.

"그게 뭐 어때서?"

"바로 그거야."

나는 손가락을 탁 튕겼다. 새가 물어다 준 열매처럼 아이디어 하나가 툭 떨어진 것이다. 김 과장과 오 대리가 의아하다는 표정으로 나를 보았다.

"뭐? 진짜로 낭만주의 운동이라도 하자는 거야?"

김 과장이 짜증스럽게 되물었다.

"아니, 아니, 운동을 하려면 그 전에 선언부터 해야겠지."

"선언?"

김 과장과 오 대리가 호기심 어린 눈초리로 쳐다보았다. 나는 그들의 눈길을 받으면서도 광맥을 찾듯 머릿속 구석구석을 닥치는 대로 쑤시고 다녔다. 어두운 갱도 안에서 반짝이는 무엇인가가 보였다.

"맞았어. 음, 신낭만주의 선언. 어때?"

김 과장이 고개를 절레절레 흔들었고, 오 대리가 입술을 비죽이 내밀었다. 그러나 먼저 반응을 보인 건 김 과장이었다.

"어차피 콘셉트야 밀어붙이기 나름이니까."

김 과장은 여전히 시큰둥한 반응이었다. 그러나 나는 일어서서 김 과장의 어깨를 잡아 흔들었다. 느닷없이 떠오른 아이디어가 반가워서였다.

"앞에다가 21세기를 붙이면 어때요?"

오 대리의 말에 김 과장도 고개를 끄덕였다. 나도 그게 좋겠다고 맞장구를 쳤다. 어두웠던 머릿속 도로변에 일제히 가로등이 켜졌다. 인간성이 매몰되어가고, 모든 것이 경제적 가치로 재단되는 시대. 그런 물질화되고 비인간화된 시대에 낭만주의로 회귀하기를 꿈꾸자는 콘셉트면 충분했다. 어차피 포장하기 나름 아닌가. 낭만주의와 휴머니즘의 결합? 뭐 그런 것으로 잘 버무려서 엑스포 콘셉트를 잡아나가기로 했다. 예기치 않은 곳에서 월척을 낚은 기분이었다.

* * *

김 과장의 말은 틀리지 않았다. 나는 납득이 되어서 믿은 것이 아니라 그냥 믿기로 했다. 아니, 명분과 이유는 아무러면 어떤가 싶을 만큼 중요하게 여겨지지 않았다. 변덕스럽다면 변덕스러웠고 억지스럽다면 억지스러웠지만 그건 중요한 변화였다. 의심을 거두자 마음도 편안해졌다. 피해갈 수 없다면 부딪쳐야 하는 것이고, 부딪칠 거면 깨질 때 깨지더라도 제대로 붙어보는 편이 낫겠다 싶었다. 그러니까 내가 원했던 건 명분이나 이유가 아니라 나를 일으켜 세우는 욕망이었다. 그렇게 해서 낭만엑스포의 콘셉트는 '21세기 신낭만주의 선언전'이 되었다. 나 역시 사장을 닮아가고 있는 건 아닐까. 그런 의심이 들 정도로 번갯불에 콩 볶아먹듯 빠른 결정이었다.

사장은 기획 콘셉트에 큰 만족감을 표시했다. 물론 이제 기초공사를 위한 주춧돌 하나를 놓은 것에 불과했다. 구체화된 건 아무것도 없었다. 사장의 머릿속은 더욱 많은 것들로 복잡하게 얽혀 있을 게 틀림없었다. 어떻게 자금을 조달할 것이며, 어떻게 업체들을 끌어들일 것인가. 일단 그 문제는 사장에게 맡기는 수밖에 없었기에 나는 차근차근 체크 목록을 만들어나갔다. 먼저 전문 전시이벤트업체 두 곳을 방문해 벤치마킹을 실시했다. 자금 사정만 좋다면 아예 행사 진행 자체를 외주로 맡기는 것도 나쁘지는 않을 것이다. 그러나 그럴 만한 돈이 없다는 건 우리 모두는 물론, 양푼이 김치찌개집 사장도 아는 사실이었다. 엑스포에 가장 대표적인 공간이라 할 코엑스 전시장은 대여료 자체가 어마어마하게 비쌌다. 사장이 용케 스폰서와 협찬사를 얻어낸다 해도 너무 부담이 가는 금액이었다. 이도 저도 안 될 때에는 최후의 수단으로 지방자치단체의 협조를 얻어 광장이나 시립체육관 같은 장소를 대여하거나 폐교가 된 학교 운동장과 교실들을 재활용하는 방법도 있었다. 시간이 촉박하기는 하지만 방학기간이나 휴가기간을 활용하면 의외의 성과를 올릴 수도 있을 것이다. 그렇다고 문제들이 해결되는 건 아니다. 과연 지방자치단체가 우리의 제안서를 받아들일지도 의심스러웠고, 받아들여준다 해도 장소성의 문제로 인해 이슈화가 되지 않을 확률이 높았다. 돈과 장소성과 이슈화의 삼각관계는 쉽게 해결되지 않는 딜레마였다. 결국 어떤 프로그램이냐에 따라서 업체들을 설득할 수 있을 것이었다. 나는 프로그램 짜는 데에 보다 많은 노력을 기울이기로 했다.

사장은 사장대로 바빴고, 김 과장과 오 대리도 각자 맡은 분야로 분주했다. 게다가 나는 고객들의 이메일 연애상담은 물론 불륜 알리바이도 작성해야 했다. 콘셉트를 잡고 밑그림을 그려나가는 동안 일주일이 훌쩍 지나가버렸다. 지쳐 있던 내게 미진이 카톡을 보내왔다.

너 우리 집에 한번 와줄 수 있니?

집에는 왜?

우리 집 화장실 변기 물이 계속 새는데, 오래된 연립이라 누가 해줄 사람이 없다. 집주인은 알아서 하라고 그러고. 미안한 부탁인 거 아는데 너라도 혹시 할 줄 아나 해서……

미진의 사정이야 딱했지만 내겐 느닷없는 말이었다.

내가 무슨 인간 뚜러펑도 아니고 그걸 어떻게 해……

그런가? 미안 미안……

금세 마음이 약해진 나는 다시 카톡을 보냈다.

한번 봐줄 수는 있어. 고친다는 장담은 못해.

　토요일 오후, 나는 공구상자에서 스패너와 드라이버 세트를 챙겼다. 뭐가 어떻게 고장 났든 고칠 수 있을 가능성은 희박했다. 그래도 성의는 보여주고 싶었다. 버스에서 내리자마자 제과점에 들러 도넛 한 상자를 샀다. 정류장 횡단보도 맞은편에 미진이 마중을 나와 있었다. 그녀의 집은 성남시 구시가지에 위치한 낡은 연립주택이었다. 아이들 셋이 강아지처럼 쪼르르 달려나와 차례대로 인사를 했다. 첫째 아이는 초등학생치곤 키가 훌쩍 큰 여자아이였다. 쌍까풀 진 눈매도 그렇고 오종종하게 이목구비가 중앙집권적으로 모여 있는 것도 그렇고 미진을 그대로 빼다 박은 얼굴이었는데, 묘하게 친근감이 일었다. 아이가 쑥스러워하며 웃는 모습이 귀여웠다. 둘째는 한창 장난꾸러기일 남자아이였고, 셋째는 보기에도 깜찍한 다섯 살 여자아이였다.

　미진이 타준 커피를 마시고 화장실로 향했다. 거실이 딸린 방 두 개짜리 연립이었지만 아이들 셋이 복닥거리고 있어서인지 내가 사는 자취방보다 비좁아 보였다. 화장실 바닥엔 수경과 수영모자가 세숫대야에 담겨 있었다. 변기 레버를 내려보니 졸졸졸 물 새는 소리가 계속 났다. 나는 수조 뚜껑을 열고 반복해서 물을 내려보았다. 금세 원인이 파악되었다. 예전 원룸에서 같은 문제를 겪어봤었다. 물받이 아래 잠겨 있는 구멍의 고무패킹이 닳아서 그 사이로 물이 새는 게 틀림없었다. 고무패킹을 갈아주면 해결될 일이었다.

"왜 그런지 알아냈어?"

미진이 다가와 호기심 어린 말투로 물었다. 나는 고개를 끄덕이고 철물점이 어디에 있는지 물어본 뒤에 현관을 나왔다. 미진은 막내딸과 함께 앉아 그림 그리기를 시작하고 있었다.

"변기 아래쪽에 보면 수도관 꼭지 있어요. 그것 돌려놓고 작업하면 될 거예요."

머리가 희끗한 철물점 아저씨가 고무패킹과 전선을 묶는 밴드를 건네며 친절하게 작업방법까지 알려주었다. 오래된 연립이 많은 주택가이다 보니 심심찮게 생기는 일인 모양이었다.

수도관 꼭지부터 돌려서 잠갔다. 이어 물받이 안 패킹을 바꾸고 그 끝을 레버와 밴드로 꽉 묶었다. 손에 익숙하지 않아서 쉽지는 않았지만 난이도가 높은 일은 아니었다. 수도꼭지를 다시 틀고 변기 레버를 내려보았다. 물받이에 물이 다 차고 나서도 물이 새는 소리가 나지 않았다. 내 이마는 땀으로 흠뻑 젖어 있었다. 어느새 다가온 미진이 짝짝짝 박수를 쳤다.

"와우, 고쳤다. 너 대단하다. 이런 것도 할 줄 아네."

"별거 아냐."

나는 으쓱해진 얼굴로 미진을 돌아보았다.

보람과 기쁨은 잠깐이었다. 큰아이가 미진에게 피아노학원비를 내야 한다면서 돈을 달라고 한 게 시초였다. 미진은 "엊그제 줬잖아. 아 참, 그건 영어학원이었나?"라면서 난감해했다. 그러자 둘째 아이가 다가와서 "엄마 나도, 영어학원 다닐래"라며 칭얼거렸다. 미진이 눈을 살짝 흘기자 둘째 아이는 아예 미진의 허리를 붙잡고 늘어졌다. 미진이 "아저씨 보는데……"라면서 손바닥으로 아이의 팔을 툭 쳤다. 아이는 천진하게 낄낄거리면서 껌딱지마냥 미진의 허리에 달라붙었고, 갑자기 그 모습을 본 막내딸이 달려오더니 미진의 청바지 한쪽에 덩달아 달라붙어 "엄마, 피자 사줘"라고 외쳤다. "아저씨가 도넛 사왔잖아. 그거 먹어"라며 미진은 소리를 지르다시피 말했다. 그래도 아이는 피자를 포기하지 않았고, 큰아이가 학원에 늦었다고 한 옥타브 높게 신경질을 부려댔고, 덩달아 막내딸이 "피자, 피자"라고 구호를 외쳐대기 시작했고, 둘째 아이가 막내딸을 데려가려다가 그만 미끄러지는 바람에 막내딸이 바닥에 깔려서 으아앙 울음을 터뜨렸고, 그러자 큰딸이 둘째 아이의 머리통을 쥐어박았고, 둘째 아이가 "왜 때려?"라고 소리를 지르면서 큰딸에게 대들었다. 아이들이 저마다 떠들고 울고 소란을 떨자 도떼기시장이 따로 없었다. 나는 순식간에 벌어진 그 모든 상황을 화장실에서 슬리퍼를 신은 채 얼떨떨하게 지켜보았다.

"조용히들 안 해! 시끄럽다니까!"

미진이 앙칼지게 소리쳤다. 그러고선 지갑을 열어 큰아이 손바닥에 돈을 쥐여주었고, 둘째 아이의 머리를 한 번 쓸어준 뒤, 막내딸을 안아 올려 엉덩이를 토닥토닥 두들겨주었다. 그녀는 내게 고갯짓으로 안방 문을 가리켜 보였다. 나는 미진의 말 잘 듣는 넷째 아이처럼 재빠르게 안방으로 들어갔다.

"밥 해줄 테니 먹고 가라."

미진이 등 뒤에 대고 말했다. 나는 이런 아수라장에서 밥까지 얻어먹는 게 합당한 것인지 잘 모르겠어서 대답을 하지 않았다. 밥을 얻어먹자니 어색한 건 둘째 치고 정신이 하나도 없을 것 같고, 안 먹고 가자니 섭섭해할 것 같았다.

미진과 어린 두 아이가 함께 쓰는 방이었다. 장롱과 화장대와 TV와 책상이 사면 벽을 따라 빽빽이 들어차 있었는데, 책상에 달린 책꽂이에 낡은 책들이 꽂혀 있었다. 화장대에 세워진 감사패에 눈길이 갔다. 여성연합중앙회에서 봉사단원에게 주는 것이었다. 이렇듯 정신없는 와중에 감사패까지 받을 정

도로 열심이었던 모양이다. 화장대 옆 책꽂이로 다가갔다. 책
들 중에 유독 눈길을 끄는 제목이 있었다.《영혼의 자서전》. 지
금은 없어진 '고려원'이라는 출판사에서 1990년대에 출간된
니코스 카잔차키스 전집의 첫 번째 책이었다. 나는 그 책을 꺼
냈다. 책표지를 넘기자 누군가가 직접 쓴 손글씨가 나타났다.

사람의 영혼에도 무게가 있을까? 내 영혼은 너에 대한 그리
움으로 자꾸만 무거워지는 중이야.

잔뜩 멋을 부려 길게 늘여 쓴 글씨체와 뻔뻔할 만큼 오글거
리는 내용이 눈에 익었다. 어렵지 않게 그 주인공을 떠올릴
수 있었다. 소피스트 박……. 잠깐 서늘해진 기분으로 글씨
를 들여다보다가 다시 책꽂이에 꽂았다. 니코스 카잔차키스
의 다른 책도 있었는데, 다시 꺼내서 들춰보려다가 그만두었
다. 미진의 내밀한 비밀을 훔쳐보는 것 같아서였다. 그때 안
방 문이 열리면서 미진이 들어왔다.

"내가 이렇게 산다. 정말 아이들 때문에 미치겠다. 바깥에
서 밥이라도 사주고 싶지만 아이들 때문에 안 되니까 여기서
먹고 가."

미진이 확인하듯 재우쳐 물었다. 나는 두 손을 빠르게 내저
으며 말했다.

"아냐, 아냐. 됐어. 나 빨리 가서 하던 일 마저 해야 돼."

"오늘 회사 쉬는 거 아니었어?"

"응, 그런데 작성 중인 기획안이 아직 안 끝나서 마저 해야 되거든."

"밥은?"

"그냥 사먹으면 돼. 걱정하지 마."

"야, 그래도 그렇지…… 어떻게 그냥 가니? 그럼 내가 너무 미안하잖아."

"시간 될 때 술이나 한잔 사."

"그러지 말고 먹고 가."

"아니라니까. 아이들이 다 씩씩하고 귀엽다."

나는 칭찬을 건넨 뒤에 안방을 나왔다. 미진이 막내딸을 달래는 틈에 황급히 현관문을 열었다. 미진은 슬리퍼를 구겨 신고 복도로 뛰어나왔다. 손바닥에 돈을 쥐여주려는 걸 겨우 뿌리쳤다.

"다음에 술이나 마시자."

나는 재빨리 말하고 등을 돌렸다. 돌아보니 미진이 슬픈 듯 아쉬운 듯 복잡한 표정으로 서 있었다. 나는 들어가라고 손짓을 한 뒤, 잰걸음으로 골목을 빠져나왔다.

10

지하철을 타고 돌아오는 내내 마음이 무거웠다. 무거움의 정체는 무엇일까. 그녀에 대한 연정이 또다시 꿈틀거리기 때문일까. 그래서인 것 같진 않았다. 혼자서 아이 셋을 키우면서 살아가는 삶에 대한 연민일까. 그렇게 볼 필요도 없었다. 내가 누굴 연민하고 동정할 처지도 아닐뿐더러 적어도 겉으로만 볼 때 그녀는 잘해내고 있었으니까. 마치 카리스마 넘치는 장수처럼. 그보단 소피스트 박의 흔적을 새삼 발견한 때문이었을 것이다.

소피스트 박에 대한 기억은 언제나 그 계절에 머물러 있다. 유난히 햇살이 다사롭던 2학년 가을학기의 나날들.

정기총회의 메인 프로그램은 '취업률 증진을 위한 독문학과 대토론회'로 확정된 상태였다. 그래도 소피스트 박과 나, 그리고 몇몇 1학년 후배들은 원어 연극을 독자적으로 꾸려나가기 위한 예비모임을 열었다. 그날 모임에 참가한 인원 중에 나와 소피스트 박을 빼면 나머지는 막연한 호기심으로 나선 1학년 학생들뿐이었다. 절대적으로 인원이 부족했다. 나와 소피스트 박은 학교 구석구석에 대자보를 붙였고, 전공수업이 끝나고 참석을 독려하는 발언을 하기도 했다. 하지만 단지 몇 명의 노력만으로 전체 학생들의 관심을 끌어내기엔 늦은 감이 있었다.

첫날 회의는 침울한 분위기에서 시작되었다. 연출과 기획이야 소피스트 박과 내가 맡는다 치더라도 스태프와 배우가 터무니없이 부족했다. 두 번째 모임을 이어갈 수 있을지조차 장담하기 힘들었다. 그렇듯 비관적인 상황에서 소피스트 박이 묘안을 냈다.

"너희들 생각에도 공연이 힘들 거 같지? 그래서 내가 궁리해봤는데 말이야, 다른 학교와 합동공연을 해보면 어떨까?"

"어머, 그거 재미있겠네요."

1학년 여학생이 박수를 치며 호들갑을 떨었다.

"구체적인 계획이라도 있어?"

아이디어 자체는 절묘했다. 다만 현실적으로 가능할지가 미지수였다.

"아니, 없어. 계획이야 지금 만들면 되지 뭐."

소피스트 박의 태도에 1학년 학생들이 환호성을 지르며 팔을 휘휘 저었다. 마치 돌을 금으로 바꾸는 마이다스의 손이라도 본 듯 놀라움이 섞인 눈빛들로. 나 역시 기뻤지만 내심 조마조마했다. 다른 학교 독문학과에 연락을 해서 공동으로 원어 연극을 올리기엔 시간적으로 촉박했다. 해성의 말대로 정말 방학 때를 이용해야 할지도 몰랐다. 그런 내 염려는 기우가 아니었다.

소피스트 박의 시도는 처음부터 난관에 부딪혔다. 우리가 제일 먼저 접촉했던 H대학교 독문학과에서 긍정적인 답변을 보내왔다. 그러나 그들은 자체적인 원어 연극 연습에 들어간 상태이므로 다음 해부터나 함께 할 수 있을 것이라 했다. 두 번째로 접촉을 시도했던 J대학교에서도 그해의 원어 연극을 끝낸 상태라며, 비슷한 답변을 보내왔다. 세 번째로 접촉한 D대학교에선 보다 긍정적인 답변을 보내왔다. 그 학교 역시 원어 연극 공연을 하겠다는 인원이 적어서 고민 중이라며, 구체적인 논의를 해보자고 했다. 나와 소피스트 박은 부랴부랴 D대학교 학생회실로 건너가 그곳 집행부와 많은 대화를 나누었다. 같은 작품을 각 학교에서 합동으로 공연하되 우리 학교에서 먼저 공연을 하고, D대학교에서 두 번째 공연을 하는 것으로 합의도 보았다. 다음 회의에서 팀을 꾸리는 문제부터 연습장소를 정하는 문제 등 세부적인 사항을 협의하기로 했다. 일사천리로 일이 착착 진행되어 희망에 부풀 무렵 뜻하지 않은 난관에 봉착했다.

나와 소피스트 박은 학교 앞 커피숍에서 학생회 집행부와 만났다. 해성이 개별적으로 연락을 해온 것이다.

"D대학교 학생회장한테 연락받고 알았는데, 너희들이 그쪽 학생회와 원어 연극 협의를 하고 있다면서?"

"응, 어떻게든 살려보려고 그러는 건데, 왜?"

소피스트 박이 귀찮다는 듯이 무성의하게 대답했다. 그와 해성, 둘의 신경전으로 커피숍 안 공기가 바짝바짝 말라가는 듯했다.

"그런 협의를 하려면 우리 학생회를 거쳐야 한다는 걸 말해주려고 왔어. 너희들은 대표 자격이 없기 때문에 다른 학생회와 접촉하는 행위는 니들 마음대로 할 수 없다는 걸 말이야."

해성의 목소리는 분을 삭이고 있는 듯 나직했다. 그러나 문화부장, 학술부장, 섭외부장의 어깨엔 잔뜩 힘이 들어가 있었다.

"자격이라구? 너희들이 학생회 대표이긴 하지. 하지만 그렇듯 소수의 의견을 무참하게 깔아뭉개서야 제대로 된 대표라고 할 수 있겠어?"

"……"

"뭐 잘됐네. 이참에 우리한테 원어 연극에 관한 대표 자격을 일임해주면 되잖아."

해성은 포커페이스를 유지하며 담배를 피워 물었다. 대화가 쉽지 않으리라는 걸 그도 예감은 했으리라.

"말을 안 하려고 한 건 아니고 너무 시간이 촉박해서 못한 거야. 그러잖아도 알리려던 중이었어. 어차피 원어 연극을 맡아서 한다면 도와주겠다고 회의에서 너희들이 이야기한 걸로 아는데, 그렇게 이해를 해주면 좋겠어."

나는 분위기를 누그러뜨릴 의도로 부드럽게 말했다. 해성이 깔보는 눈빛으로 나를 돌아보았다. 넌 내 상대가 안 돼. 그러니까 좀 빠져. 그렇게 무언의 경고라도 주듯이. 그가 오만한 눈초리를 소피스트 박에게로 다시 돌렸다.

"좋아. 단도직입적으로 말하지. 너희들이 진행하려는 공연은 할 수 없어. 내가 D대학 독문과 학생회장에게 이미 통보했어. 너희들은 학생회를 대표하는 사람들이 아니기 때문에 그쪽 학생회와 접촉을 하는 건 안 되는 거야. 그쪽 학생회에서도 오히려 당황스러워하더군. 하지만 뭐 너희들이 그쪽 학생회가 아닌 다른 학생들과 조인트로 공연을 한다면 그건 나도 말릴 수 없겠지. 하지만 학생회라는 공식 통로로 접촉하는 건 안 돼."

"지금 그런 말도 안 되는 형식논리로 우리를 협박하는 거야? 그래도 내가 하겠다면 어쩔 건데?"

소피스트 박이 가소롭다는 듯 비웃음을 흘리며 되물었다.

"어려울 거야. 그쪽에 너희에겐 아무런 대표성도 없다고 내가 이미 통보를 했고, 말이 모두 끝난 상태야. 뭐 받아들이고 안 받아들이고는 네 자유지."

"너희들한테 도움 하나도 받지 않고 우리들 손으로, 무산될 뻔했던 원어 연극을 겨우 할 수 있도록 만들었어. 그런데 도와주지는 못할망정 망치려들다니⋯⋯. 그러고도 너희가 독문과를 대표한다고 자신할 수 있어?"

나는 소피스트 박처럼 평정심을 유지하기가 힘들었다. 화를 억누르지 못해 목소리가 떨려 나오기까지 했다.

"누가 망치려들어, 망치려들긴. 그러니까 학생회가 아닌 다른 통로로 접촉해서 공동 연극을 하든 각설이타령을 하든 나발을 불든 하라는 거잖아."

문화부장이 나를 향해 언성을 높였다. 해성이 담배를 재떨이에 비벼 끄고 일어났다. 다른 집행부원도 뒤따라 일어섰다. 그날따라 조폭영화 코스프레라도 하듯 어깨에 힘을 주고 서 있는 그들이 가소로워서 견딜 수 없었다. 나도 모르게 웃음이 나온 건 그래서였다.

"지금 이게 웃기냐?"

문화부장이 시비를 걸듯 물어왔다. 말투도 그렇고 건들거리는 태도도 정말 눈꼴이 시었다.

"더 크게 웃어주랴?"

소심하기 짝이 없는 나였는데 그 순간에는 전혀 두렵지 않았다. 문화부장이 커다란 덩치를 앞세워 한 발짝 앞으로 나섰다. 나도 반사적으로 일어나 그를 쏘아보았다. 그때껏 소피스트 박은 테이블 한쪽을 노려보고만 있었다. 문화부장이 내 멱살을 쥐고 주먹을 들어올릴 때, 해성이 그를 가로막았다. 문화부장은 주먹을 거둬들이면서 씹어뱉듯이 말했다.

"윤석민, 너 오늘, 재수 좋은 줄 알아. 건방진 새끼, 언젠가는 나한테 뒤진다."

나도 지지 않고 맞섰다.

"니네 집 개 좆이나 빨고 오시지."

문화부장이 한사코 끌고 가려는 두 명의 집행부를 밀쳐내며 다시 내 멱살을 틀어쥐었다. 나는 내뱉은 말을 후회했다. 힘으로는 당해낼 수 없는 놈이라는 걸 모르지 않았다. 그래도 비굴하지 않기 위해 안간힘을 쓰면서 문화부장을 노려보았다. 그때, 예상치 못한 일이 일어났다. 소피스트 박이 용수철에 튕겨지듯 벌떡 일어나 문화부장에게 달려든 것이다. 그의 팔이 허공을 가르자마자 퍽, 하는 둔탁한 소리가 났다. 단단한 물체끼리 서로 부딪쳐 깨지는 소리였다. 이어 문화부장이 고목나무 넘어지듯 옆으로 무너져 내렸다. 머리통에선 한 줄기 피가 주르륵 바닥으로 흘러내렸다. 해성이 소피스트 박을 밀어 앉혔고, 다른 집행부 학생 둘이 문화부장을 부축해 일으켜 세웠다. 소피스트 박의 손에는 금이 간 유리 재떨이가 들려 있었다. 다행히 문화부장은 금세 정신을 차렸다. 하지만 재떨이를 들고 눈을 번득이는 소피스트 박을 보더니 그대로 뒷걸음질 쳤다. 그들 셋은 고개를 절레절레 저으면서 커피숍을 도망치듯 나가버렸다.

며칠 뒤, 나와 소피스트 박은 단골 주점에 앉아 있었다. 공동 공연은 물 건너간 상태였다. D대학 독문과 학생회장은 이미 결정을 보았다며 난색을 표했다.

"이제 어떡할 거냐? 그만……."

소주를 다섯 병이나 비운 뒤였다. 내가 소피스트 박을 달래듯 말했다. 차마 '포기'라는 말을 꺼내진 못했다. 소피스트 박은 흔들림이 없었다.

"그만 뭐? 포기하려면 너나 해. 난 혼자서라도 할 거니까."

나는 속내를 들킨 것이 언짢았다. 한편으론 그가 무엇을 어떻게 하겠다는 것인지 답답하기만 했다.

"현식아, 너무 감정적으로 말고 현실적으로 생각하자. 우리가 공연을 올리더라도 꼭 이번 정기총회 날 올릴 필요는 없잖아. 준비를 충실히 해서 내년 봄학기에 해도 되지 않겠어?"

"그게 가능할 것 같아? 이번 정기총회 때 못하면 내년에도 못하는 거야. 아니, 나는 이번 정기총회에 공연을 올려야겠어."

"어떻게 올리겠다는 거야? 그게 마음대로 돼?"

소피스트 박은 남아 있는 술잔을 비웠다. 그리고 물건 대하듯 감정을 드러내지 않고 말했다.

"이제 너는 빠져. 부담 주고 싶지 않으니까."

그가 일어나서 주점을 나가버렸다. 나는 취해서 비틀거리는 그의 등을 바라만 보았다. 갑작스런 허기처럼 섭섭함이 밀려들었다. 해성이야 그렇다 쳐도 소피스트 박마저 나를 무시하는 것 같아 부아가 치밀어 올랐다. 너희들은 그랬지. 언제나 나보고 빠져 있으라고. 그때 내 안에서는 서로 다른 둘이 격렬하게 싸우고 있었다. 소피스트 박과 함께하려는 나와 그만 물러서자는 나. 친구와의 남은 의리를 위해서 끝까지 가야한다고 주장하는 나와 이런 상황에서 연극을 올리는 건 무모한 오기라고, 아니 소피스트 박 또한 해성과 똑같은 놈일 뿐이라고 주장하는 나. 소피스트 박을 따라 나가면 첫 번째 내가 이기는 것이었다. 그러나 나는 그대로 앉아 소주를 한 병 더 시켰다. 정기총회까지는 한 달여밖에 남지 않았다.

11

낭만엑스포 기획안을 확정하기로 한 날이다. 사장은 오후 내내 연락이 없었다. 나와 김 과장과 오 대리는 사장이 나타나기만을 기다리며 엑스포 관련 준비사항을 체크해나갔다. 장소와 기간은 미정이었지만 프로그램은 잠정 확정된 상태였고, 남아 있는 건 사장의 최종 결재였다. 이제 프로그램을 가지고 사장과 직원들 모두가 협찬과 광고 유치에 나서야 할 차례였다.

낭만엑스포 프로그램은 세 파트로 나뉘었다. 첫 번째는 부스별로 설치될 낭만상품전시회였고, 두 번째는 전시관에서 체험할 수 있는 낭만체험관이었다. 그리고 세 번째가 마지막 날 열릴 낭만콘서트였다. 실무적인 준비와 진행은 모두 전시이벤트회사에 맡겨야 했다. 대신 김 과장과 오 대리와 나는 총괄기획과 홍보, 외주업체 선정과 담당자 관리, 그리고 아르바이트생 관리를 책임져야 했다. 먼저, 낭만상품전시회는 낭만을 모티브로 한 상품들을 부스별로 전시하는 내용이다. 엑스포의 성공을 위해 가장 중요한 프로그램이었다. 기업체의 참가 의사와 광고 유치를 타진하는 건 일단 사장과 김 과장 몫이었고, 특별기획전은 나와 오 대리가 담당할 확률이 높았다. 그러나 기업의 참가와 광고 유치가 중요한 만큼 언제든 전 직원이 함께 발로 뛸 필요가 있었다. '낭만'이라는 개념의 범위를 최대한 넓혀서 되도록 많은 업체들이 상품전시회에 참여하도록 유도해야 했다. 가정용품들, 커피와 차, 술, 화장품, 패션, 자동차와 아웃도어, 스포츠와 각종 문화상품들에 이르기까지.

두 번째 파트인 낭만체험관은 십 년 단위로 그 시대의 세태와 풍경을 전시할 추억전시관과 낭만체험관으로 나뉘었다. 추억전시관에는 1960년대 초부터 1990년대 말까지의 골목과 담벼락 풍경을 재현해놓고 그중 몇 곳엔 직접 들어가 체험할 수 있도록 할 것이다. 골목은 들어가는 입구를 1960년대 초반으로 설정해놓고 그 거리를 걷는 동안 풍경이 바뀌면서 출구에 다다르면 1990년대 후반이 되도록 할 예정이었다. 골목 군데군데마다 다방과 전방과 빵집, 철물점과 전당포, 동시상영 극장과 교실과 여염집을 재현해서 볼 수 있도록 계획했다. 관람객들은 1970년대의 다방 안에서 쌍화차를 주문해 마시고, 1980년대 음악다방에서는 신청곡을 들으면서 그 시대의 추억과 낭만을 되새기게 될 것이다. 또한 학교 교실에서는 몇몇 아르바이트생을 써서 교복 차림으로 공부하는 학생들의 모습을 재현할 것이다. 낭만체험관은 자신이 직접 낭만적인 행위를 시연해보는 전시관이다. 부부끼리 그동안 담아뒀던 말을 하는 고백부스와 평소 연락이 소원했던 이들에게 편지를 쓰는 손편지 쓰기 부스, 캐리커처와 초상화를 그려주는 부스, 소설가와 화가의 작업실을 현장감 있게 재현해놓고 직접 예술가가 되어보는 부스, 연애상담과 별자리와 사주운세 부스도 운영할 계획이다. 참여업체와 작가들 그리고 화가들은 직접 연락해서 참가 의사를 받아내야 할 것이다.

마지막으로 낭만콘서트의 경우에는 행사 전반을 이벤트 기획 전문 업체에 맡기기로 했다. 상대적으로 이름은 덜 알려졌으면서 실력 있는 가수와 밴드들도 알아내 섭외해야 했다. '낭만주의의 의미와 현재적 재해석'이라는 주제로 전문가들을 초청해 토론하는 포럼도 열 예정이었다. 김 과장의 아이디어를 반영해서 '낭만적 기업문화로 생산성 높이기'라는 테마 강연회도 열기로 했다. 이 모든 프로그램을 시작하기 전에 '21세기 신낭만주의 선포식'을 할 것이다. 선언문의 초고는 내가 작성할 확률이 높았다. 어쨌거나 선언식에선 사장과 협찬사 대표들, 그리고 유력 인물들을 초대해 이슈로 만들어내야 한다. 협찬과 광고 유치가 엑스포의 성사는 물론 성패를 좌우할 테니까. 언제나 그렇듯 돈이 결정적 열쇠를 쥐고 있었다. 물론 우리가 내건 '낭만엑스포'는 향수와 감상을 적당히

버무려서 포장한 감성 기획 상품이었다. 그럼에도 어떻게든 그 지점에서부터 시작할 수밖에 없었다.

우리는 스스로 태풍의 영향권에 깊숙이 들어와 있음을 잘 알았다. 이미 되돌리기엔 늦은 '낭만엑스포'라는 태풍. 한편으론 장밋빛 미래를 상상할 때 그렇듯 설레고 들뜬 마음도 없지 않았다.

배 속에서 꼬르륵 소리가 나서 짜장면이나 시켜 먹자며 일어났을 때, 회사 출입문 열리는 소리가 났다. 누가 먼저랄 것도 없이 일어나서 회의실 밖으로 나갔다.

"어, 모두들 와 있었군. 내가 많이 늦었죠?"

사장이 반갑게 인사를 건네도 우리는 엉거주춤 주뼛거리기만 했다. 사장 옆에 처음 보는 인물이 서 있었기 때문이다. 검은색 양복에 체크무늬 와이셔츠 위로 유난히 번들거리는 이마가 눈에 띄었다. 매부리코에 넓은 이마, 자신감이 넘치다 못해 오만해 보이기까지 하는 눈빛의 중년 남자였다. 그 또한 오감을 총동원해 사무실에 있는 직원들에 대해 분주히 탐색을 벌이고 있었다. 사장이 무언의 탐색전을 벌이고 있는 새로운 인물과 우리들을 인사시켰다.

"자, 인사들 나누세요. 이번에 우리 회사에 새로 합류하게 될 황기봉 이사님이세요."

사장이 김 과장과 오 대리와 나를 둘러보며 말했다.

"그동안 금융권과 기업 쪽 자금과 광고협찬 쪽 일을 담당해오셨는데, 이번 엑스포를 성사시키는 데에도 아주 큰 역할을 해주실 분이에요."

황기봉 이사가 한 발짝 앞으로 나와 악수를 청했다. 나도 반가운 마음을 굳이 숨기고 싶지는 않았다. 자금과 광고협찬 전문가라면 지금 회사에 가장 필요한 사람일 테니까. 그럼에도 살짝 기분이 상했는데, 그가 직원들과 건성으로 손을 잡는 둥 마는 둥 하곤 돌아서버렸기 때문이다. 사장도 당황한 듯 보였다. 그가 황 이사를 회의실로 안내하며 빠르게 말을 이었다.

"지금까지의 진행상황을 한번 점검하도록 합시다. 황 이사님이 파악하실 일들이 많으니까요. 그리고 회의 끝나고 오랜만에 목에 기름칠 좀 합시다."

김 과장은 특유의 무표정을 유지했다. 그러나 오 대리는 나만큼이나 언짢은 기색이었다.

12

나는, 대체로 중요한 일이 일어나기 전에는 어떤 전조가 나타난다고 믿는 편이다. 그런데 왜 사람들은 그런 징조를 알아채지 못하는 것일까. 아마도 일반적인 감각이나 지각으론 파악하기 힘들 만큼 그것들이 감춰지거나 암시적이기 때문일 것이다. 사람은 어떤 상황에 부딪혔을 때, 대체로 경험적 방식으로만 해석하려드는 경향이 짙다. 조금이라도 다른 방식으로 다가오는 신호와 기운은 곧잘 무시해버리곤 한다. 그래서 대부분의 사람들에게 깨달음은 언제나 한 박자 늦게 찾아온다. 그날 황 이사의 태도도 일종의 전조가 아니었을까. 알아채지 못한 내가 둔한 것일지도 모르겠다. 나와 김 과장과 오 대리를 대하는 황 이사의 태도는 노골적이다시피 냉랭했다. 하긴 우리 회사가 일반적인 기준으로 봤을 때 톱니바퀴가 맞물리듯 잘 돌아가는 건 아니었다. 그리고 직원들의 엑스포 준비사항이 전문가의 입장에서는 썩 만족스럽지 않을 것이었다. 우리들이야 박람회를 처음 준비하는 것이다 보니 어설픈 측면이 많았을 것이다. 나는 황 이사의 거만한 태도를 그런 식으로 이해하려고 노력했다. 안 좋은 기운을 감지했다 하더라도 다른 대안이 없었다. 엑스포를 성공시키려면 전문가가 절대적으로 필요했으니까. 그래서 무엇이든 애써 좋은 쪽으로만 해석하려고 했다.

황 이사는 윤활유가 덜 칠해진 인공지능 로봇인 양 시종 무표정했다. 그 바람에 나와 김 과장과 오 대리는 잔뜩 주눅이 든 채 발표를 해야 했다. 황 이사가 사안별로 정확하게 지적을 했던 것도, 대안을 제시한 것도 아니었다. 다만 그가 우리를 마뜩잖게 여기고 있다는 건 어렵지 않게 짐작할 수 있었다.

"지금까지 광고와 협찬을 확약 받은 곳이 몇 군데나 있죠?"

나와 김 과장과 오 대리의 발표가 모두 끝난 뒤였다. 황 이사가 취조라도 하듯 딱딱한 말투로 물었다.

"아직은 없습니다. 일단 프로그램이 나온 뒤에 그걸 가지고……."

"그런데 프로그램을 이 정도로밖에 못 짰어요?"

"네?"

"보아하니 프로모션 전시회 경험이 전혀 없나 본데 기업들이 무얼 원하는지부터 조사해야 하는 거 아닙니까?"

"물론 조사는 했습니다. 그리고 견적서 받아놓은 것과 광고 시안 기획한 건 있습니다. 또……."

기획안 전체를 폄하하는 황 이사의 평가에 총괄기획자로서 자존심이 상하지 않을 수 없었다.

"내부적인 기획안부터 나와 있어야 협찬과 광고를 따내기 유리할 것 같아서 일단 전체적인 기획의도와 프로그램을 구체화시켜본 것입니다."

황 이사가 깔보는 눈초리로 나를 바라보았다. 그의 입에서 옅은 한숨이 새어나왔다. 오히려 당황한 사람은 사장이었다. 우리들의 발표와 황 이사의 태도 사이에서 적잖이 난처한 기색이었다.

"자, 진행상황을 파악하는 것뿐이니 오늘은 여기까지만 할까요? 금강산도 식후경이랬다고 밥을 먹으면서 천천히 이야기를 나눠보는 게 어떻겠습니까?"

황 이사는 기획안을 뒤적거리면서 대답하지 않았다. 나와 김 과장과 오 대리는 서로 눈치만 봤다. 사장이 그런 서먹한 분위기에 마침표를 찍었다.

"오랜만에 예약한 식당이 있습니다. 더 늦기 전에 가십시다."

황 이사가 기획안을 덮었다. 그가 일어나 먼저 회의실을 나갔고, 사장이 그 뒤를 따랐고, 나와 김 과장과 오 대리는 겁먹은 새끼 오리들처럼 주춤주춤 그 뒤를 따랐다.

* * *

"우와, 살살 녹네요, 녹아."

꽃등심을 입에 넣고선 오 대리가 감탄사를 연발했다. 싸늘한 분위기를 바꿔보려는 나름의 노력이었다. 사장도 황 이사와 직원들의 잔에 일일이 맥주를 따라주고 건배를 청했다.

"업무 파악이 끝나고 프로그램이 결정되는 대로 나와 황 이사님이 직접 나서서 협찬사와 광고주를 물색할 겁니다. 김 과장은 함께 다니면서 황 이사님을 지원해드리세요."

김 과장이 알았다며 고개를 끄덕였다.

"참, 황 이사님은 지금껏 아무 말씀도 안 하셨는데, 직원들에게 한 말씀 해주시죠."

사장이 황 이사에게 멍석을 깔아주었다. 황 이사의 입가에 엷은 웃음이 떠올랐다가 사라졌다.

"사장님도 그러시지만 직원분들도 인간미가 있어서 좋은 것 같습니다. 하지만 회사는 인간미만으로 유지되긴 힘든 곳입니다. 잘 알다시피 우리는 지금 전쟁터 한가운데 들어서 있습니다. 여기서 물러서면 길거리에 나앉는 수밖에 없어요. 그러니까 지금 이 순간부터는 전쟁터에서 살아남을 수 있는 방법에 대해 하루 24시간 내내 치열하게 고민해주길 바랍니다.

그게 제가 하고 싶은 말입니다."

목소리에 기름기가 끼었지만 말투는 단호했다. 사장이 제일 먼저 박수를 쳤고, 이어 직원들도 박수를 쳤다.

사장의 제안에 따라 일차를 마치고 이차를 가기로 했다. 사장과 황 이사가 앞장서서 고깃집을 나갔고, 나와 김 과장과 오 대리가 몇 발짝 떨어져서 뒤를 따랐다.

"새로 오신 이사님 어떤 것 같아요?"

앞의 일행과 십여 미터 이상 떨어지자 오 대리가 김 과장을 돌아보며 물었다.

"엄청 깐깐하겠군. 회사생활 애로사항 좀 생기겠는데."

"당연하지. 낭만엑스포를 성사시키기 위해 파견된 슈퍼맨이잖아."

내가 둘을 바라보며 익살을 떨었다.

호프집에서 나는 황 이사 맞은편 자리에 앉았다. 오고 가는 대화는 두서없고 산만했다. 김 과장과 사장이 광고와 협찬기업에 대해 의견을 나누었고, 오 대리는 약속이 있다면서 먼저 일어났다. 오 대리의 뒷모습을 보며 황 이사가 눈을 살짝 치켜떴다. 대화가 끊기자 황 이사가 내게 이것저것을 물어왔다. 학교는 어디를 나왔으며, 전공은 무엇이며, 결혼은 했는지, 부모님은 살아 계시는지, 형제는 몇 명인지, 입사를 하기 전엔 어느 회사에 있었는지……. 나는 그런 껄끄러운 질문들에 나름 성실하게 답변했다. 어쨌든 이곳은 회사였고, 그런 태도도 직원을 파악하기 위한 나름의 노력일 수 있었다. 그런데 술에 취할수록 그의 언행이 눈에 띄게 달라졌다. 먼저 그는 슬그머니 존칭을 생략하고 반말을 구사하기 시작했다. 나는 그런 말투가 영 불편했다. 어쩌면 우리 모두에게 꼬박꼬박 존댓말을 사용하던 사장의 말투에 익숙해서인지도 몰랐다. 게다가 황 이사는 일방적일 만큼 자기 이야기만 했다. 이런 인물이 어떻게 사장과 인연을 맺었던 거지? 대체 사장과는 어떤 사이인 거지? 그런 의문이 새벽안개처럼 슬금슬금 머릿속에 차올랐다.

"그런데 말이지, 내가 보기에 김 과장은 괜찮은 것 같은데, 윤 과장과 오 대리는 회사원 같은 느낌이 안 드는군."

"무슨 말씀이신지……."

"오 대리 좀 보라구. 내가 처음 참석한 술자리여서가 아니라, 중요한 회의를 하고 다 함께 으쌰으쌰 하는 자리인데 약속이 있다고 자리를 먼저 비운다는 게 말이 되나? 회사생활의 기본을 아직까지 잘 모른다는 거 아닌가. 그 약속이 얼마나 중요한 건지 모르겠지만 술자리도 업무의 연장이라는 걸 알아야지. 어린애도 아니고 말이야. 게다가 이런 작은 회사에서는 모두가 하나가 되어야 하는데, 오 대리와 윤 과장은 자꾸 자기주장만 펼치려고 한단 말이야. 그래서야 어떻게 하나가 돼서 지금처럼 어려운 이벤트를 해나갈 수 있겠어? 그리고……."

나는 조심스럽게 끼어들었다. 오 대리를 비난하는 것도 그랬지만 뭔가 억울한 심정이었다.

"근데요, 이사님. 저희는 지금까지 그래왔거든요. 그러니까 사장님이 회식은 업무의 연장이 되어서는 안 된다고……. 그래서 억지로 참석하지 말라고, 언제든 일어나고 싶을 때 일어나라고 누누이 강조를 해오시던 상황이라……. 그리고 궁금해서 그러는 건데요…… 제가 언제 제 주장을……."

황 이사는 내 말을 귀담아듣지 않았다.

"그래서 지금 바꿔야 한다는 말을 하고 있는 거 아닌가? 자네는 아직도 잘 모르나 본데, 회사 문화를 바꾸지 않으면 회사도 바뀌지 않는 거거든. 회사가 무슨 놀이터도 아니고 말이지. 내가 지금까지 어떻게 회사생활을 해왔는지 아나?"

"아니요."

"사람들은 자율이 좋고 부드러운 문화가 좋고 그렇게 말하지만 다 뭣도 모르는 개소리지. 그건 여유 있고 힘 있는 자들이 퍼뜨리는 마약이거든. 마약! 우리에게 가장 중요한 건 첫째도 생존, 둘째도 생존, 셋째도 생존이거든. 오직 생존이야 말로 지상 유일의 가치이자 최고의 목표이고 미션이란 말이야. 회식은 그렇다 치고 아까 회사에 들어가 떠들썩한 분위기를 느낀 순간부터 사실 나는 기분이 좋지 않았어. 앞으론 매일 아침마다 회의를 할 생각이야. 그리고 앞으로는 실적이 모든 것을 말해주게 될 거야. 광고와 협찬을 따내는 것이 우리 사업의 성패를 좌우한다는 걸 여러분들도 잘 알 거야. 그러니 누구든 광고와 협찬을 따내기 위해 노력해야 할 것이네. 최악의 경우 실적이 없는 직원은 짐을 싸야 할 테니까 명심하게."

어느새 술자리에서 말을 하는 건 황 이사뿐이었다. 마치 점령군이 원주민들을 모아놓고 일방적으로 지시사항을 전달하는 것 같았다. 아무도 반박을 하지 못했다. 더욱 놀라운 건 사장이었다. 탐탁지 않은 표정이긴 했지만 사장 역시 아무런 반박도 하지 않았다. 오히려 보일 듯 말 듯 고개마저 끄덕거리고 있었다.

"내가 한 가지는 약속할 수 있네. 실적을 올리는 직원에게는 그만큼의 보너스를 지급하겠네. 까놓고 말해서 회사를 다니는 이유도 다 돈 때문 아닌가."

사장은 이번에도 고개만 끄덕였다. 마치 황 이사와 사장이 직급을 맞바꾸기라도 한 것 같았다. 김 과장은 조용히 듣고만 있었고, 나는 남아 있는 술을 끝까지 마셨다.

집으로 돌아오는 내내 머릿속이 혼란스러웠다. 어찌 보면 황 이사가 특별난 사람은 아니었다. 이 시대 흔하디흔한 간부 직원의 전형일 것이다. 그의 시각에서는 사장이나 나나 오 대리가 불만족스러웠을지도 몰랐다. 회사를 저렇게 자유롭게 다녀도 되나, 의심스러웠을 것이다. 그럼에도 몸 여기저기에 거머리라도 붙은 듯 불쾌함이 남아 있었는데, 백번을 양보하더라도 그의 말투와 사고는 지나치게 고압적이었다. 회사를 무슨 군대조직으로 착각하고 있나 싶을 정도로. 사장의 태도도 혼란스럽긴 마찬가지였다. 아무리 도움을 요청해서 초빙한 임원이라도 사장은 낭만컨설팅이라는 배를 이끌고 가는 선장 아닌가. 아무리 허접스러워도 회사는 회사였다. 그런데 제멋대로 자기 회사를 단정 짓고 평가하는 임원에게 변호 한마디 못하다니. 황 이사의 안하무인이야말로 회사가 처한 입장을 단적으로 보여주는 것이었다.

13

황 이사가 온 이후 표면적으로 회사는 활기를 띠었다. 그는 본격적으로 낭만엑스포를 챙기기 시작했다. 아침에 출근해서 회의를 한 뒤, 곧바로 업체 담당자를 만나러 외근을 나갔다. 모두가 광고와 협찬을 따내야 한다는 황 이사의 의견은 사장의 개입으로 조정되었다. 일단 사장과 황 이사 그리고 김 과장만 업체들과 접촉하기로 했다. 대신 사장과 김 과장이 가지고 있던 온라인 연애상담 고객들을 나와 오 대리가 넘겨받았다.

어느 날 김 과장이 기획안을 수정하고 이벤트 전시업체와의 견적서 내용을 조정하던 나를 밖으로 불러냈다. 엘리베이터를 타고 내려가니 언제 나왔는지 오 대리가 보였다.

"기업들의 반응은 어때?"

김 과장은 대답 없이 담배부터 뽑아 물었다.

"글쎄, 아직은 확실하지 않은데."

"황 이사는 어때요? 잘하는 것 같아요?"

오 대리가 떨떠름한 말투로 물었다. 신발 밑창에 뾰족한 돌멩이라도 낀 듯 불편한 기색이었다.

"일이야 잘하는 것 같아. 그 바닥에선 선수일 테니까."

"그래요?"

"근데 황 이사가 말이야, 그 사채업자들 있지? 우리 회사에 들이닥쳤던 사람들 말이야. 그자들하고 잘 아는 사이더라구. 내 짐작에는 아마 그 사채업자들이 사장에게 황 이사를 고용하도록 강요한 것 같아."

"그으래?"

"뭐라고요?"

나와 오 대리의 목소리가 동시에 높아졌다.

황 이사는 김 과장과 함께 업체 담당자들을 만나러 다녔다. 그런데 며칠 전이었다. 황 이사가 누군가의 전화를 받더니 예정된 업체와의 약속을 돌연 취소했다. 그리고 간 곳은 서초역 주변 작은 오피스텔이었다. 출입구 간판에 '새로 금융'이라고 씌어 있었는데, 그곳에 언젠가 사장을 협박하던 덩치와 키 작은 남자가 있었다. 그러니까 사장이 당장 돈을 갚을 여력이 없자 당나귀 인간이 반 강제로 자신의 심복을 회사에 심어놓은 것 같다는 게 김 과장의 추리였다.

"그럴 확률이 높군. 첫날 회식 때도 좀 이상하지 않았어?"

"생각해보니 그런 것 같아요. 그날따라 사장님이 별말씀이 없으셨잖아요. 황 이사 앞에서 완전히 꼬리를 내리셨다고요."

나만 삐딱하게 본 게 아니라는 걸 오 대리가 확인시켜주었다.

사장은 대체 무슨 생각인 걸까. 낭만엑스포가 그에게 짐이 된 건 아닐까. 차라리 지금이라도 엑스포를 포기하는 게 낫지 않을까. 하지만 엑스포 때문에 회사가 이 지경이 되었다고 보긴 힘들었다. 그 이전부터 사장이 그들의 돈에 손을 댔다고 보는 편이 더 신빙성이 높았다. 사장 입장에서는 어려운 경영난을 일거에 뒤집을 수 있는 승부수가 필요했고, 그것이 낭만엑스포일 것이다.

"엑스포를 성공시켜야 돼. 그 수밖엔 없어. 그래야 우리도 살고 사장님도 살아."

김 과장의 목소리가 비장했다.

나나 오 대리도 동의하는 바였다. 그럼에도 목소리가 밝게 나오지는 않았다. 여러 기업에 협찬공문을 보내고 있었지만 긍정적인 답변을 보내온 회사가 단 한 군데도 없었기 때문이다.

* * *

그날 저녁, 흑돼지삼겹살 식당에서 회식이 있었다. 지지부진한 엑스포 진행상황으로 모두의 사기가 저하되고 있다며 특별히 마련된 자리였다.

술이 몇 잔 돌고 난 뒤에 사장과 황 이사는 작은 소리로 무슨 의견인가를 주고받았다. 나는 오 대리와 김 과장과 함께 낭만상품전시회의 업체 참여를 독려할 아이디어를 논의하고 있었다. 그때 옆자리 사장의 목소리 톤이 높아졌던가. 오 대리의 고개가 제일 먼저 돌아갔다. 이내 사장의 흥분한 목소리가 터져 나왔다.

"그렇게는 안 된다고 했잖아요. 내가 안 된다고!"

나와 김 과장과 오 대리는 대화를 뚝 멈추었다. 그것은 단순히 성난 목소리가 아니었다. 회사를 지탱하고 있던 무엇인가가 무너져 내리는 신호탄이었다. 내게는 그렇게 들렸다. 심장이 멎어버린 듯 긴장한 것도 그래서였다. 아슬아슬하게 견디고 있던 회사의 버팀목에 균열이 생겨서 쩍 하고 갈라지는 소리. 발밑에서 무게를 지탱하던 얼음장이 한순간 빠지직 깨져버리는 소리. 김 과장과 오 대리의 얼굴이 순식간에 굳어졌다. 우리는 서로 눈치만 보면서 황 이사와 사장을 힐끔거렸다. 사장의 얼굴이 벌겋게 상기돼 있는 데 반해 황 이사는 놀라울 정도로 차분했다. 혹시 내가 잘못 들은 게 아닐까. 그런 의심이 들 정도였다. 사장은 단 한 번도 직원들에게 큰 소리를 쳤던 적이 없었다. 그가 당황하고 있었던 데 반해, 황 이사는 무서울 정도로 냉정함을 유지했다. 사장의 신경질적 반응은 오히려 궁지에 몰린 개의 으르렁거림과 비슷했다.

"그렇게는 못합니다."

사장이 못을 박고선 일어나 나가버렸다. 우리는 사장의 뒷모습만 우멍하게 쳐다보았다. 황 이사는 맥주잔을 바라보다가 이내 고개를 들었다.

"자, 사장님은 사장님이고, 오늘은 기분도 그런데 우리끼리 나가서 한잔 더 합시다."

황 이사가 그답지 않게 부드러운 목소리로 말했다. 예상외로 집으로 가는 사람이 아무도 없었다. 나도 김 과장도 오 대리도 모두 주섬주섬 일어나 황 이사를 따라갔다. 말은 안 했지만 그 순간 우리 모두는 황 이사를 떠나면 안 될 것 같은 이상한 불안감에 사로잡혀 있었다. 맥줏집에 앉아 있자니 사장을 배신하고 있는 것만 같아 못내 떨떠름했다. 그러나 나는 물론이고 김 과장과 오 대리도 황 이사의 손아귀에 꽉 붙잡혀 술자리를 지키고만 있었다. 어느새 황 이사가 회사 권력을 접수해버리기라도 한 것처럼. 이러다가 그가 우리들의 마음까지 접수해버리지나 않을까 두려웠다.

14

나는 산도르 마라이의 《열정》을 읽고 있었다. 로버트 조던이 퇴장하고 새롭게 만난 이는 사십일 년간 헤어졌던 젊은 날의 친구를 기다리고 있던 늙은 장군이었다. 그를 잠깐 만났던 건 원어 연극을 하네 마네로 골머리를 앓던 시절이었다. 세월이 지나서 보니 《열정》은 사랑과 배신에 대한 이야기라기보다는 지독한 기다림과 정열에 대한 이야기였다. 촛불이 꺼져버린 방에서 늙은 장군은 사십일 년 만에 자신을 찾아온 친구, 젊은 날 사랑했던 아내와 함께 자신을 배반했던 친구에게 묻는다.

"어느 날 우리의 심장, 영혼, 육신으로 뚫고 들어와서 꺼질 줄 모르고 영원히 불타오르는 정열에 우리 삶의 의미가 있다고 자네도 생각하나? 무슨 일이 일어날지라도? 그것을 체험했다면, 우리는 헛산 것이 아니겠지? 정열은 그렇게 심오하고 잔인하고 웅장하고 비인간적인가? 그것은 사람이 아닌 그리움을 향해서만도 불타오를 수 있을까?"•

• 《열정》, 산도르 마라이 지음, 김인순 옮김, 솔출판사, 2007.

나는 몸이 부르르 떨리는 전율을 느꼈다. 커피숍 안에 있는 사람들은 시끄럽게 떠들거나 스마트폰이나 노트북만 들여다보고 있었다. 책장을 다시 펼쳤을 때까지도 전율은 계속되었는데, 알고 보니 내 바지 주머니가 진동을 하고 있었다.

나는 재빨리 책을 집어넣고 커피숍 밖으로 나갔다. 미진은 사거리 모퉁이에 비상등을 켠 채 차를 세우고 있었다. 멀리서 봐도 집에서의 억척 아줌마와는 사뭇 다른 자태였다. 화사한 얼굴로 탈바꿈한 그녀가 고개를 돌려 환하게 웃었다.

"지난번에 미안해서…… 오늘은 너 먹고 싶은 것 사줄게. 나랑 드라이브도 하자. 괜찮지?"

"나야 좋지."

토요일 오후, 도로는 후끈 달아오르고 있었다. 계절은 봄과 여름 사이 어디쯤인가에 나른하게 걸쳐져서 벌써부터 공기가 후텁지근했다. 날씨가 더워지니 가로수들만 신이 난 것 같았다. 넓은 이파리를 활짝 펼치고 광합성을 한껏 즐기고 있었다. 미진은 달아오른 프라이팬 위에서 미끄러지는 버터처럼 능숙한 운전솜씨로 복잡한 도심을 빠져나왔다. 서울 근교 외곽을 한 시간쯤 달려서 도착한 곳은 북한강변의 음식점이었다.

우리는 손두부 전골과 파전, 동동주까지 한 사발 시켜서 포식을 했다. 휴일이면 분식집 김밥과 라면에만 익숙하던 위장이 화들짝 놀랐다. 창밖으로는 북한강의 잔잔한 물결이 흐르고 있었다. 동동주 몇 잔에 취기가 오르자 엑스포도 황 이사도 저만치 강물에 떠내려갔다. 미진은 술을 딱 한 잔만 받아놓고 마치 동동주 향을 음미하듯 조금씩 마셨다.

"남편과 가끔 왔었던 곳인데, 아직도 맛은 그대로네."

"남편과는 왜 헤어졌는지 물어도 되니?"

나는 동동주 잔을 내려놓았다. 그녀의 남편이라면 해성이었다. 껄끄럽긴 했지만 오히려 물어주는 게 예의일 것 같았다.

"그게 좀 복잡하다, 얘."

"그럼 뭐 말하지 않아도 되고."

"남편이 하나도 아니고 둘이어서 말이야."

"……"

"놀랐니?"

그녀는 어린아이를 놀리는 표정을 지었다. 순간 당황했지만 그럴 이유는 없었다. 나는 그녀의 소식을 전혀 몰랐으니까.

"어, 너 능력 있다, 야."

미진은 마치 기다렸다는 듯 자기 이야기를 술술 풀어놓았다.

"근데 그 헤어진 사연이라는 게 좀 빤하다고나 할까."

"빤하다니?"

"부부가 이혼하는 데 무슨 특별한 이유가 있는 줄 아니? 크게 보면 다 비슷비슷해."

"나야 뭐, 결혼을 해봤어야지."

그녀는 해성과의 일을 쏙 빼놓고 말했다. 아무래도 거북했을 것이다. 두 번째 남편은 갈수록 술버릇이 심해지더니 어느 날 사업을 하겠다며 회사를 그만두었다. 그러다 엄청난 빚을 짊어지게 되었고, 상당수는 사업 빚이 아닌 경마와 도박 빚인 것으로 밝혀졌다. 그녀는 다시 잘 살아보자는 의미로 친정에서 돈을 빌려 빚의 일부를 갚아주었다. 그 무렵 막내 아이가 생겼다. 잠깐 좋아진 듯싶었던 남편의 술버릇과 도박병이 도졌다. 그리고 어느 날 방아쇠를 당기듯 폭력을 휘둘렀다.

반복되는 TV 멜로드라마 내용만큼이나 흔해빠진 이야기였다. 그러나 흔한 이별을 두 번이나 반복한 그녀의 속은 또 얼마나 타들어갔겠는가. 아니, 한 꺼풀 벗겨보면 누구의 삶인들 흔해빠지지 않겠는가.

그녀는 남의 사연을 들려주기라도 하듯 덤덤히 말했다. 산전수전을 다 겪은 자의 여유일까. 아니면 삶에 대한 일종의 체념일까. 지금 생활이 홀가분해서 좋다며 그녀가 남은 동동주를 비웠다.

잠시 대화가 끊겼다. 침묵이 이어지면서 그녀가 넓은 창으로 시선을 돌렸다. 고요히 흐르는 강물에 아픈 추억이 떠내려왔다.

커피숍에서의 충돌 이후 원어 연극 모임은 해체되었다. 해성의 의도대로 된 것이다. 그렇지만 소피스트 박은 여전히 포기하지 않았다. 어느 날 미진이 도서관에 있는 나를 찾아왔다.

"석민아, 네가 현식이 좀 말려주면 안 되겠니?"

그녀가 내 눈치를 살피며 조심스럽게 말했다.

"왜? 무슨 일 있어?"

미진이 엷게 한숨을 쉬며 고개를 떨궜다.

"자기 혼자 원어 연극을 해 보이겠다고, 그러고 있어. 아무리 내가 말려도 통하지를 않아."

"아니, 자기 혼자 무슨 연극을 한다고 그래? 그 많은 원어 대본을 지금 외울 수나 있겠어?"

"그건 자신이 없었는지 꼭 원어로 할 필요는 없다고 그러더라. 그냥 독문학 작품을 올리면 된다고……."

"작품은 뭘로 정했대?"

"페터 한트케…… 《관객모독》을 일인극으로 각색해서 정기총회가 열리는 중강당 앞에서 거리극으로 하겠대."

페터 한트케의 《관객모독》은 문학회 소모임에서 함께 낭송

했던 작품이다. 극중 배우는 네 명이었지만 모노드라마로 각색해도 안 될 건 없었다. 원어 연극 모임을 해체하는 날이 소피스트 박과의 마지막이었다. 그는 수업에 나오지 않았기에 마주칠 일도 없었다. 나는 미진의 창백한 얼굴을 보았다. 그녀가 얼마나 소피스트 박을 염려하는지 어렵잖게 눈치챌 수 있었다.

소피스트 박은 자취방에 틀어박혀 있었다. 내가 들어가도 의자에 앉아 노트북 모니터만 들여다보았다. 노트북 옆에는 페터 한트케의 《관객모독》이 펼쳐져 있었다.

나는 침대 위에 걸터앉았다. 노트북 자판을 딸그락거리던 그가 기지개를 켜더니 돌아보았다.

"무슨 일이냐?"

"미진이가 걱정하더라."

"무슨 걱정?"

나는 태연스레 되묻는 소피스트 박이 얄미웠다. 온갖 여자들과 염문을 뿌리던 그는 어느 날부터인가 미진에게 몰두하기 시작하더니 이젠 또 희곡 대본 각색에만 몰두하고 있었다. 그렇듯 무엇인가에 한번 필이 꽂히면 앞뒤 안 가리는 저돌성과 열정이 부럽기도 했다. 그러나 선천적인 오만함과 주변 사람을 아랑곳하지 않는 이기적인 태도에 정이 떨어진 것도 사

실이었다. 어찌 보면 해성과 소피스트 박, 둘은 닮은 구석이
많았다. 누구에게도 기죽지 않는 당당함과 언제나 자신이 옳
다고 믿는 오만함, 그리고 무엇이든 쉽게 포기하지 않는 승부
근성에 있어선 그야말로 난형난제였다. 하다못해 미진에게
연정을 품고 있다는 점에서도. 미진과 소피스트 박이 서로 사
귀고 있다는 걸 알면서도 해성은 여전히 미진에 대한 연정을
포기하지 않는 눈치였다. 물론 나도 미진에게 호감을 가졌었
다. 학과의 거의 모든 남자가 좋아할 만큼 매력이 있나 싶어
처음엔 반감을 가지기까지 했다. 하지만 나도 모르는 사이 그
녀와 가까운 친구가 되어 있었다. 그녀는 외모적인 매력도 컸
고, 공부나 학과 활동에서 보이는 열정과 누구에게나 친절하
고 상냥한 마음씨도 확실히 남달랐다. 한마디로 희귀종에 가
까웠다. 대체 어떻게 그럴 수 있는 것일까? 내 나름대로 내린
해답은 이런 것이다. 누군가로부터 사랑을 받아본 사람만이
다른 이에게도 사랑을 베풀 수 있다는 것. 남과 비교당하지
않는 온전한 그대로의 자신을 인정받아본 사람만이 타인 또
한 있는 그대로 인정할 수 있다는 것. 대부분의 사람들은 그
런 삶의 진실을 후천적으로, 이를테면 독서나 부단한 성찰을
통해서 철이 든 뒤에나 깨닫는다. 오직 소수의 사람만이 그걸
선천적으로 체득할 수 있는 환경에서 자라난 것일 텐데, 미진

이 그런 부류 같았다. 게다가 그녀는 오만함이나 허영심과도 거리가 멀었다. 물론 그녀와 나 사이에 놓인 계급의 벽을 나는 분명히 인지했다. 두 걸출한 남자들과의 경쟁에서 이길 자신도 없었다. 내가 그녀와의 관계의 주파수를 우정으로 맞춘 데에는 그런 심리가 작용했던 셈이다.

"미진이 말은 걱정 안 해도 돼. 걔가 원래 과장이 심하잖아. 세상 사람들 걱정은 혼자 다 하고 말이야."

"꼭 미진이 때문에 온 건 아니고……, 정말 원어 연극을 포기하지 않을 셈이냐?"

그가 노트북 모니터에서 눈을 거둬들였다.

"너는 우리 독문과가 통폐합돼서 없어지는 걸 어떻게 생각하냐?"

"아직 결정 난 건 아니잖아."

"꼭 먹어봐야 아나? 이미 구조조정 수순에 들어갔다고 봐야 하지 않겠어? 정해진 수순인데 반발을 누르려고 구색이나 맞추는 거겠지."

"당연히 안타깝고 아프지. 하지만 난 독일어나 독문학에 그렇듯 목을 매달 만큼 애정이 있는 것도 아니고, 또 시대적인 흐름이라는 것도 무시하지 못하는 거고. 글쎄, 괴롭지만 어쩌겠어?"

소피스트 박이 의자에서 일어나 창가로 갔다. 넓은 창을 등지고 서자 그의 얼굴이 역광으로 어두워지며 바닥으로 긴 그림자가 졌다.

"내가 초등학교에 다니던 시절에 아버지 사업이 어려워지자 우리 집이 하숙집을 운영했었어. 그때 대학생 형이 한 명 있었는데 어느 날 아침에 형사 두 명이 들이닥쳐 그 형을 붙잡아갔어. 또 다른 형사가 그 방을 샅샅이 뒤지느라 한바탕 북새통을 떨었지. 우리 엄마, 아버지도 그랬고, 다른 하숙생들도 그렇고 한동안 모두 엄청난 트라우마에 시달려야 했어. 골목이나 집 앞에서 낯선 사람을 볼 때마다 가슴이 철렁 내려앉았고. 잘못한 것도 없으면서 괜히 내가 한 행동들을 되새겨보곤 했지. 한번은 술에 취했는지 우리 집 담벼락에 기대서 잠들어 앉아 있는 아저씨를 봤는데, 취한 척 위장하고 잠복근무하는 게 아닌가 싶어 숨어서 지켜본 적도 있었어. 가슴을 조마조마해하면서 말이야. 근데 그 형은 그날 이후 어떻게 되었는지 소식을 듣지 못했어. 하숙집에 짐을 그대로 두고 사라진 거야. 뭐, 국가보안법으로 구속돼 감방을 갔다가 나와서 다시 살아가고 있겠지 생각했어. 그런데 대학교 1학년 때 우연히 그 형을 봤어. 확실히 그 형이 맞았어."

"그래? 어디서 만났는데?"

"만난 건 아니고 TV에서 봤지. 그 형이 하필이면 보수정당의 대변인이 되어 있더라고."

"정말이야? 그럼 지금도?"

소피스트 박은 고개를 끄덕였다. 담배연기를 뿜어내는 그의 옆모습이 오늘따라 진지해 보였다.

"그게 지금 너 연극하는 거랑 무슨 상관이야?"

"난, 지금 이 시대가 구역질 나. 아니, 역겨워서 죽을 것만 같아. 중학교와 고등학교 내내 시위와 집회를 보고 자랐어. 사람들은 놀랍게도 정권교체까지 이뤄냈지. 민주주의는 성장했어. 그런데 언젠가부터 대학생은 토익만 붙잡고 있고, 기업들은 구조조정만 외치고 있어. 실용주의가 만병통치약이 돼버린 느낌이랄까."

"그게 지금 네가 혼자서라도 연극을 하려는 이유야? 너는 지금 해성이한테 열 받아 있는 거 아냐? 그래서 오기를 부리는 거 아니냐구! 언제나 그럴듯한 대의명분을 말하지만 실상 너도 네 이기심을 충족시키려는 거 아니야?"

나도 더는 참을 수가 없었다. 기어이 꾹꾹 눌러 담은 생각을 내뱉고야 말았다.

"맞아. 난 지금 오기를 부리는 거야. 하지만 오기를 부리는 게 다 나쁜 건 아니잖아? 그냥 나 혼자라도 저항하고 싶어.

그게 다가 아니라고 말이야. 취업대토론회? 물론 좋지. 그런데 왜 그걸 하필이면 정기총회에서 하자는 거야?"

"그만큼 갈급한 문제잖아. 먹고사는 문제니까."

"그건 다른 자리에서 다른 방식으로 토론하면 되는 거야. 그걸 위해서 꼭 원어 연극을 없애야 하는 거야?"

"그것도 투표로 결정한 사항이야. 다수결로 결정된 사항이면 그게 아무리 거지같은 의견이라도 일단 존중해야 하는 것 아니냐?"

"그래, 그래서 나 혼자 하겠다고 한 거야. 혼자서 거리극으로 말이야. 그게 뭐가 나빠?"

"나쁘다는 게 아니라 너도 조금만 양보하고, 조금만 네 생각을 굽히라는 거야."

"조금만이라고? 어떤 경우에는 조금만 양보하는 것이 모든 걸 양보하는 거야. 그렇게 하나씩 양보를 하다보면 너 역시 너도 모르는 새에 그들과 똑같은 위치에 있게 될걸."

"지금 무슨 말을 하는 거야? 내가 해성이나 집행부 같은 놈들과 같은 부류라는 거야? 나도 너와 동감이라고. 나도 너처럼 괴롭다고. 지금 내 말은 조금 시간을 갖고 인원을 모으고 준비를 해서 내년 봄쯤에 원어 연극을 올리자는 거잖아. 더 완벽히 준비를 해서 멋지게 말이야. 그래야 그놈들한테도 제대로 한 방 먹일 수 있을 거 아냐. 꼭 정기총회에 맞불을 놓는 형식이 아니어도 되잖아."

"그건 안 돼."

"대체 왜 안 된다는 거야?"

"이건 작지만 아주 극렬한, 상징적인 싸움이거든."

갑자기 호흡이 가빠지며 숨이 막혀왔다. 투명하지만 매우 단단한 유리벽에 부딪힌 느낌이었다. 내가 잠깐 몸담았던 해성의 스터디모임에서 느꼈던 벽과도 단단함의 강도에선 다르지 않았다. 영어 스터디모임은 토익을 공부하고 영어회화로 면접을 준비하는 취업 스터디모임이었다. 영어공부는 필요하다고 여겼기에 나도 한때는 열심히 그 모임엘 나갔었다. 그런데 한 달도 되지 않아서 나는 지독한 회의감에 시달리기 시작했다. 무엇보다 나는 나와 같은 학번 동기들인 스터디 구성원들 대다수의 가치관에 동조할 수 없었다. 물론 현실도 중요하고 취업도 중요했다. 그러나 모임의 친구들에겐 오직 그것만이 지상 유일의 목표이자 가치였다. 그들은 토익 점수와 영어회화 말고는 거의 아무것에도 관심을 갖지 않았다. 시국이라거나 정치라거나 문화라거나 하는 것들 모두에. 어느 순간부터 나는 질투도 했던 것 같다. 영어의 달인인 해성을 모든 아이들이 선망의 눈길로 바라보았다. 그들 중엔 내가 은근히 마음에 두었던 후배도 포함되어 있었다. 그녀가 해성을 바라보는 눈초리는 스타 연예인을 바라보는 눈길과 흡사했다. 해성이 카리스마와 승부근성까지 가지고 있다고는 하지만 내가 보기에 다른 분야에 대한 그의 인식 수준은 유치할 정도로 얄팍했다. 그런 그가 영웅처럼 떠받들어지는 분위기를 나는 도저히 받아들일 수 없었다. 아니, 인정하고 싶지 않았다는 게 더 정확할 것이다. 한 달이 가도록 책 한 권 읽지 않는 천하의 속물들. 나는 그렇게 그들을 규정한 뒤, 영어 스터디모임을 충동적으로 그만두었다. 물론 내 감정에 열등감과 질투심이 혼재되어 있었음을 부인하기 힘들다. 집안 사정으로 보나 현실적인 면으로 보나 나는 누구보다 더 영어 스터디에 열심이어야 했다. 그럼에도 나는 그곳을 박차고 나온 것이다. 어찌 보면 그런 행위로 내 가난의 외투에 초연한 척 위장했던 것일지도 모르겠다.

나는 이상한 결기에 차 있는 소피스트 박을 쳐다보았다. 안타깝게도 그를 말려야 할 이유를 찾지 못했다.

소피스트 박이 내 앞에 마주앉았다. 그의 얼굴엔 어느덧 엷은 웃음마저 피어나 있었다.

"내가 각색한 부분을 들려줄게. 이게 클라이맥스 부분인데, 한번 감상해보라구."

나는 절망감을 애써 밀어내며 고개를 끄덕였다. 소피스트 박은 벌써 일어나 방을 왔다 갔다 하며 목소리를 높이기 시작했다.

"너희들은 언제나 돈만 생각했다. 이 비겁쟁이들아. 너희들은 원어 연극 대신 취업률 높이기 대토론회를 개최했다. 교활하고 왜소한 종자들아. 뻔뻔스러운 작자들아. 너희들의 입에서는 하나의 반대도 나오지 않았다. 이 소리만 요란한 깡통들아. 너희들은 아주 선한 소시민의 아들들이었다. 이 합리화의 달인들아. 너희들은 민주주의에 기여한 게 아무것도 없다. 이 비천한 노예들아. 너희들은 묻어가기의 달인들이다. 이 윤똑똑이들아. 너희들은 세상의 불결함에 관대했다. 막돼먹은 돼지들아. 너희들은 올바른 생존법을 취득했다. 너희들은 뛰어난 연기자이자 관객들이자 계산꾼이었다. 이 패배주의자들아. 쓸모없는 거수기들아. 교양머리 없는 무뇌아들아. 아무 데서고 좆이나 세우는 껄떡쇠들아. 웃음이나 흘리는 싸구려 창녀들아……." •

• 《관객모독》(페터 한트케 지음, 윤용호 옮김, 민음사, 2012)의 대사를 작가가 패러디해서 수정한 것임.

소피스트 박은 세상을 향해 외치듯이 점점 더 소리를 높여 갔다. 그러더니 원룸의 창을 열고 팔을 활짝 벌리면서 건물이 떠나가라 소리를 질러댔다. 어느 순간 감전이라도 된 듯 찌릿한 무언가가 내 몸을 관통하고 지나갔다. 나는 그 자리에 더 있을 수가 없었다.

나는 다시 현실로 귀환했지만 미진은 분주했다. 전화를 받으러 몇 차례 들락날락했다.

"무슨 일이야? 집중 좀 해라 좀."

나는 미진에게 장난스럽게 투덜거렸다.

"미안, 오늘 봉사단체에서 집회가 있는 날인데, 내가 불참하는 바람에."

미진이 내 눈치를 살피며 핸드폰을 가방에 넣었다.

"연애하는 건 아니고?"

미진은 옅은 웃음을 짓더니 낮게 한숨을 내쉬었다.

"너, 귀신이다. 사실은 정말로 연애를 해야 할까 말아야 할까 고민 중이다."

"정말이야? 어떤 사람인데?"

나는 동동주를 한 사발 더 시켰다. 미진이 빈 잔에 동동주를 따라주었다.

"음, 돈도 많고 매너도 있고 또 나를 좋아해주는 것 같기도 하고······."

미진은 자신의 잔에도 술을 따랐다. 돈도 많고 매너도 있다고? 혹시나 했지만 역시나 나는 고려대상이 아니었다. 매너라면 뭐 가능할지 몰라도 돈은 확실히 아니니까. 창밖 강물을 바라보는 그녀의 표정은 그러나 약간 쓸쓸해 보였다.

"넌 남자가 끊이질 않는구나. 역시 한국에선 부모 잘 만난 사람이 최고야."

나도 모르게 빈정거리는 말투가 되고 말았다.

"그게 무슨 말이야?"

미진이 펄쩍 뛸 듯이 나를 바라보았다.

"무슨 말은? 솔직히 네가 인기 많은 것도 순전히 다 네 부모님 유전자하고 가정교육 덕분이지. 이쁘고 성격 좋으니까 돈 많고 매너 있고 좋은 사람이 그렇게 끊이지 않는 거 아니냐?"

"내가 어디가 이쁘니? 내일모레면 마흔이다, 야."

나를 빤히 바라보는 그녀의 얼굴이 한순간 달아올랐다. 마치 화를 내야 할까 말아야 할까 망설이는 듯했다.

"근데 아니야. 잠깐 생각만 했을 뿐이야. 그 사람 내 스타일도 아니고."

미진이 고개를 돌리며 동동주를 한 잔 따랐다. 나는 그녀가 마시려는 동동주 잔을 빼앗아 마셨다.

"운전해야지."

"왜, 죽을까봐 겁나냐?"

"겁나는 게 아니라 억울한 거지."

"뭐가 억울한데?"

"그냥 밥 한번 얻어먹은 건데, 토요일에 사고라도 나서 차 안에서 같이 죽은 채로 발견이라도 돼봐라. 너하고 나하고 뭐 그렇고 그런 사이라고 소문이라도 나면 얼마나 억울해!"

"걱정하지 마라. 나 운전 경력 십 년도 넘었으니까."

미진이 웃어도 나는 같이 웃을 수가 없었다. 왜 이렇게 기분이 좋지 않을까? 인정하고 싶지 않았지만 이유는 딱 하나였다. 미진이 다른 남자 이야기를 했을 때, 갑자기 자존심에 상처를 받은 것이다. 술맛이 다 떨어졌다. 차라리 집 방바닥을 뒹굴며 읽다가 만 책이나 마저 읽을걸. 문제는 내게도 있다고 봐야 하지 않을까. 여전히 나는 미진에게 프러포즈할 용기가 없는 것이다. 군대에 가기 전이나 군대를 다녀와서 잠깐 만나던 시절이나 십여 년이 흐른 뒤 다시 만나는 지금이나 대체 달라진 게 무엇이란 말인가. 최소한 시간이 지난 만큼 감정이라도 늙어버렸어야 할 텐데 그게 그렇지도 않은 모양이었다. 대체 이런 '히야시' 되지 않은 동동주처럼 미적지근한 감정은 또 뭐란 말인가. 이런 빌어먹을 감정은 왜 시들지도 않나. 갑자기 견딜 수 없을 만큼 화가 치밀었다. 나는 조르바와 로버트 조던을 떠올렸다. 그들이 나와 같은 상황이라면 어떻게 했을까? 특히 조르바라면. 그렇다, 자유로운 영혼의 조르바라면. 나는 차오르는 욕망을 숨기지 않고 미진을 쳐다보았다. 내 눈길이 부담스러웠던 것일까. 미진은 창밖 너머 일렁이는 강물 위로 시선을 돌렸다.

"미진아, 우리 사귀자."

미진은 힘없이 웃으며 내 손을 꼭 잡아주었다.

"어느 인터넷 사이트에서 본 농담인데 사람이 살면서 후회하는 열 가지 중에 그런 게 있더라."

"뭐?"

"친구였던 이성과 사귀기."

나는 맥이 탁 풀렸다. 이럴 때 술은 종종 약자의 편이 되어주기도 한다. 나와 같은 소심증 환자들에게 용기를 북돋아주니까. 내 속내도 모르고 미진이 옅게 미소까지 지으면서 확인하듯 물어왔다.

"우린 좋은 친구 사이, 맞잖아."

"그래, 그렇지."

하지만 그보다 더 나아가길 원하는 내 욕망이 문제였다. 갑자기 채워지지 못한 욕망이 심통을 부려댔다.

"근데 너, 왜 자꾸 나한테 연락하냐?"

미진이 눈을 동그랗게 뜨고 나를 쳐다봤다.

"내가 연락하는 게 왜…… 싫으니? 바쁜데 내가 네 일을 방해했니?"

"아니, 너를 좋아하는 남자도 있다며? 그럼 오늘 같은 날 그 남자를 만나야지. 왜 나 같은 사람을 만나냐고? 내가 뭐 대타 전문이야? 그리고 그 남자 이야기는 내 앞에서 대체 왜 하는데? 술맛 떨어지게시리."

"네가 물어봤잖아."

미진은 부루퉁해져 있었다. 마치 부모한테 혼이 난 어린아이 같았다. 나는 동동주를 한 잔 더 마셨다. 새삼 내 신세에 화가 치밀어 올랐다. 이게 무슨 속이 텅 빈 수수깡 같은 관계란 말인가. 대학시절에도 미진은 다른 의미로 용기를 내기 힘든 아이였다. 내가 그녀에게 관심을 가졌을 땐, 이미 소피스트 박과 해성이 적극적으로 나선 상태였다. 그녀의 아버지는 대기업 계열사의 임원이라고 했다. 태생부터 가난한 부모를 둔 나와는 노는 물이 다르다고나 할까. 아이 셋을 데리고도 저렇듯 씩씩할 수 있는 것도 배경의 힘 때문일지 몰랐다. 그런데 지금은 또 어떤가. 나는 여전히 그 주변에서 맴돌기만 했다. 소피스트 박 다음엔 해성이었고, 그다음엔 또 다른 남

자였고, 그다음엔 또……. 그녀에게 나는 그저 액세서리 같
고 병풍 같고 그림자 같은 상대일 뿐이었다. 그렇다고 내가
어떤 제안을 할 수 있는 것도 아니었다. 내 한 몸 먹고살기에
도 빠듯했으니까. 젊은 날의 추억도 우리에겐 어딘가 위태로
운 장벽처럼 작용했다. 시나리오는 애초에 가망이 없었고, 이
젠 내 삶을 지탱시키는 회사조차 간당간당하는 중이었다. 나
한테는 그 흔한 연애조차 먼 나라의 이야기란 말인가. 도대체
어쩌다가 인생이 이리 막장이 된 거지.

"너, 술 취했다 얘. 일단 나가자."

"뭘 취해, 취하기는. 됐어. 난 혼자 코가 삐뚤어지도록 마시
고 갈 테니까 너 혼자 가."

"아휴, 왜 그러니? 내가 괜한 말 꺼내서 미안하다. 응?"

그녀가 나를 달래듯이 말했다. 그녀는 내 손을 한 번 더 두
드려주고 일어섰다. 나도 하는 수 없이 몸을 일으켰다. 밖으
로 나오니 해가 중천이었다. 멀리 보이는 햇살이 마치 물살을
거슬러 오르는 은어 떼처럼 수면 위에서 몸을 뒤채고 있었다.
나는 뭍에서 살아가고 싶은 한 마리 은어처럼 이룰 수 없는
열망에 괴로웠다. 미진의 담담한 모습을 보자 욕망이 더욱 달
아올랐다. 미진은 그런 나를 외면하고 혼자 강변으로 가서 반
짝거리는 수면을 바라보기만 했다. 깍쟁이 같은 년. 아니, 병

신 같은 새끼. 오늘이 지나면 반드시 멀어지리라. 내가 왜 가능성도 없는 여자를 만나서 에너지를 소모해야 한단 말인가. 나는 그렇게 다짐하며 미진에게서 돌아섰다. 미진이 주차된 차로 뚜벅뚜벅 걸어가서 문을 열었다. 나도 터벅터벅 걸어 조수석에 올라탔다.

"다음 주에도 한번 보자."

내가 쏘아보아도 미진은 부드러운 눈초리로 앞만 보았다.

"내가 무슨 심심풀이 땅콩이냐? 그 남자나 만나."

미진이 피식 웃더니 낮게 한숨을 쉬었다.

"다음 주가 현식이 기일이야. 나도 못 챙겼었는데, 새삼 그런 생각이 들더라. 오랜만에 찾아가봐야겠다는……. 너는 몰랐지?"

"……."

소피스트 박의 마지막 모습이 뇌리에 떠올랐다. 납골당에는 여태껏 간 적이 없었다. 갑작스런 죽음으로 맞게 된 장례식의 마지막 날 아침 잠깐 마주했던, 관 속에서 자는 듯 누워 있던 창백한 얼굴. 내가 당연히 갈 것이라고 여겼는지 미진은 대답을 기다리지도 않고 차를 출발시켰다.

15

회사 분위기는 태풍전야였다. 사무실의 밀도는 부풀어 오르는 풍선의 헬륨가스처럼 하루가 다르게 높아져갔다. 언제일지 정확히는 모르지만 가까운 시일 안에 펑, 터져버릴 일만 남은 것처럼.

어느 날이었다. 오전부터 옆자리 김 과장 목소리가 심상치 않았다. 웬만해선 흥분하지 않던 그가 전화 통화를 하다가 버럭 소리를 질러댄 것이다. 그 스스로도 당황했는지 나와 마주친 눈길을 황급히 돌렸다. 그는 전화기를 쾅 내려놓더니 벌떡 일어나 사무실을 나가버렸다.

나는 김 과장을 뒤쫓아나갔다. 회사 앞 공원 벤치에서 김 과장이 담배를 피우고 있었다.

"왜 그래? 무슨 일 있어?"

내가 슬그머니 다가가 물어도 김 과장은 대답이 없었다.

"무슨 일이냐니까?"

김 과장이 두 대째의 담배에 불을 붙였다.

"웬 또라이 새끼가 지난주부터 계속 트집을 잡아서 말이야."

"무슨 트집인데?"

"이 새끼가 글쎄 내가 연애상담을 제대로 못해줘서 여자한테 차였다는 거야. 그래서 다짜고짜 그동안 낸 가입비랑 회비랑 다 물어내라고 완전 지랄을 떠네."

김 과장은 숨을 거세게 몰아쉬었다. 대략 어떤 상황일지 짐작이 되었다. 나 역시 항의전화를 몇 번 받은 적이 있었다. 그러나 내가 관리하는 고객들은 그날부로 회원을 탈퇴하는 선에서 그치는 게 고작이었다.

"똥 밟은 셈 쳐라. 뭐 어쩌겠어?"

나는 김 과장의 어깨를 두드려주고 맞은편에 앉았다.

"어차피 자기는 끝장이라면서 사기죄로 회사를 고소하겠다고 난리네. 아, 미친 새끼."

김 과장이 한손으로 이마를 짚었다. 나는 더 해줄 말이 없었다. 그런 일이 벌어질 확률은 희박했다.

"너무 걱정하지 말라니까. 계속 난리 치면 회비하고 가입비 돌려주면 돼. 그럼 잠잠해질 거야."

나는 김 과장을 한 번 더 위로하고 사무실로 올라왔다. 문을 열고 들어가는데 사무실 분위기가 또 달라져 있었다. 갑자기 중력이 불어나서 세상의 사물들이 훨씬 무거워진 느낌이랄까. 순간 똬리 튼 뱀이라도 발견한 듯 나는 걸음을 흠칫 멈추고 말았다. 헤비급 유도선수 같은 사내가 사무실의 오른쪽 여백을 꽉 채우고 있었다. 덩치는 나를 힐끗 쳐다보았을 뿐 아무런 말도 하지 않았다. 아무런 말도 하지 않을 때, 상대가 더 위압감을 느낀다는 걸 잘 알고 있는 자의 눈빛. 그 바닥의 베테랑이었다. 사장실 안에서는 시끄러운 말소리가 들려나오고 있었다. 사장과 황 이사 말고도 다른 누군가의 목소리가 뒤섞여 있었다. 당나귀 인간. 지난번의 그가 다시 찾아온 게 틀림없었다. 나는 사장실 문과 덩치를 번갈아 바라보다가 마우스를 움직여 모니터의 화면 보호기를 껐다. 그때 어디선가 훌쩍거리는 소리가 들려왔다. 나는 엉덩이를 슬그머니 들어 맞은편을 보았다. 오 대리였다. 그녀가 휴지로 눈물을 닦아내고 있었다. 나는 덩치에게 들리지 않도록 조용히 속삭였다.

"오 대리, 괜찮아?"

덩치는 사무실 한쪽에 가져다놓은 바위처럼 묵묵히 앉아만 있었다.

"잠깐 바람이나 쐴까?"

오 대리가 고개를 끄덕이더니 자리에서 일어났다. 우리는 함께 밖으로 나왔다. 김 과장은 산책이라도 돌며 화를 삭이는지 공원에 보이지 않았다.

나는 편의점에서 사온 캔커피를 오 대리에게 내밀었다.

"오 대리, 너무 걱정하지 말자고. 응?"

오 대리가 고개를 끄덕이며 말했다.

"자꾸 저한테 협박전화 비슷하게 하는 여자가 있어요."

"협박전화?"

"나 때문에 자기들 관계가 파탄 났다면서 고소하겠다고 히스테리를 부려대는 거예요."

"언제부터?"

"꽤 됐어요. 그냥 그러다 말겠지, 해서 아무한테도 말씀을 안 드렸는데 오늘은 이년 저년 하면서 죽여버리겠다고…….너무 무서웠는데…… 갑자기 그 사람들이 사무실로 들이닥치는 거예요."

"그 여자가 누군지는 모르고?"

"누군지는 몰라요. 내가 자꾸 받아주고 그러니까 더 그런 것 같아요."

오 대리는 울먹임을 멈추었다. 아침에 김 과장이 겪은 일도 그렇고, 사무실에 당나귀가 나타난 것도 그렇고, 오 대리가 겪은 일까지, 아무래도 심상찮은 날이었다.

"오 대리, 그 여자 누군지 몰라도 다음에 전화 오면 나한테 넘겨."

"아니에요. 제 책임인데요."

"아냐, 아냐. 나한테 넘겨."

"어떻게 하시려고요?"

"내가 알아서 할게."

오 대리가 미심쩍은 눈으로 나를 보다가 고개를 끄덕였다. 무슨 해결사라도 된 양 호기롭게 떠맡기는 했지만 내겐 아무런 대책도 없었다. 대책은 무슨⋯⋯. 나 역시 일방적으로 욕이나 먹다가 말아야 할 것이다. 그러나 욕을 대신 먹더라도 지금은 그녀를 위로해야 했다. 총대를 대신 멘 내가 꽤나 괜찮은 남자 같았다.

우리는 다시 사무실로 올라갔다. 그새 사무실 풍경은 또 달라져 있었다. 이따금씩 차나 간식을 먹으며 담소를 나누던 탁자에 사장과 황 이사, 당나귀 인간과 덩치, 그리고 어느샌가 올라온 김 과장까지 모두 다섯 명이 자리를 잡고 앉아 있는 게 아닌가. 영화 포스터 사진이라도 찍는 듯한 포즈로 움직임조차 별로 없었다. 어울리지 않는 사람들이 한자리에 모여 있는 모습이 심리호러영화의 한 장면 같기도 했고, 현실로 튀어나와 펼쳐진 악몽의 한 장면 같기도 했다. 당나귀 인간이 누런 이빨을 내보이며 손바닥을 위로 펼친 채 팔을 주욱 내밀었다. 자리에 와서 앉으라는 뜻이었다. 나는 우두커니 멈춰 선 채 사장과 황 이사와 김 과장과 덩치를 둘러보았다. 사장은 굳은 표정으로 살짝 고개를 돌렸고, 황 이사는 예의 그 넓은 이마를 자랑스레 번들거리며 우리를 정면으로 바라보았다.

덩치는 자신의 몸뚱이가 무거워 죽겠다는 표정으로 고개를 수그리고 있었고, 김 과장은 마치 어긋나서 더 들어가지도 빠지지도 않는 나사못처럼 엉거주춤 앉아 있었다. 나는 오 대리와 함께 발소리까지 죽이면서 살금살금 걸어가 앉았다. 김 과장이 옆으로 비켜 자리를 내주었고, 당나귀는 친절하게 오 대리에게 의자를 빼주었다.

"자, 사장님이 먼저 말씀을 해주시죠."

황 이사가 입을 열었다. 정중해 보이면서도 어딘가 으스대는 말투. 사장이 천천히 고개를 들더니 당나귀와 황 이사, 그리고 직원들을 둘러보았다.

"먼저 여러분에게 박 고문님을 소개하겠습니다. 지금까지도 그래 오셨고, 앞으로도 회사에 여러모로 도움을 많이 주실 분이시니까 앞으로 잘 모시기 바랍니다."

사장의 소개에 당나귀가 일어나 인사를 했다. 나와 김 과장과 오 대리는 가만히 보기만 했고, 황 이사와 덩치만 박수를 쳐댔다.

"그다음 진행상황은 황 이사님이 설명해주시죠."

사장의 말에 황 이사가 기다렸다는 듯 번들거리는 이마를 치켜들었다.

"뭐, 그럼 오늘 열린 비상회의 결과를 말씀드리겠습니다."

직원들인 우리를 쏙 빼놓고선 비상회의를 했다고?

"낭만엑스포는 백지화되는 걸로 결정이 났으니 모두들 그렇게 아셨으면 좋겠습니다. 사장님과 제가 그동안 백방으로 뛰어보았지만 기업들이나 단체들의 반응이 너무 시큰둥하고, 또 기획안 자체도 부족한 면이 많아서 이 안건은 백지화하는 것으로 결정을 보았습니다."

너무나 갑작스러운 선언이었다. 회사가 문을 닫게 되었다는 말만큼이나. 그래서 모두들 대답할 엄두를 내지 못했다.

"연기하는 게 아니고 백지화라면 앞으로도 안 하겠다는 건가요?"

김 과장이 재차 물었다. 당나귀의 입가가 비웃음으로 일그러지는 게 보였다. 황 이사가 부연 설명을 이어갔다.

"물론입니다. 낭만엑스포는 전면 백지화된 겁니다. 아시다시피 우리 최 사장님과 직원들이 나름 많은 준비를 해왔습니다만, 이게 현장에서는 전혀 먹히지가 않아요. 특히 돈줄을 풀어야 할 기업들이 움직이질 않습니다. 뭐, 말이 나온 김에 덧붙이자면 기업들 입장에서도 그래요. 낭만이니 뭐니 그런 거에 쓸 돈이 있겠습니까? 그게 콘셉트가 좀 모호하기도 하고요. 그래서 저와 사장님, 그리고 박 고문님이 다각적으로 검토해서 내린 특단의 조치라는 걸 이해해주셨으면 합니다.

그렇다고 우리가 해야 할 일이 없어진 건 아닙니다."

근근이 이어오던 온라인 회원제 연애상담 사업을 말하는 게 아니었다. 나는 황 이사의 눈빛을 통해 단박에 눈치챌 수 있었다. 먹이를 보고 주변을 두리번거리는 듯한 조심스러우면서도 탐욕스런 들개의 눈빛.

"그럼, 또 다른 일이라도?"

김 과장이 사장 쪽으로 고개를 돌렸다. 사장은 회의 테이블의 모서리만 쏘아보며 입을 다물고 있었다. 자신이 치러야 할 치욕을 묵묵히 견디는 자의 얼굴이랄까.

"그렇습니다. 낭만이니 뭐니 그런 것 말고 정말로 돈이 되는 프로젝트를 이제 우리가 하게 될 겁니다. 그래서 회사도 살리고, 여러분도 회사 다닐 맛이 나도록 하기 위해서지요."

"대체 어떤 일인데요?"

오 대리의 목소리가 사무실 공기를 흔들어놓았다. 변죽만 울리던 황 이사가 그제야 결심이라도 한 듯 입을 열었다.

"그러니까 좀 더 현실적이고 멋들어진 엑스포를 하자는 거지요. 이름하여 섹스박람회입니다. 어떻습니까? 섹스엑스포라고 하니까 발음이 영 이상해서 섹스박람회로 부르기로 했는데, 뭐 더 좋은 명칭이 있다면 얼마든지 환영하겠습니다. 우리나라에서는 섹스박람회가 콘돔업체에서나 쉬쉬하면서

여는 게 전부인 줄 아는데, 이게 외국에만 나가도 그렇지 않
거든요. 미국이나 호주나 유럽이나 그런 데에서는 정말 성황
리에 개최되고 있거든요. 그러니까 이번에 아주 대대적으로
섹스박람회를 열어서 회사의 이름도 대외적으로 알리고 회사
를 회사답게 탈바꿈시키자는 거예요. 어떻습니까? 정말 그럴
듯한 아이디어 아닙니까. 여러분들도 모두 비상회의에서 결
정된 의견에 찬성하리라 믿습니다."

김 과장도 나도 오 대리도 말이 없었다. 낭만에서 갑자기
섹스라니……. 모두 판단 기능이 정지해버린 듯했다. 이걸
어떻게 받아들여야 하나? 침묵을 깬 건 당나귀였다. 쇳소리
처럼 탁한 음성이 기묘하게 튀어나온 입에서 흘러나왔다. 예
상보다 카랑카랑한 목소리였다.

"황 이사가 섹스박람회라고 하니까 좀 낯설어하는 눈치 같
은데, 하나도 낯설 거 없어요. 섹스? 그거 다 하고 사는 거잖아
요. 솔직히 말해서 인생 뭐 있습니까. 돈 많이 벌어서 파트너
바꿔가며 떡이나 실컷 치고 가면 장땡 아닙니까? 안 그래요?"

당나귀는 자기가 한 말이 재미있어 죽겠다는 듯 킬킬거렸
다. 노골적으로 고개를 돌려 오 대리 쪽을 보면서였다. 도무
지 감정이라곤 없을 것 같던 덩치가 음탕한 웃음을 흘렸고,
황 이사도 고개를 젖혀가며 화통하게 웃어젖혔다. 어쩌다가

일이 이렇게 이상한 방향으로 흘러가게 되었나 그래. 어이가 없는 한편으로 모욕감이 기포처럼 몽글몽글 솟아올랐다. 섹스박람회를 연다는 것 때문만은 아니었다. 그것을 일방적으로 통보하는 오만하고 무례한 태도. 사장은 여전히 말이 없었다. 비굴하기까지 할 정도로 그는 침묵을 고수하고 있었다. 황 이사가 다시 입을 열었다.

"그렇지요. 박 고문님 말씀이 백번 맞지요. 솔직히 말해서 낭만 낭만 그러는데, 그 낭만이 뭡니까? 낭만 하면 사랑이고, 사랑 하면 낭만 아닙니까. 근데 까놓고 말해봅시다. 사랑이고 낭만이고 결국엔 그거 다 빠구리 한판 뜨자는 거 아닌가요?"

황 이사는 '빠구리'라는 말을 발음하면서 외설스럽게 한 손바닥을 다른 손 주먹으로 탁탁 쳐올렸다. 이어 호소라도 하듯 목청을 높였다.

"아니, 우리 좀 솔직해지자니깐. 솔직해지자구. 옛말에 매에는 장사 없다 그러는데, 사실 매보다 더한 게 뭔지 알아요? 떡심이에요, 떡심. 떡치고 싶은 마음. 떡심에도 장사는 없다, 이 말이지. 왜 그토록 많은 성범죄들이 시시각각 연령 불문 지위 고하를 막론하고 일어나는 걸까요? 막말로 그게 다 인간의 떡심 때문이라 그거거든. 그런데 숨겨놓고 쉬쉬하는 버릇 때문에 상황이 더 안 좋아지는 거지. 까놓고 말해서 우리

성 문화도 이젠 좀 겉으로 드러내놓을 때가 되지 않았습니까. 겉으로는 아닌 척 온갖 점잔들을 빼고 숨어서는 별의별 변태 짓들을 다 해대는 것보다야 차라리 까발리는 게 낫다 이거지요. 그런 성 문화를 획기적으로 개선하는 데 바로 우리가 앞장을 서자는 겁니다. 무엇보다 섹스박람회를 연다고 하면 참가 업체가 수두룩할 거라는 걸 내가 장담할 수 있습니다. 그러니까 홍보만 잘된다면 이게 히트를 칠 수도 있다는 겁니다."

"프로그램은 뭘로 하실 건데요? 다 생각해놓으신 건가요?"

황 이사의 한껏 들뜬 목소리를 가로막고 나선 건 오 대리였다. 울먹이던 그녀는 사라지고 어느덧 씩씩함을 되찾은 그녀가 앉아 있었다.

"이제 좀 관심이 가시나? 하하."

당나귀가 오 대리를 돌아보며 다시 음탕한 웃음을 흘렸다.

"물론입니다. 부스는 성 상품 생산업체와 성인용품 부스를 최대한 유치해서 일단 돈이 되도록 할 것이고, 각종 이벤트도 열 계획입니다."

황 이사가 신이 난 듯 기획안을 들고 읽어내려갔다.

"먼저 일본 유명 AV배우 초청 사인회를 열 거구요, 에 또 AV모델과 배우들의 세미누드 패션쇼를 열어서 분위기도 화끈하게 띄울 것이고요. 에, 또 이참에 AV배우 선발대회도 열 거구요. 국내 최초의 올 누드 사진전, 누드모델 선발대회, 건강한 성생활을 위한 섹스 강연회, 독신남녀 즉석 만남, 그리고 노인들의 즉석 미팅과 또 최고의 베스트셀러 자위기구 수상작 선정과 에 또……."

"그만요, 저는 그만둘게요."

오 대리가 손을 번쩍 들어 황 이사의 말을 잘랐다. 그녀의 딱 부러지는 발언에 회의실 분위기가 다시 얼어붙었다.

"오 대리, 방금 뭐라고 했지?"

황 이사가 얼떨떨해져서 되물었다.

"회사를 그만두겠다고요. 지금 이 순간부로요."

오 대리가 튕겨지듯 벌떡 일어났다. 그러나 회의 테이블을 벗어나지는 못했다. 옆자리 당나귀가 그녀의 팔을 잡아채듯 붙잡은 것이다.

"앉아봐라."

당나귀의 말투가 위압적으로 변했다.

"뭐라고?"

오 대리가 고개를 옆으로 돌렸다. 목소리가 빙판을 가르는 스케이트 날처럼 날카로웠다.

"너, 누군데 나한테 반말이니?"

오 대리의 기세에 당나귀조차 깜짝 놀란 기색이었다. 나는 조마조마하면서도 차마 나서지 못하고서 주먹만 꽉 움켜쥐었다. 김 과장도 놀란 표정으로 오 대리와 당나귀를 쳐다보기만 했다. 상황이 심각해질 수 있다는 걸 눈치챘는지 사장이 일어나서 오 대리 쪽으로 걸음을 옮겼다.

"오 대리, 나랑 이야기 좀 할까요?"

그러나 오 대리는 사장을 한 번 힐끗 쳐다보고 고개를 돌렸다. 그러더니 지금껏 한 번도 본 적 없는 혐오스런 표정으로 팔을 획 돌려 당나귀의 손을 뿌리쳤다. 당나귀는 피시식 웃기만 할 뿐 더는 그녀를 붙잡지 않았다. 그러나 반대편에 있던 덩치가 문제였다. 어느새 일어선 덩치가 오 대리의 팔을 다시 붙잡은 것이다. 오 대리의 볼과 입술이 경련을 일으키듯 파르르 떨리는 게 보였다.

"이거 놔라!"

오 대리가 외쳐도 덩치는 당나귀의 눈치만 살폈다. 순간 오 대리가 반대쪽 손을 들어 덩치의 따귀를 올려붙였다.

쫘악!

너무도 순식간에 벌어진 일이라 보고 있던 나까지 한 대 맞은 듯 얼떨떨했다. 이건 현실인가 꿈인가. 160센티미터 정도의 키에 50킬로그램이 안 돼 보이는 가냘픈 체구의 오 대리가 딱 봐도 180센티미터가 넘는 키에 100킬로그램은 족히 넘는 집채만 한 덩치의 따귀를 올려붙인 것도 모자라 눈을 부라리면서 이마를 앞으로 들이밀고 있었다. 덩치가 기에 눌려서라기보다 기가 막혀서인 듯 오 대리의 팔을 놓으면서 한 발짝 물러섰다. 어느 틈에 나도 일어나 있었고, 김 과장도 일어나 있었다. 덩치가 억지웃음을 지으면서 뒤로 비켜섰다.

"어디 한 번 더 잡아보시지?"

오 대리의 목소리가 리드미컬하게 미끄러졌다. 덩치는 주인한테 혼나는 뚱보 개처럼 어쩔 줄 몰라 했다. 당나귀가 덩치에게 그만 앉으라고 손짓을 했다. 덩치는 우거지상을 쓰고 식식거리면서 자리에 앉았다. 당나귀는 나와 김 과장과 사장에게도 앉으라고 손짓을 했다. 우리는 그대로 서 있었다. 오 대리가 혐오의 눈초리로 좌중을 둘러보고선 쌩하니 몸을 돌렸다. 또각. 또각. 또각. 그녀의 구두 굽 소리가 사무실의 침묵에 도장을 찍었다. 오 대리는 가방을 메고 어깨를 꼿꼿이 세운 채 사무실을 빠져나갔다. 사장이 그녀를 뒤따라 나갔다.

"아, 뭐 의견 충돌도 있을 수 있는 거니까……. 잠깐 휴식 시간을 갖도록 하시죠."

황 이사가 굽실거리는 태도로 당나귀에게 말했다. 김 과장이 기다렸다는 듯이 사무실을 나갔고, 나도 부랴부랴 뒤를 따랐다.

사장과 오 대리와 김 과장이 공원 벤치에 나란히 앉아 있었다. 나는 캔커피를 사서 그들에게 돌렸다. 오늘은 캔커피만 벌써 몇 개째인지 몰랐다. 오 대리는 아직도 화가 안 풀렸는지 미간 사이에 얕은 고랑을 만들면서 담배를 피우고 있었다. 나도 김 과장도 사장도 말없이 커피만 홀짝거렸다.

"내가 자네들한테 미안하네."

사장이 땅바닥을 내려다보며 말했다. 그의 어깨는 회의 때보다 더 아래로 처져 있었다. 낭만엑스포의 필요성과 당위성을 강변하던 사장은 대체 어디로 사라진 것일까. 박철순을 언급하며 눈을 반짝이던 소년 같던 사장 말이다.

"아닙니다, 사장님."

김 과장이 고개를 숙인 채 대답했다.

"그런데 섹스박람회를 열면 정말 성공할 수는 있는 건가요?"

누군가가 다소 열띤 목소리로 물었다. 그 느닷없는 물음에 나는 깜짝 놀라고 말았다. 다른 누구도 아닌 바로 내 입에서 터져 나온 말이었으니까. 아주 짧은 순간 사장이 징그러운 벌레를 보듯 나를 보았다.

"황 이사가 자신이 있는 것 같긴 합니다. 그러나 나는 따르지 않을 생각입니다. 회사를 통째로 넘겨주더라도 말입니다."

사장은 자못 비장하게 말했다. 오 대리와 김 과장도 동의하는 분위기였다. 그러나 나는 그럴 수 없었다.

"사장님, 이왕 이렇게 된 것, 황 이사 말대로 섹스박람회를 시도해보는 건 어떻겠습니까? 일단은 회사를 살리는 게 먼저 잖습니까."

"과장님, 정말 이러시기예요?"

오 대리가 눈을 흡뜨고 쳐다보았다. 이어 길게 한숨을 내쉬었다. 그래도 나는 모두를 설득하기 시작했다.

"오 대리, 누군 좋아서 이러겠어? 하지만 어쩔 수 없잖아. 지금 회사를 살리는 길은 그것 말고는 없다잖아. 낭만엑스포라는 아이디어를 내가 내긴 했지만 될 때부터 될까, 라는 의심이 들었던 건 사실이야. 그런데 오늘 이야기를 들어보니 섹스박람회를 여는 것이 홍행 면에서는 훨씬 더 좋을 것 같아. 그게 성공을 하면 나중에 정말 낭만엑스포를 열 수도 있는 거잖아."

"아니, 내가 섹스박람회라고 해서 무조건 싫다는 게 아니에요. 근데 이건 도저히 볼 수가 없어요. 그 사람들 태도를 보라고요. 게다가 프로그램들 면면은 또 어떻고요. 왜요? 차라리 대놓고 포르노 업체를 차리시지? 그때도 윤 과장님은 같이

할 건가요?"

"오 대리, 나도 똑같은 생각이야. 하지만 우리한텐 선택의 여지가 없잖아. 선택의 여지가."

"윤 과장님, 원래 이런 분이셨어요? 정말 대실망이에요."

오 대리가 신랄한 어투로 쏘아붙이더니 고개를 획 돌렸다. 김 과장도 어이가 없는지 고개를 절레절레 저었다. 그러나 나는 포기할 수 없었다. 이 회사를 그만두면 다시는 취업에 목매지 않겠다고 다짐하지 않았던가. 그렇다면 여기서 결판을 내야 했다. 더욱이 사장이나 김 과장이나 오 대리가 흥분하는 이유가 너무 감정적이라는 느낌이 들었다. 당나귀와 황 이사가 꼴 보기 싫은 건 나도 마찬가지였다. 그러나 그들의 제안까지 삐딱하게 바라볼 필요는 없지 않을까. 그것으로 성공할 수만 있다면, 섹스박람회건 자위박람회건 뭐 어떻다는 말인가. 김 과장 말대로 회사는 이윤을 위해 움직이는 곳 아니던가. 자본주의사회에서 아무리 포장한다고 한들 회사란 결국 돈을 벌기 위해 존재하는 곳이 아니던가.

"사장님, 저도 황 이사나 박 고문을 누구보다 못마땅해하는 사람입니다. 그리고 사장님이 그만두신다면 저 역시 그만두겠습니다. 그러나 지금 물러나는 건 싸워보지도 않고 물러서는 겁니다. 나중에 후회를 할지도 모르고요. 이왕 이렇게 된 이상 섹스박람회를 개최해서 성공시키고, 나중을 도모하시지요. 그래야 황 이사와 박 고문에게 뭔가 우리 주장을 펼칠 수 있지 않을까요."

사장이 의혹에 찬 눈으로 나를 보았다. 내 얼굴이 달아오르는지 화끈거리고 있었다. 사장은 내게서 시선을 거두고 오 대리를 건너다보았다.

"오 대리는 정말로 그만둘 건가요?"

"모르겠어요. 정말 맘 같아선 다 때려치우고 싶지만 어째 침몰하는 난파선에서 혼자만 도망치는 기분이라 영 걸리네요."

오 대리는 여전히 기백이 충만해 있었다.

"윤 과장 말을 듣고 보니 버티고 그만두는 것만이 능사는 아니라는 생각이 들긴 합니다. 나로선 첫째 날만큼은 어떻게든 지켜내고 싶습니다. 상징적인 의미로라도 말입니다. 그러나 여러분들에게까지 강요하고 싶은 마음은 없어요. 섹스박람회에 적극 나서야 한다는 윤 과장의 판단도 존중합니다. 그렇게 하도록 하세요. 나 또한 지금 그만두는 건 여러모로 무책임할 것 같습니다. 김 과장과 오 대리는 각자 판단을 하세요. 어쨌든 일이 이렇게까지 돼서 사장으로서 무척 미안할 따름입니다."

그가 차분한 어조로 말하며 모두를 돌아보았다.

"저는 생각 좀 해봐야겠어요. 집에 가서 잠부터 자고요."

오 대리가 한결 나긋나긋해진 투로 말했다. 여전히 내 쪽은 거들떠보지 않은 채였다. 나는 벤치에서 일어나 사무실로 들어갔다. 김 과장은 그대로 벤치에 앉아 있었다. 저만치에 앞서 걷는 사장의 굽은 등이 보였다.

16

하루아침에 낭만엑스포는 섹스박람회로 바뀌었다. 꿈의 엑스포가 원초적인 욕망의 전시장으로. 아무튼 그렇게 되어버렸다. 사장이 침묵하고만 있었던 건 아니다. 그는 어떻게든 낭만엑스포를 포기하지 않으려고 했다. 아니, 그의 노력은 눈물겨웠다. 그러나 당나귀와의 담판으로 그가 이뤄낸 성과는 매미가 벗은 허물보다 못한 껍데기에 불과했다. 섹스박람회라는 명칭 하나 바꾸지 못했다. 당나귀와 황 이사에게 그것은 '대한민국 헌법 제1조'와도 같이 절대적인 것이었다. 사장이 얻어낸 건 개막식 전에 '21세기 신낭만주의 선포식'을 할 수 있다는 정도였다. 그것도 본 행사에 지장을 주지 않아야 한다는 단서조항과 함께. 그러니까 낭만 선포식과 섹스박람회는 별개의 것이어야 했다. 섹스박람회는 개막 행사부터 황 이사의 아이디어대로 실시될 예정이었다. 성인용품 관련 업체 대표들의 테이프커팅과 인사말에 이어 국내와 해외 AV배우들의 세미누드 패션쇼 등……. 첫날부터 화끈하게 관객몰이를 해야 한다는 황 이사의 주장대로 된 것이다. 결국 '21세기 신낭만주의 선포식'마저 없던 이야기가 되었다.

자신의 마지막 주장을 관철시키지 못한 그날부터 사장은

거세당한 수말처럼 행동했다. 아침에 출근하면 사장실로 조용히 들어갔다가 저녁에는 인사도 없이 회사를 빠져나갔다. 황 이사나 다른 직원들에게 방해가 되지 않도록 배려라도 하듯이. 사장을 바라보는 내 마음은 편치 못했다. 김 과장과 오 대리도 다를 바 없으리라. 보다 못한 나는 황 이사에게 면담을 신청했다.

"무슨 일입니까?"

황 이사가 회의실 소파에 등을 깊숙이 묻었다. 정말로 궁금하다기보다 들어주는 형식만 취하겠다는 듯 무성의한 말투였다. 그는 내 눈을 똑바로 쳐다보지도 않았다. 나는 거두절미하고 용건을 말했다.

"음, 그러니까 섹스박람회가 성사되면 낭만엑스포를 한번 시도해보는 건 어떨까 싶어서 말씀드리려고요. 원래 사장님이 하려던 것도 그것이었고 또 저희 회사 이름도……."

"아아, 그 문제라면 이미 사장님과 이야기를 나눴어. 충분히 박 고문님과 내 생각을 알기 쉽게 전달해드렸고."

황 이사가 내 말을 중간에 잘랐지만 물러날 수 없었다. 나는 목소리를 높이며 상체를 꼿꼿이 세웠다.

"그래도 한 번 더 말씀드리려고 들어왔습니다. 사장님과 저희 직원들 모두가 회사에 붙어 있는 건 섹스박람회도 그렇지만 낭만엑스포를 해서……."

"윤 과장! 그만해요. 윤 과장은 이 회사의 한낱 직원일 뿐이야. 주제넘은 짓 하지 말란 말이지. 그리고 지금 주장하는 내용도 그래. 운전면허증도 안 따고 운전하겠다는 말과 똑같아. 섹스박람회가 얼마나 성공할지 또 성공하기 위해 어떤 준비를 해야 할지 그런 거만 궁리해도 지금 머리가 터질 지경인데, 왜 그런 쓸데없는 생각을 미리부터 하는 건지 모르겠네. 그렇게 한가한가?"

"아닙니다. 미래가 확실해야 지금 일을 더 적극적으로 열심히 할 수 있기 때문입니다. 섹스박람회에 적극 나서서 성공을 시키고 난 다음엔……."

"아아, 그만!"

황 이사가 내 말을 잘랐다. 어째, 이 인간은 사람 말을 끝까지 듣는 경우가 없네. 그는 일어서서 등을 돌리더니 창밖을 내다보았다. 아무리 용을 써도 꿈쩍하지 않는 바위덩어리와 씨름하고 있는 기분이었다.

"참 낭만적이야. 낭만적!"

황 이사가 혼잣말처럼 투덜거렸다. 이어 그가 고개를 돌리더니 나를 손짓으로 불렀다.

"윤 과장, 잠깐 이리 와봐."

나는 끓어오르는 화를 삭이며 그에게 다가갔다. 황 이사가 창밖의 어느 한 지점을 손가락으로 가리켰다. 특별한 풍경이 펼쳐져 있는 건 아니었다. 언제나처럼 도로엔 차들이, 인도와 신호등이 바뀐 횡단보도엔 인파들이 넘쳐나고 있었다. 다만 우리 사무실이 있는 맞은편 사거리 쪽 모퉁이에 시위를 하고 있는 사람들 몇몇이 눈에 띄었다. 며칠 전까지만 해도 확성기까지 동원했었는데, 지금은 힘이 빠졌는지 팻말을 들고 보도에 앉아 있기만 했다. 임금체불이나 불법해고 등으로 밀려난 노동자들로 보였다.

"윤 과장 눈엔 저 거리를 오가는 사람들이 뭐로 보여?"

"네? 그야……."

"뭐로 보이는데? 보이는 대로 말해봐."

"고객?"

"그래. 아주 좋아. 또 다른 건?"

오늘따라 오가는 사람들의 걸음걸이가 왠지 우울하게만 보였다.

"글쎄요. 상처덩어리들."

"캬아, 문학적이다, 문학적……. 또?"

"음, 저마다의 우주?"

"역시 심오해."

175

황 이사가 번들거리는 이마를 살짝 들어올렸다.

"고객이란 대답이 가장 좋군. 근데 좀 약하지."

"이사님 눈엔 뭐로 보이는데요?"

"잘 물었어. 내 눈엔 다 돈으로 보여. 고객이 아니라 돈. 고객이 다 돈이 되는 건 아니니까 말이야."

그가 매부리코를 내 쪽으로 가까이 내밀었다.

"돈이 아니면 또 뭐로 보여?"

"아무것으로도 안 보이는데요."

나는 반발심을 억누르며 부루퉁히 대답했다. 그는 내 대답에 별로 신경 쓰지 않았다. 어차피 그가 하려는 말은 정해져 있을 것이다.

"강도, 도둑, 좀비. 내 눈엔 한마디로 다 적들로 보여. 무수한 적들."

그가 다시 소파에 앉았다. 나도 창가에서 돌아와 황 이사의 맞은편 의자에 앉았다. 황 이사는 온 힘을 눈동자에 실어 나를 쏘아보았다. 말투와 눈빛만으로도 두꺼비 한 마리쯤 가볍게 죽일 수 있을 것 같았다.

"죽느냐, 죽이느냐. 뺏느냐, 뺏기느냐. 먹느냐, 먹히느냐. 그게 세상이야. 내가 남을 먼저 죽이지 않으면 내가 죽고, 내가 남의 것을 먼저 빼앗지 않으면 내 것을 빼앗겨. 다음? 다음은 없어. 지는 순간 끝이거든. 게임 오버. 매일매일 매순간이 단두대 매치라는 거야. 내 말, 무슨 뜻인지 알아? 알았으면 그만 나가서 일해."

나는 잠깐 동안 그의 쇠못 같은 눈길을 견뎠다. 그랬다. 내가 순진하고 낭만적이었다는 새삼스런 깨달음이 들었다. 도망이라도 치고 싶었다. 그럼에도 여전한 거부감 또한 수그러들지 않았다.

"그래도 저는 남들과 공존할 수 있는 방법을 어떻게든 찾아보겠습니다. 설사 실패하더라도요. 하지만 일단은 섹스박람회에만 집중하겠습니다."

황 이사가 입술을 비죽거리며 웃었다. 웃음에 섞인 야유를 구정물처럼 뒤집어쓴 채 나는 자리에서 일어났다. 그때, 황 이사가 나를 다시 불러 세웠다.

"윤 과장, 잠깐 앉아 있어봐."

나는 의아해져서 엉거주춤한 자세로 서 있었다. 마음 같아선 당장 뛰쳐나가고 싶었지만 내 이성이 그걸 허락하지 않는 게 다행이었다. 황 이사가 나를 방금 전과는 다른 눈빛으로 보며 말했다.

"그런 것 말고 말이야. 지금 고민할 문제는 사실 따로 있네."

나는 의아해진 채 황 이사를 바라보기만 했다.

"협찬, 프로그램, 기획 모두 순조롭게 진행되고 있어. 우리가 할 수 있는 선에서 나름 최선을 다하고 있지. 하지만 제일 큰 문제가 도사리고 있네."

그가 하고 싶은 말이 무엇일지 어렵지 않게 짐작이 되었다. 황 이사의 수완으로 광고 협찬을 이끌어내 섹스박람회를 유치하는 것 자체의 걸림돌은 사라졌다. 그러나 얼마나 관객을 유치할 수 있을지가 여전히 의문이었다. 무엇보다 박람회의 성격상 홍보에 제약이 따를 수밖에 없었다. 원래 계획했던 낭만콘서트였다면 벌써 중고등학교나 관공서에 관람을 유도하는 공문을 보냈을 것이다. 그러나 이건 그럴 만한 행사가 아니었다. 메이저 언론사에서도 대체로 겸연쩍어하는 분위기였다. 그러다보니 행사 자체를 알리는 것부터 한계가 많았다.

"알다시피 관람객을 끌어모으려면 이게 이슈화가 되어야 하는데, 그게 현재로선 너무 어렵다는 말이지. 사람들에게 크게 알릴 무슨 뾰족한 묘안이 없겠나?"

나는 황 이사의 눈에서 시선을 떨구었다. 나라고 해서 특별한 아이디어가 있는 게 아니었으니까. 아니, 특별한 아이디어가 떠오른다고 해도 건의할 기분이 아니었다.

나는 어깨를 으쓱한 뒤, 천천히 고개를 가로저었다. 그도 별로 기대는 하지 않았는지 무표정하게 시선을 돌렸다.

"정말로 지금 필요한 건 바로 그런 아이디어란 말이지."

황 이사의 옅은 한숨 소리가 들렸다. 바깥의 거리 풍경이 얼핏 시야에 들어왔다. 모퉁이에서 농성하던 사람들은 어느덧 철수하고 없었다. 왠지 모르게 섭섭한 마음이 들었다. 왜 벌써 힘이 빠진 것인지 안타깝기까지 했다.

"특별한 아이디어가 있는 건 아닙니다. 다만 사람들에게 지금보단 더 많이 알려져야 합니다."

"물론이지. 그래서 고민이라고 물은 거잖나. 어떻게 알리느냐가 문제지. 근데 방법이 없잖아."

"구체적인 방법은 떠오르지 않습니다만, 지금은 너무 조용합니다. 어떻게든 시끄럽게 만들 필요가 있습니다."

홍보를 책임지고 있는 사람이었기에 일말의 책임감을 느껴서 한 말일 뿐이었다. 황 이사가 어이없다는 듯이 피식 비웃음을 흘렸다.

"누가 그걸 모르나? 응? 그렇다고 트럭에 생선을 파는 장사치들처럼 확성기를 달고 다니면서 떠들 순 없는 것 아닌가?"

"그냥 상황이 그렇다는 겁니다."

나는 다시 언성을 높이고 싶지는 않았다. 그도 크게 기대하지 않았는지 일어나서 창가 쪽으로 등을 돌려버렸다.

문을 닫고 나오니 가벼운 현기증이 일었다. 오 대리가 내게서 못마땅한 눈길을 거두었다. 갑자기 극심한 외로움이 느껴졌다. 그렇다고 사람을 벌레 보듯 할 것까진 없잖은가. 나 혼자만 살자고 그러는 것도 아닌데……. 오 대리에 대한 짙은 섭섭함이 밀려들었다. 차라리 그만둬버릴까. 그런 충동이 불쑥 솟아올랐다. 정말이지 그 길로 회사 문을 박차고 나가 끝내고 싶었다. 나는 한동안 선 채 바닥을 노려보기만 했다. 고개를 들자 문이 열린 사장실 내부가 시야에 들어왔다. 나와 김 과장의 온라인 상담까지 떠맡고 있는 사장의 모습이 보였다. 사장이 무심코 고개를 돌려 내 쪽을 바라보았다. 내가 먼저 꾸벅 인사를 보냈고 사장 또한 고개를 끄덕여 주었다.

17

회의는 언제나 황 이사가 주재했다. 황 이사의 갈수록 느끼해지는 목소리에도 나는 적응해갔다. 그의 속물적인 사고방식에도 장점이 없지는 않았다. 인정하고 싶지 않았지만 적어도 그가 직원의 월급을 떼어먹을 사람으로는 보이지 않았다. 그럼에도 사장을 생각할 때마다 옆에서 죽어가는 사람을 외면하기라도 하듯 마음이 편치 않았다. 그런 불편함을 견딜 수 있게 된 건 또 다른 발견 때문이었다. 그러니까 이 회사에서 버텨내는 것도 시간문제였다. 모든 것을 효율과 이윤으로만 계산하는 황 이사 입장에서는 언제든 나 같은 직원 따윈 내칠 수 있을 것이다. 그때가 지금이 아닐 뿐이니 버틸 수 있을 때까지 버티는 것도 하나의 선택을 넘어 저항일 수 있었다.

황 이사는 갈수록 자신의 능력을 발휘했다. 마치 아프리카 초원에 사는 들개 떼의 왕처럼 뛰어난 후각을 이용해서 광고와 협찬을 넙죽넙죽 잘도 물어왔다. 섹스박람회에 대한 기업들의 반응은 기대 이상이었다. 황 이사의 활약 덕분에 회사엔 오랜만에 돈 냄새가 돌기 시작했다. 광고주들은 콘돔 제조업체, 피임약 제조와 판매업체, 성인용품 수입업체, 전국 각지의 성인용품점, 그리고 성인방송국과 한때 국내 성인비디오

업계를 주름잡았던 A프로덕션, 그리고 펜트하우스 같은 성인 잡지를 수입 출판하는 출판사와 수영복업체와 란제리업체 등이었다. 그것만으로도 준비는 착착 진행되었는데, 황 이사는 독점중계권을 내주는 대가로 위성채널 광고를 따내는 데까지 성공했다. 대단한 수완가인 것만은 분명했다.

디데이가 가까워질수록 준비사항도 늘어갔다. 전시이벤트 기획사들과 참가업체 담당자들과의 미팅도 늘어났다. 업무 분장도 다시 이루어졌다. 나는 일찌감치 총괄기획이라는 무거운 옷을 벗어던졌다. 그건 당연히 황 이사 몫이었다. 그는 광고와 협찬업무까지 책임지고 있었다. 주요 이벤트 역시 황 이사가 외주업체에 맡김으로써 부담감은 사라졌다. 덩치와 맞장을 뜬 오 대리도 회사를 그만두지는 않았다. 그녀는 사장과 함께 나와 김 과장이 관리하는 온라인 연애상담 회원들을 떠맡는 방식으로 박람회를 지원했다. 사실상 행사 준비에서 손을 떼도록 사장이 배려한 것이다.

섹스박람회를 일주일 앞둔 어느 날, 나는 광고포스터를 회사 건물 게시판에 붙이기 위해 일층 로비로 내려왔다. 디자인 업체에 외주를 맡겨 제작한 포스터였다. 인터넷 배너광고가 나간 상태였지만 포스터 광고도 서울 시내 게시판 곳곳에 붙이기로 했다.

지하철역 앞 게시판에 포스터를 부착하고 돌아왔을 때였다. 건물 게시판 앞에서 누군가가 포스터를 유심히 바라보고 서 있었다. 레지스탕스를 떠올리게 하는 헌팅캡과 희끗희끗 센 옆머리가 육십 대를 넘겼을 법한 노인. 나는 단박에 그를 알아보았다. 포장마차에서 나를 붙잡았던 그 노인이 분명했다.

나는 그를 못 본 척 피하면서 엘리베이터 앞으로 왔다. 힐끗 보니 노인은 그때까지도 포스터 앞을 떠나지 않고 있었다. 노인부대를 대동하고 섹스박람회에 나타나기라도 하려나. 뭐 그래준다면 환영하지 못할 이유가 없었다. 그런데 노인의 행동이 이상했다. 게시판에 손을 올리더니 태연하게 포스터를 떼어냈기 때문이다. 그는 포스터를 커다란 수건처럼 차곡차곡 접어서 재킷 주머니에 넣더니 건물 바깥으로 유유히 걸어나갔다. 너무 자연스러운 동작이어서 잘못 본 게 아닌가 싶었다. 나는 노인을 빠른 걸음으로 뒤쫓았다.

"잠깐만요."

내가 불러도 노인은 못 들은 척 걷기만 했다. 한낮에 보니 풍채가 웬만한 젊은이 못지않았다.

"저기요. 잠시만요."

나는 옆으로 다가가서 노인의 팔을 붙잡았다. 그제야 노인이 호전적인 눈빛으로 돌아보았다.

"붙여놓은 포스터를 떼어가지고 가시면 어떻게 합니까?"

"무슨 포스터?"

노인이 시치미를 떼었다. 나는 그의 재킷 주머니를 손가락으로 가리켰다.

"포스터 떼어가셨잖아요."

"내가? 난 안 그랬는데."

"제가 봤다구요."

노인은 전혀 당황하지 않았다. 그런 뻔뻔한 태도가 내 부아를 돋웠다. 나는 노인의 오른쪽 재킷 주머니에 재빨리 손을 집어넣었다. 노인이 막으려 했지만 나도 결사적이 되어 있었다. 실랑이를 벌인 끝에 접힌 포스터가 내 손에 딸려 나왔다. 나는 한 발짝 뒤로 떨어져서 포스터를 펴 보였다.

"이게 포스터가 아니면 뭡니까? 영감님 집문서라도 됩니까?"

"아, 그거? 난 또 뭐라고? 근데, 영감님이라니?"

노인이 정색을 하고 따지듯이 물었다.

"정말 미치겠네."

기가 차서 헛웃음이 나왔다. 더 있다가는 말싸움이 붙을 것 같아 돌아섰다. 그러나 이번에는 노인이 나를 붙잡았다.

"대체 저런 박람회를 하려는 의도가 뭔가?"

노인이 발걸음을 빨리하며 물었다.

"의도라뇨?"

"저런 박람회를 개최해서 사람들로 하여금 관심을 돌리게 해놓고 뒤로는 혁명을 모의하려는 거 아닌가?"

"혁명, 이라니요?"

"그때 혁명을 일으킬 거라고 하지 않았나? 내 똑똑히 기억하고 있네. 내 눈은 못 속이지."

노인의 눈매가 가늘어졌다. 그가 이내 보일 듯 말 듯 고개를 끄덕이며 내게 손가락질을 했다. 뭔가 깨달음을 얻은 듯 표정도 득의만만해져 있었다.

"옳아, 그러니까 아닌 척 위장을 하려는 것이로군."

"아이, 진짜 바빠 죽겠는데……."

"관람객들 중에 몇 명은 포섭을 할지도 모르겠군. 섹스를 미끼로 내밀어서 말이야. 아니면 저것 자체가 위장된 것인가?"

"저리 가세요, 좀."

나는 인상을 찌푸리며 돌아섰다. 그래도 노인은 포기하지 않았다. 두 팔을 벌려 내 앞을 가로막더니 얼굴을 들이밀었다.

"흥, 두고 보게. 내가 정체를 밝혀내고야 말 테니까. R컨설팅이라는 회사가 어떤 곳인지 말이야. 불순세력이 설쳐대는 꼴을 좌시하지 않겠다는 말이네."

나는 우두커니 노인을 마주 보았다. 말문이 막혀서 잠자코 서 있을 수밖에 없었다. 그래도 대답을 기다리는 게 느껴져서 한마디 하긴 해야 했다.

"뭐, 그러시든지요."

그제야 노인은 길을 비켜주었다. 나는 고개를 절레절레 흔들고 다시 게시판으로 가서 포스터를 붙였다. 등이 근질근질했지만 돌아보지 않았다.

18

미진은 약속 장소에 아직 도착하지 않았다. 나는 가방에서 시바타 쇼의 《그래도 우리의 나날》을 꺼냈다. 1960년대 학생 운동에 연루된 일본 젊은이들의 좌절을 그린 작품. 읽다가 말았던 책인 줄 알았는데, 아니었다. 책에도 마지막까지 진한 펜 자국으로 밑줄이 그어져 있었다. 책장을 덮고 나서의 시렸던 감정은 생생한데, 이상하게도 스토리가 떠오르지 않았다. 읽다가 말았던 것으로 착각한 건 그래서였다. 나는 의식을 되새김하듯 《그래도 우리의 나날》에 나오는 세쓰코의 편지 부분을 다시 읽었다.

그저 그곳에는 내 알량한 지식을 필요로 하는 사람들이 있어. 그리고 나는 나를 필요로 하는 사람들을 필요로 하는 거야. (……) 성공할 가능성이 있어서 하는 게 아니야. 그곳 에서 기다리는 것이 점점 타성으로 젖어드는 생활일지도 몰라. 낯선 시골생활에 도쿄만 그리워하며 보내게 될지도 몰라. 그래도 좋아. 그래도 좋으니까 한번은 시도해보고 싶 어. 일로 스스로를 지탱할 수 있는지, 이것이 내 생활이란 걸 발견할 수 있는지 시도해보고 싶어.

나는 다시 책장을 넘겨 주인공 후미오가 떠나간 세쓰코에 대해 말하는 대목을 읽어보았다.

　머잖아 우리가 정말로 늙었을 때, 젊은 사람들이 물을지도 모른다. 당신의 젊은 시절은 어땠냐고. 그때 우리는 대답할 것이다. 우리 때에도 똑같은 어려움이 있었다. 물론 시대가 다르기 때문에 다른 어려움이기는 하겠지만, 어려움이 있었다는 점은 마찬가지다. 그리고 우리는 그 어려움에 익숙해지며 이렇게 늙어왔다. 하지만 우리 중에도 시대의 어려움에서 벗어나 새로운 생활로 용감하게 진출하고자 한 사람이 있었다고.[•]

나는 책장을 덮고 천천히 고개를 들었다. 어떤 먹먹한 기분으로 한동안 앉아 있었다. 젊음이 다 지나가버린 지금, 왜 내가 새삼 비감스러운 기분에 휩싸이는 것일까. 나는 천천히 고개를 끄덕이지 않을 수 없었다. 그랬다. 어쨌든 그들은 시도해본 것이다. 좌절하고, 체념하고, 결국 현실과 타협했을지언정 적어도 한 번쯤 부딪쳐보았던 것이다. 새삼스럽게도 다시

• 《그래도 우리의 나날》, 시바타 쇼 지음, 권남희 옮김, 문학동네, 2018.

소피스트 박의 얼굴이 떠올랐다. 이제는 윤곽마저 모호하고 흐릿해져버린 얼굴…….

나는 쪽빛으로 물든 하늘을 올려다보았다. 어디선가 클랙슨 소리가 들려왔다. 가까운 사거리 모퉁이에 비상등을 깜박거리며 서 있는 차가 보였다. 조수석 창이 내려오면서 선글라스를 쓴 미진의 얼굴이 나타났다. 나는 책을 가방에 집어넣고 느릿느릿 차에 올라탔다.

"잘 지냈어?"

미진이 밝게 웃으며 차를 출발시켰다. 계절은 완연한 여름이었다. 행인들은 마치 광합성에 굶주린 식물처럼 최대한 살갗을 노출하고 거리를 돌아다녔다. 도로의 차들도 그런 사람들의 발걸음만큼이나 더 발랄해진 듯했다. 차가 가다 서다를 반복하며 서울 시내를 빠져나가는 동안 우리는 자질구레한 일상에 대해 이야기를 나누었다.

"지금 하는 회사 일은 잘 맞는 거야?"

내 얼굴에서 불안의 기색을 감지하기라도 한 것일까. 어느 순간 미진이 물었다.

"그냥 그래. 행사가 하나 있긴 한데, 그거 준비하느라 좀 바쁘네."

"무슨 행사인데?"

"낭만박람회라고 그런 거 있어."

"낭만박람회? 와, 재밌겠다."

차마 섹스박람회라고 말할 순 없어서 둘러댔는데, 미진이 관심을 보였다. 혹시 관람이라도 하겠다면 어쩌나.

"아, 아냐. 그거 재미없는 내용이야. 그냥 세미나하고 죄다 그런 거야."

"그래? 이왕 하는 거 재미있게 하지. 다른 박람회도 아니고 낭만박람횐데."

"아, 돈이 되게 하려다 보니 그렇게 됐어."

내가 시큰둥해하자 그녀도 더는 묻지 않았다. 다행이었다. 그사이 차는 순환고속도로로 접어들었다. 미진이 속력을 높이기 시작했다.

"나, 근데 너한테 한 가지 물어보고 싶은 게 있었는데."

"뭔데?"

"너, 시나리오 쓴다고 회사 그만뒀었다고 하지 않았어?"

"응, 뭐 잠깐."

"지금은 전혀 안 쓰는 거야?"

"해보다가 포기했지, 뭐."

"왜?"

"뭐가 왜야? 그게 쉬워? 날고뛰는 재능들이 얼마나 많은데.

재능이 없으면 돈이라도 있어야 버티며 해볼 텐데, 난 돈도 없잖아."

"근데 왜 소설이 아니고 시나리오였어?"

그녀가 고개를 갸웃거리면서 물었다. 오늘따라 그녀는 집요한 구석이 있었다.

"소설은 나보다 훨씬 잘 쓰는 아이들이 많았잖아. 현식이만 해도 그렇고. 연극판에 뛰어들긴 했지만 걔 글이 좋긴 했지. 그래서 나는 뭐 일찌감치 포기했었지."

"참 이상하다. 왜 그렇게 생각하지? 나는 대학교 때 현식이 글보다 네 글이 훨씬 더 좋았는데."

"어, 그랬어?"

흘려듣기엔 의외인 말이었다. 미진은 문학회 활동을 하던 대학교 1, 2학년 때를 언급하는 것이었다. 소피스트 박의 글이나 내 글이나 겉멋이 든, 기성작가들 흉내 내기에 불과했다. 그래도 소피스트 박은 감수성이나 문체가 나름 인상적인 구석이 많았다. 나로 말할 것 같으면 유머도 없고 위트도 없고 풍자도 없고 해학도 없고 감성도 없고 철학도 없고 필요 이상으로 진지하기만 했다. 말 그대로 밥 먹을 때마저도 진지함을 트레이드마크처럼 이마에 붙이고 다니던 시절이었다. 그때 썼던 대학노트의 글들은 지금도 내 방 어딘가 상자 속에 처박혀 있을 것이다. 그런데 용케 미진은 그때의 글들을 기억하고 있는 모양이었다.

"야, 뒤늦게 위로받는 것 같다."

"내가 왜 널 위로하니? 진짜야. 나는 네 글이 훨씬 더 좋았었다니까. 그땐 말 안 했었나? 솔직히 현식이 걔는 너무 폼을 잡는데다 알아듣지도 못할 말만 늘어놓았지. 스무 살짜리가 아니라 무슨 마흔 살쯤 된 아저씨가 쓴 글들 같았다니까. 다른 아이들도 뭣도 모르긴 마찬가지면서 그냥 걔한테 기가 죽어서 좋다고 했던 거라고. 하지만 네 글은 뭐랄까. 심심하긴 해도 진정성이 느껴졌달까. 아무튼 그랬던 것 같아."

"허, 현식이 만나러 가면서 그래도 되냐? 갸가 들으면 섭하겠는데."

그래도 기분이 나쁘지는 않았다.

"그래서 의외였어. 네가 소설이 아니라 시나리오를 썼다고 해서 말이야. 현식이는 그렇다 쳐도 나는 네가 소설가가 될 거라고 생각했거든."

나는 억지웃음을 짓는 것으로 대답을 대신했다. 갑자기 회사에 취직을 했던 것도, 일 년 만에 회사를 그만두고 시나리오 작가가 되려고 했던 것도 모두 무의식의 반영이었을 것이다. 사실 소피스트 박 못지않게 해성에 대한 열등감도 컸다.

졸업 후에 해성을 우연히 만났던 적이 있다. 내가 다니던 회사 건물에서였는데, 그곳 일층에 그가 다니던 회사의 거래처가 있었다. 해성은 학창시절 그의 위상에는 다소 못 미치는 회사에 취직을 했다. 그가 최우선적으로 희망한 곳이 언론사와 국영은행이라는 소리를 들은 적이 있었다. 그러나 그는 대기업이라는 간판 말고는 특별할 게 없는 곳에 취업을 했다. 물론 그곳도 대다수 학생들에게는 선망의 대상이었다. 우리는 담배를 나눠 피우며 간단한 안부를 주고받았다. 졸업을 하고 사회생활 초년에 만났기 때문이었을까. 오래 지속되던 앙금도 어느 정도 희석된 느낌이었다. 미진에 대한 말은 묻지 않았다. 아니, 둘 다 피하고 싶었던 건지도. 우리 둘 사이에 소피스트 박까지 있었다면 그 심리전이 가관스러웠을 것이다. 나는 졸업 후에 학교와의 인연을 끊다시피 했다. 미진의 갑작스런 결혼 발표에 대한 충격도 컸지만 마음 둘 곳이 없어서였다. 어쩐 일인지 해성 역시 졸업 후엔 마찬가지였던 것 같았다. 오래전에 자퇴를 해버린 소피스트 박은 더 말할 나위 없었다.

"근데, 현식이 그 자식은 대학로 연극판에 있다던데……."

해성이 심드렁하게 말을 흐렸다.

"응, 나도 요샌 별로 못 봤다."

나 역시 심드렁하게 대답했다.

"그 자식 근성 하나는 알아줘야겠군."

"너는 언론사랑 가고자 했던 쪽은 결과가 안 좋았던 거야?"

해성이 그답지 않게 씁쓸히 웃었다.

"원래 가능성이 별로 없었어. 너나 현식이는 나를 그저 속물이라고만 보았겠지? 하지만 나도 내 방식대로 한계를 뛰어넘어보려고 했을 뿐이야. 올라갈 수 있는 곳까지 올라가보려고 말이야. 그게 나뿐 아니라 후배들을 위하는 길이라고 생각했어. 하지만 우리 같은 삼류대학에서 처음부터 그건 무리한 욕심이었다는 생각마저 들어."

"무슨 소리야? 그래도 대기업에 갔잖아."

내 입에서 반사적으로 튀어나온 말이었다. 그를 위로하게 될 거라고는 꿈에도 생각하지 못했다.

"나야 그렇다 치고, 넌 소설 안 쓰냐?"

"소설? 내가 언제 그거 쓴다고 했냐?"

나는 놀라움을 감추며 되물었다. 어떤 뜨거운 것이 얼굴에 확 와 닿은 느낌이었다.

"뭐, 아니. 너와 현식이가 문학회의 두 기둥이었잖아."

"난 부실한 기둥이었지."

"문학이니 연극이니 예술이니 그런 거에 목숨이라도 걸 것처럼 말하더니 결국 너도 별수 없구나."

해성이 담배를 비벼 껐다. 감정이 섞이지 않은 그 말이 내 몸 어딘가에 깊숙이 박혔다. 그의 입가에 희미한 웃음이 스쳤다. 어쩌면 내 자격지심이었는지도 모른다. 해성은 내게 손을 들어 보이곤 멀어졌다. 그러나 나는 한겨울 차가운 얼음물에 송두리째 빠졌다가 나온 기분이었다. 해성이야 원래 현실적인 걸 최고의 가치로 여기던 아이였다. 그가 그렇게 사는 건 자신에게 솔직한 일이었다. 미진이 현식과 헤어지고 그와 결혼을 했다는 사실이 의아스러울 뿐. 현식도 자기가 추구하는 가치를 위해 학교까지 중단하고 연극판에 뛰어들었다. 그런데 나는 무엇인가? 지금 무얼 하고 있는가?

매형의 막역한 친구가 인사팀장으로 있는 회사였다. 글솜씨가 있는 홍보팀 직원이 필요하다고 해서 어찌어찌 들어간 직장이었다. 벤처기업들과 중견기업들의 실적을 평가해서 지원금을 주는 것이 업무의 대부분이다 보니 특별하게 바쁠 일이 없었다. 기자들을 만나 촌지를 돌릴 일도, 보도자료를 열심히 써댈 일도 많지 않았다. 보기에 따라선 철밥통이라 불릴 수 있는 보직 중의 보직이었다. 회사 업무에 기쁨이나 보람, 열정 같은 것을 느끼긴 힘들었다. 물론 자본주의사회에서 모든 직장은 일차적으로 생계의 수단일 뿐이다. 그럼에도 또한 그것이 전부일 순 없었다. 사육사가 던져주는 고기 맛에 길들여진 동물원의 육식동물처럼 나는 이미 길들여지고 있었다. 회사에서 매달 월급을 받는 안온한 즐거움에 꿈 같은 것을 잊은 지 오래였다. 행성의 대기권에 무사히 진입한 것에 안심하는 우주인이라도 된 듯 사회의 울타리 안에 편입한 것에 그저 만족하고만 있었다. 그러던 중 해성의 말 한마디가 머리부터 발끝까지 송두리째 나를 깨우친 것이다.

좋아하지 않는 일을 생계를 위해서 해야 하는 것일까. 그렇다. 그것도 하나의 삶이다. 아니, 충분히 가치 있는 삶이다. 대부분의 사람들이 그렇게 산다. 하지만 그들은 성실하다. 자신만이 아니라 가족을 위해서도 산다. 문제는 그것이다. 성실함……. 일에 만족하지 못하고 다른 가치를 발견하지도 못한다면? 그럼에도 계속 머물러 있는다면? 그건 불성실한 삶이 아닌가.

갑자기 짙은 자괴감이 밀려들었다. 해성이 나를 폄하한다 해도 나는 항변할 말이 없었다. 그때껏 잠자고 있던 오기가 오랜 겨울잠에서 깨어나며 기지개를 켰다. 죽어 있던 욕망 하나가 다시 살아나 꿈틀거리기 시작했다.

아직 섣불리 판단하진 말아다오. 지금은 사회생활이 어떤 것인지 경험해보려는 것뿐이니까.

내가 회사를 그만두고 시나리오를 선택한 건 그게 더 돈이 되고, 더 화려할 것 같다는 지극히 현실적인 이유에서였다. 똑같은 서사 장르지만 소설보다는 돈도 더 잘 벌 수 있고, 훨씬 많은 대중과 만날 수 있는 장르를 선택하자는 것. 그것이 착각이었음을 불과 일 년 만에 깨닫기는 했지만.

내 공부 방식은 간단했다. 화제가 된 영화들의 시나리오를 구입해 읽어본 뒤, 영화를 피투피 사이트나 인터넷으로 다운받아서 본다. 그런 뒤엔 시나리오 대본을 들고 영화화된 화면들을 신별로 일일이 비교하고 검토했다. 그렇게 샅샅이 검토를 하다보면 시나리오 작품마다의 맥을 쉽게 파악할 수 있었다. 덧붙여 감독과 시나리오 작가의 다른 점도 확인할 수 있었다. 어떤 작품의 경우에는 대본에는 있지만 영상에서 보이지 않는 부분이 상당히 많았는데, 촬영 자체가 되지 않았건 편집 과정에서 생략되었건 간에 영화감독과 시나리오 작가의 관점의 차이를 극명하게 보여주었다. 나는 일 년여 동안 주로 성공을 거두었던 감독들의 작품을 집중적으로 살펴보았다. 봉준호, 박찬욱, 김지운, 강제규, 강우석, 홍상수, 류승완, 이창동, 이준익……. 그러나 때로는 소설을 쓰고 싶다는 욕망을 느꼈던 적도 많았다. 영상으로 표현되지 않는 시나리오 자체는 소설의 문체에 비해 너무 밋밋하고 싱거웠기 때문이다.

물론 그런 고민도 사치스러운 시절에나 했던 것이다. 금세 생활고에 부딪히고 말았으니까.

미진의 차는 한 시간 반 정도를 달린 끝에 납골당으로 가는 샛길로 접어들었다. 미진은 이전에도 찾아가본 적이 있는지 길을 잘 알고 있었다.

"언제 와봤어?"

"몇 년 전에."

납골당 정문을 지나며 미진이 대답했다.

"나도 걔 죽기 전쯤엔 별로 이야기도 못했었어. 걔는 걔대로, 나는 나대로 바빴으니까. 회사생활 한답시고 정신도 없었고."

미진이 주차장에 차를 세우고 시동을 껐다. 차에서 내린 그녀는 뒷좌석 쇼핑백에서 소주 한 병과 납골당용 조화를 꺼냈다. 그녀가 앞장서서 납골당 안으로 들어섰다. 환한 햇살이 들어오는 로비를 거쳐 엘리베이터를 타고 이층 안치실로 올라갔다.

장례식 때, 나는 화장장까지만 갔다가 되돌아왔었다. 화장이 되어서 나온 뼛가루를 보고서야 그의 죽음이 어렴풋이 실감이 났었다.

"소주나 한 잔 올리자."

미진은 소피스트 박이 안치되어 있는 가운데 다섯 번째 단

유리문에 납골당용 조화를 걸어놓았다. 나는 종이컵에 소주를 따라 바닥에 놓았다.

"너, 술 좋아했으니까 많이 마셔."

미진은 혼잣말처럼 말했다. 그녀가 가만히 선 채 두 손을 모았다. 나는 미진의 숙연한 옆모습을 바라보았다. 나 또한 고개를 숙이고 묵념을 올렸다.

미진이 가방에서 무엇인가를 꺼내 안치실 유골함 앞에 놓았다. 작은 액자였다. 그녀와 첫째 딸이 나란히 서서 활짝 웃는 사진이 끼워져 있었다. 첫째 딸의 초등학교 입학식 날쯤 되는 것 같았다. 순간 서늘한 기운이 내 뺨을 스치고 지나갔다. 나는 선뜻 묻지를 못했다. 왠지 물으면 안 될 것만 같았다. 그녀는 술병과 종이컵을 들고 화장실로 갔다. 나는 십여 년 만에 만난 친구의 뼛가루 앞에 가만히 서 있었다. 기포처럼 떠오른 물음표들이 머릿속을 둥둥 떠다니고 있었다.

나는 살짝 도리질을 하며 가방 지퍼를 조심스럽게 열었다. 그리고 준비해온 것을 꺼냈다. 내 방에 십 년이 훨씬 넘게 보관되어 있던, 안면 한쪽이 찌그러진 가면. 정기총회가 열리던 그날, 소피스트 박이 썼던 가면이었다.

그즈음 나는 학과 행사에 흥미를 잃어가고 있었다. 미진도 어쩐 일인지 학교에서 보기 힘들었다. 나는 군 입대를 결심한 차였다. 그래서 이 책 저 책을 들여다보며 노트에 되지도 않는 글이나 끼적거리곤 했다. 도서관에 있다가 점심을 먹으러 학교식당에 가는데, 후배 하나가 다가왔다.

"형은 정기총회 참석 안 하세요?"

"나중에 한번 가보기는 해야지."

"대토론회를 한다는데, 뭐 토론회 한다고 취업이 잘되는 것도 아니고, 저는 안 가려고요."

후배가 냉소적으로 말하며 웃었다. 굳이 말리고 싶지 않았다. 나 역시 관심이 있어서 가보려는 건 아니었으니까. 원어연극이 취소되었다고 참석하지 않는다면 너무 옹졸해 보일 것 같아서 참석하는 시늉만 하려는 것뿐이었으니까. 소피스트 박의 일인극에 대해서도 궁금증이 일었지만 연락을 하진 않았다. 자기주장만 내세우는 그에게도 나는 어지간히 질린 상태였다.

도서관 게시판과 문과대학 게시판과 학생회관 가는 길목 곳곳에 정기총회 프로그램 포스터가 붙어 있었다. 나는 한 시간쯤 지난 뒤에, 도서관에서 나와 중강당으로 향했다. 도착하니 1부의 모든 순서가 끝나고 2부 '취업률 높이기를 위한 학과 대토론회'가 예상보다 일찍 진행되고 있었다. 혹시나 하고 중강당 주변을 배회했지만 소피스트 박은 보이지 않았다. 나는 고개를 갸웃거리고 중강당 안으로 들어갔다. 안내를 맡은 후배들이 꾸벅 인사를 하며 알은체를 했다. 원어 연극 예비모임에 나섰던 후배들도 있었다. 무대 위에서 열심히 토론에 참여하고 있는 패널들이 보였다. 취업에 성공한 선배와 취업준비 중인 또 다른 선배, 그리고 학교 취업지도과에 근무하는 교직원과 전임강사 한 분, 재학생 두 명 등이었다. 사회자는 학생회장인 해성이었다. 나는 무대와 멀찍이 떨어져 있는 이층 좌석에 앉아 아래를 내려다보았다.

대토론회의 열기가 점점 달아오르고 있었다. 졸업한 선배 한 명이 자신의 취업 성공담을 무용담처럼 우스꽝스럽게 이야기했다. 시종 여유가 넘치는 입담에 객석에서 간간이 웃음이 터졌다. 그는 학교 차원에서의 도움과 지원이 절실하다는 의견으로 발언을 마무리 지었다. 해성이 마이크를 이어받아 전임강사에게 질문을 던졌다.

"선배님 말씀 잘 들었습니다. 정말 가시밭길이라고밖에는 표현할 수 없을 정도로 우리 학과나 인문대 학생들의 취업은 특히 어려운 것 같습니다. 이쯤 되면 취업잔혹사라고 할 정도인데요, 저는 교수님께 질문을 던져보려 합니다. 혹시 학교 커리큘럼에 취업에 도움이 되는 과목들, 이를테면 독일 기업사나 독일의 기업문화 같은 과목을 개설할 의향은 없으신지요?"

전임강사가 마이크를 이어받았다. 그는 같은 학과 선배로서 미안하다는 말로 대답을 시작했다.

"제가 학과의 어떤 방향을 결정지을 만한 위치에 있는 게 아니라는 걸 여러분도 잘 아실 겁니다. 그럼에도 토론회의 목소리를 가능한 한 많이, 교수님들에게 전달해서 어떤 방향에서든 여러분들에게 도움이 되도록 하고 싶은 마음 간절합니다. 하지만 또한 저는 다른 방향에서도 한번 생각을 해보고 싶은데요. 대학 자체가 가지고 있는 어떤 아카데미즘도 고려하지 않을 수 없다는 점입니다. 취업에 도움이 되는 그런 프로그램은 어쨌든 교양과목에, 필요하다면 선택과목이 아니라 필수과목으로 지정해서 학생들이 수강하도록 고려할 순 있을 것 같습니다. 그러나 독문학과에서 특별히 취업에 도움이 될 만한 그런 학과 커리큘럼을 개설한다는 데엔 다소 회의적으로 생각합니다."

"교수님 말씀 잘 들었습니다. 교수님께서는 지금 부정적으로 말씀하셨는데, 아시다시피 저희 학과가 통폐합 검토 대상 학과로 지정이 되었습니다. 아직 결과가 다 나온 것은 아니지만 이게 학과 취업률과 제일 연관이 크거든요. 그러니까 저는 취업률을 높이는 것이 역설적으로 아카데미즘을 지키는 방법도 된다고 생각합니다. 이런 점에 대해서 교수님 생각은 어떠

신지요."

"저는 약간 생각이 다른데요. 물론 문학이나 어학 중심으로 짜인 지금의 커리큘럼에 독일의 경제사나 역사, 혹은 독일 자체를 연구하는 쪽으로 커리큘럼을 변경해나갈 순 있을 겁니다. 하지만 앞에서도 말했듯이 취업률에 도움이 되는 실질적인 커리큘럼을 만드는 것에는 찬성하기 힘듭니다. 그런 과목을 만든다고 해서 그게 정말 취업에 도움이 될지 무엇보다 의문입니다. 그보다는 우리 과만의 독창성을 더 깊게 만들어나가는 편이 취업과 같은 현실적인 문제에도 도움이 되는 게 아닐까요?"

"저 역시 교수님과 비슷한 의견입니다."

아직까지 취업이 되지 않고 있는 졸업생이었다. 그가 다소 의외의 발언을 하자 장내가 숙연해졌다.

"문제는 평가방식에도 있다고 봅니다. 학과 구조조정 문제만 놓고 보자면 인문계열의 학과를 어떻게 취업률이라는 하나의 잣대로 파악할 수 있느냐는 거지요. 제가 알고 있는 동료나 선배, 후배 중에는 대학로에서 연극을 하는 친구도 있고, 무명이지만 작가생활을 하고 있는 친구도 있고, 또 통번역 일을 하고 있는 친구도 있습니다. 우리가 기업체에 취직해야 한다는 획일적인 목표만 가지고 대학교에 들어온 건 아니잖습니까?"

"선배님과 교수님의 발언은 극소수 학생들에게만 해당되는 말씀 같습니다. 학과 재학생들을 대상으로 한 설문조사를 보면 압도적인 학생들이 기업체나 관공서에 취직하는 걸 졸업 후 1순위 목표로 잡고 있습니다. 이게 엄연한 현실입니다. 그런 학생들의 의사를 반영하는 것이 학생회의 의무이기도 하고요. 그런데 지금 하시는 말씀들은 지극히 원론적인데다 빠르게 변화하는 현실을 고려하지도 않는 이상론에 머물고 있다는 느낌이 들고요."

패널로 참여한 학생회 간부 한 명이 설문용지를 들어 보이며 발언을 해나갔다. 시간이 지날수록 분위기는 고조되었다. 중강당을 메운 백 명 가까운 인원들이 그 토론을 열심히 지켜보고 있었다.

"그렇다 하더라도 취업만능주의로 대학의 학문을 고사시켜서는 결국 나중에 모두가 죽을 수 있는 결과가 된다는 것이지요."

"그렇듯 원론적인 말씀만 되풀이하기보다는 보다 현실적이고 전향적인 자세로 학과의 취업률을 높여서 저희 과가 구조조정 대상이 되지 않도록 구체적인 노력을 하는 게 더 낫지 않을까요?"

"지금 나도 그래서 하는 말입니다. 여기서 어느 누가 우리 과가 없어지길 원하겠습니까? 그러나 그 방법이 여러분들이 말하는 당장의 눈앞에 급급한 방식만으로 이루어지는 건 아니라는 거지요. 당장 살자고 우리 자신의 정체성을 버려서는 안 된다는 겁니다. 그건 오래가지도 못할 뿐 아니라 효과가 있는 방법도 아닙니다."

양측의 처방은 극과 극이었지만 진단은 다르지 않았다. 어찌 보면 목적에 있어서는 비슷한 면도 있었다.

그때 중강당 바깥에서 소란이 일었다. 여럿이 패싸움이라도 붙은 양 떠들썩한 소리에 고개를 돌리지 않을 수 없었다. 소란스런 분위기가 무대까지 전해졌는지 사회자인 해성이 중강당 출입문 쪽을 잠깐 노려보았다.

나는 슬그머니 엉덩이를 들고 중강당 밖으로 나가보았다. 내 예상이 틀리지 않았다. 소피스트 박이었다. 그가 신사복을 입고 하얀색과 검은색 물감만 칠해진 조잡한 가면을 쓴 채 중강당 입구와 멀지 않은 곳에서 큰 소리로 거리극을 하고 있었다. '독문학과 정기총회 1인극 공연 〈모독〉 원작 : 페터 한트케'라는 팻말이 그 옆에 덩그러니 놓여 있었다. 학생 회실에 있던 피켓에 흰색 마분지를 덧대고 매직으로 글씨를 쓴 조악한 것이었다. 소피스트 박 앞에는 관객으로 보이는 대여섯 명의 학생이 바닥에 앉아 공연을 보고 있었다. 그들은 딱히 거리극을 관람한다기보다 할 일이 없어 그곳에 앉아 있는 듯한 인상을 주었다. 지나가는 학생들도 이따금씩 걸음을 멈추고 돌아보았지만 이내 발길을 돌렸다. 입구 안내를 맡은 2학년 집행부와 1학년 후배 몇 명은 난감한 표정으로 소피스트 박의 공연을 지켜보고 있었다. 방금 전에 들렸던 소란은 아마도 연극 무대를 옮기라는 토론회 운영진과 소피스트 박과의 실랑이였을 것이다. 소피스트 박은 사람들의 무관심에 아랑곳하지 않았다. 아니, 오히려 그의 목소리는 높아지기만 했다.

"…… 이것은 연극이 아닙니다. 이것은 연극이 아닌 것도 아닙니다. 이것을 연극이라 말한다면 거리극이라 할 것입니다. 이것을 연극이 아니라고 말한다면 시위라고 말할 수도 있고, 퍼포먼스라고 말할 수도 있으며 그냥 잡소리라고 말할 수도 있고, 정신병자의 관심 끌기라고 말할 수도 있고, 딸딸이라고 말할 수도 있을 것입니다. 여러분은 공연을 보러 이곳에 오지 않았습니다. 나도 공연을 하는 것이 아닙니다. 이것은 그저 하나의 현실입니다. 나는 무대 위에 서지 않았습니다. 아니, 나는 무대를 빼앗겼습니다. 내게서 무대를 빼앗은 건 여러분 자신입니다. 여러분은 아니라고 하겠지만 여러분 모두가 내게서 무대를 빼앗는 데 작은 기여라도 하지 않았다고 장담할 수 없을 것입니다. 나 또한 마찬가지입니다. 내가 이 세계의 누군가의 죽음에 기여한 바 없다고 장담할 수 없습니다. 아니, 살아 있는 그 누구도 장담할 수 없을 것입니다. 무대는 사실 어디에나 있습니다. 보이는 모든 것이 무대입니다. 나는 그 무대를 여러분들에게 보여주고 싶었습니다. 여러분들의 관심사가 무대인 건 아닙니다. 여러분의 관심사는 각자 다르면서 또한 비슷합니다. 여러분은 무대보다는 다른 관심사를 좋아합니다. 여러분은 지금 그저 지나다닐 뿐입니다. 여러분은 각자의 생각에 빠져 있습니다. 여러분은……."

페터 한트케에게서 따온 것이지만 얼핏 듣기엔 전혀 다른 대본 같았다. 몇몇 관객들의 박수 소리가 중간중간 이어졌다. 그러나 내 귀에는 입구 쪽에 있는 집행부의 말소리가 더욱 크게 들렸다.

"병신새끼, 지랄하고 있네."

그의 일갈에 1학년 여학생들은 겁을 집어먹었는지 눈동자만 조심스럽게 굴렸다. 나는 소피스트 박 쪽으로 몇 걸음 다가갔다. 우리는 정해진 의식이라도 치르듯 서로의 눈길을 교환했다. 눈웃음이라도 지어 보이고 싶었지만 잘 되지 않았다.

소피스트 박도 재빨리 시선을 거두어갔다. 나는 중강당으로 들어가야 할지 그 몇 안 되는 관객들과 함께 공연을 봐야 할지 판단을 내리지 못했다. 그래, 이쯤이면 됐다. 그냥 도서관으로 가자. 충동적으로 그런 판단을 내렸을 때, 소피스트 박이 몸을 틀었다. 그는 정확히 중강당 입구를 손으로 가리키더니 목소리를 높였다.

"이제 곧 너희들은 중강당에서 각자의 굴속으로 들어갈 것이다. 가면을 쓴 토론 따윈 집어치우고 각자의 먹이를 구하기 위해 돌격할 것이다. 그러기 전에 너희들은 욕설을 듣게 될 것이다. 이 욕설은 그저 방법적인 것이다. 너희들은 이 욕설을 들음으로써 너희들의 상태를 각성하게 될 것이다. 나는 너희들이 아닌 저기 중강당에 모인 자들에게 욕설을 퍼부을 것이다. 욕설을 퍼붓고 욕설을 들음으로써 너희들과 그들은 더욱 가까워질 것이다. 욕설을 퍼붓고 욕설을 들음으로써 우리들의 거리에 대해 생각하게 될 것이다."•

내 안에서 뜨거운 것이 치받쳐 올라왔다. 내가 무엇을 어떻게 할 수 있는 단계는 지나 있었다. 소피스트 박은 천천히 손을 올려서 가면을 벗었다. 그것을 툭, 떨어뜨리고는 과장된 몸짓으로 뛰어갔다. 1학년 집행부 여학생들은 감히 그를 막아설 엄두를 내지 못했다. 욕설을 퍼부었던 동기 학생이 다급하게 붙잡았지만 역시 막지 못했다. 앉아 있던 대여섯 명의 학생들도 꼬리를 물듯 소피스트 박의 뒤를 쫓았다. 나는 소피스트 박이 떨어뜨린 가면을 집어들고 중강당으로 따라 들어갔다. 소피스트 박이 몇몇 진행요원들을 뿌리치더니 무대 위로 뛰어올랐다. 그는 무대 중앙에 어리둥절하게 앉아 있는 패널들을 손가락으로 가리켰다. 그리고 다짜고짜 욕설을 퍼부어대기 시작했다. 객석 여기저기에서 탄식이 터져 나왔다. 패널들은 뜨악해하고 당혹스러워했다. 중강당 어디쯤에서인가 히스테리컬한 웃음이 발작적으로 터져 나왔다. 그것이 내 귀엔 어쩐지 지금 벌어지고 있는 소동극의 효과음처럼 들렸다.

"돈이면 다 된다고 생각하는 천박한 종자들아. 교활하고 왜소한 자본의 앞잡이들아. 뻔뻔스러운 작자들아. 이 쓰레기 같은 무식쟁이들아. 이 합리화의 달인들아. 이 비천한 노예들아. 묻어가기의 달인들아. 이 윤똑똑이 깡통들아. 이 막돼먹은 돼지들아. 이 패배주의자들아. 쓸모없는 거수기들아. 이 교양머리 없는 무뇌아들아. 웃음이나 흘리는 싸구려……."[•]

"뭐 해, 끌어내지 않고!"

사회자인 해성이 일어나 날카롭게 외쳐댔다. 진행요원들

• 소피스트 박이 하는 1인극의 대사들은 모두 페터 한트케의 《관객모독》을 보고 작가가 응용해서 재구성한 것임.

서넛이 달려들어 무대 위에 있는 소피스트 박을 붙잡았다. 그리고 그를 떠메다시피 데려가고 있었다. 소피스트 박은 끌려가면서도 마치 시위에서 구호를 외치듯 대사를 외쳐댔다.

"뻔뻔스런 속물들아!"

"빨리 끌어내!"

"토론을 위해 토론을 하는 작자들아!"

"어서 데리고 나가!"

"속셈은 언제나 다른 데에 있는 추잡한 음흉덩어리들아!"

아수라장이 된 무대, 얼떨떨한 표정으로 앉아 있는 패널들, 파도가 물결치듯 술렁이던 객석들, 다급하게 지시를 내리던 해성의 얼굴, 그들 모두의 머리 위로 쏟아지던 눈부시게 환한 조명, 여전히 큼지막하게 걸려 있던 무대 앞쪽의 플래카드, 격렬하게 저항하며 목청껏 외쳐대던 소피스트 박…….
어쩌면 그때 나 또한 무대 위로 달려나갔어야 했을지 모른다. 소피스트 박과 함께 외쳐야 했을지도. 그와 함께 떠밀려 중강당 밖으로 쫓겨나는 편이 나았을지도. 그때, 나는 그렇게 행동하지 못했다. 실제로 한쪽 발이 아래쪽 계단으로 나가 있었음에도 또 다른 발이 단단히 붙박여 움직이지 않았다. 나는 그 모든 광경을 지켜만 보다가 쓰러지듯 의자에 주저앉고 말았다.

소란스러움이 잦아들고 중단되었던 토론회가 다시 시작되었다. 나는 그대로 앉아 있을 수 없었다. 도서관에도 가지 않고 그대로 자취방으로 돌아왔다. 이후 며칠 동안 수업에도 나가지 않고 집에만 틀어박혀 있었다. 그 시간 내내 소피스트 박의 목소리와 패널들의 목소리가 뒤섞여 귓전을 떠나지 않았다.

그것이 사건의 전부는 아니었다. 며칠 뒤, 나는 과 후배로부터 이후의 사태에 대해 전해 들었다. 그날 소피스트 박은 뒤풀이 자리에도 난입했다고 한다. 말다툼 끝에 그가 해성에게 달려들어 주먹을 날렸고, 해성 역시 참지 않고 달려들어 둘이 엉겨 붙었는데, 무리에 의해 내동댕이쳐진 소피스트 박이 주방에서 과도를 들고 달려나왔다. 이번에는 학생들이 모두 비명을 지르면서 술집을 빠져나갔고, 그 바람에 학교 앞 먹자거리가 아수라장이 되어버렸다. 경찰이 출동했지만 복학한 선배들 몇몇이 겨우 설득을 해서 중재하는 선으로 끝냈다고 했다. 그게 학교에서의 소피스트 박의 마지막 모습이었다.

몇 년 뒤에 독문학과는 다른 몇몇 과와 함께 폐과되었다.

미진이 유리문의 조화를 매만지고 돌아섰다. 나는 미진의 다소곳한 태도를 보며 추억에서 빠져나왔다.

"그만 갈까?"

그녀가 나를 돌아보며 물었다. 나는 한 걸음 앞으로 나서서 안치실 유리문을 열었다. 그리고 왼손에 들고 있던 가면을 유골함 옆에 조심스럽게 내려놓았다. 그날의 가면은 원래의 주인 품으로 돌아갔다. 미진은 살짝 놀란 기색이었지만 고개만 끄덕일 뿐 내게 묻지는 않았다.

우리는 안치실을 나와 일층으로 내려갔다. 로비 한가운데로 비쳐드는 햇살이 눈이 부실 만큼 환했다. 넓은 유리창으로부터 쏟아져 들어오는 빛의 무리가 마음의 어두운 구석을 비춰주었다. 나와 미진은 빛의 세례를 받으며 천천히 로비를 지나 밖으로 나왔다.

* * *

미진은 순환고속도로를 타지 않고 옆길로 빠지더니 음식점 앞에 차를 세웠다. 막국수와 파전, 동동주를 직접 빚어서 파는 식당이었다. 그녀가 먼저 안으로 들어섰다.

"배고프지? 여기 막국수가 기가 막혀."

미진이 음식을 주문했다. 오늘은 그녀도 술을 거부하지 않았다. 대리기사라도 부를 속셈인가. 나는 넙죽넙죽 술을 받아

마시는 그녀를 말리지 않았다. 동동주 두 통을 비우는 동안 둘 다 얼굴이 달아오르고 말았다. 술잔을 기울일수록 그녀가 무엇인가를 망설이고 있음이 느껴졌다. 나는 조바심치지 않고 앉아 있었다. 마침내 그녀가 조심스레 물어왔다.

"너, 나랑 자고 싶니?"

언젠가부터 기대하던 질문이었을 것이다. 그럼에도 뭐라 대답해야 할지 당황스러웠다. 어떻게 대처해야 할지 몰라 허둥대는 나 자신이 한심스럽기도 했다. 나는 표정관리를 하며 동동주를 한 잔 더 비웠다.

"왜? 싫어?"

그녀가 눈을 살짝 치뜨며 물었다. 얼굴엔 미소가 잔잔히 걸려 있었다. 나는 느릿느릿 고개를 들었다. 마치 물에 비친 그림자라도 보듯 그녀의 눈동자를 보고 말했다.

"나가자."

술집에서 가장 가까운 모텔까지는 백여 미터 남짓이었다. 여러 개의 모텔이 밀집된 지역이었다. 주차장에서부터는 내가 앞장을 섰다. 미진은 작심한 일이었던 듯 얌전히 나를 따라왔다.

방 안으로 들어서자마자 그녀는 침대로 가서 쓰러지듯 누웠다. 술이 좀 과했었나. 나는 소파에 앉아 담배를 피웠다. 회색의 담배연기 아래 잠자듯 누워 있는 그녀의 실루엣이 희미하게 빛났다. 나는 고양이처럼 살금살금 그녀에게 다가갔다. 그녀가 기다렸다는 듯 조용히 나를 맞았다. 우리는 천천히 서로의 옷을 벗겼다. 알몸으로 서로를 마주 보다 말고 미진이 고개를 돌리고 쿡쿡 웃음을 터뜨렸다.

"나 배 많이 나왔지?"

그녀가 쑥스럽다는 듯이 물었다.

"아냐, 아냐. 아직 훌륭해."

"근데 너도 나왔다, 배."

나도 키들키들 쑥스러운 웃음을 짓고 말았다. 계속 그러다가는 웃느라고 아무것도 못하고 모텔 방을 나가는 작태를 연출할 것만 같았다. 하늘이 주신 기회를 그런 식으로 날릴 순 없었다. 나는 서둘러 그녀의 입술에 내 입술을 포개었다. 마치 미끄러운 눈길을 걷는 고양이처럼 나는 조심스럽게 그녀의 몸을 애무했다. 어느 순간 그녀가 긴 한숨을 내쉬었다. 서로의 몸에서 느껴지는 세월의 더께 때문이었을까. 쑥스러움과 설렘이 사라지면서 새벽안개처럼 희미하게 찾아든 건 비애감이었다. 나는 그런 감정을 떨치기 위해 허둥지둥 그녀 안으로 파고들었다. 오래된 앨범을 넘겨보듯이 애잔함이 남는 섹스였다. 마침내 잔잔한 바람에 나뭇잎이 흔들리듯 그녀 몸으로부터 떨림이 전해져왔다. 그녀의 움직임이 빨라지다가 이내 격렬한 신음이 토해졌다. 우리는 서로의 몸을 끌어안은 채 깊은 바다 밑으로 가라앉듯 천천히 의식 아래로 떨어져 내렸다.

나는 돌아누운 미진의 등을 껴안았다. 세월에 헐벗고 상처받은 등짝. 이제 그녀는 조용히 울고 있었다.

"사실은 나, 너한테 말을 하고 싶었나 봐."

어둠 속에서 그녀의 목소리가 들려왔다.

"무슨?"

"현식이 안치실에 있는 사진, 우리 첫째 아이 돌 사진이야."

"그럼 그 아이가……."

"아이 아빠가 현식이야."

나는 천천히 자리에서 일어나 앉았다. 역시 그런 것이었군. 안치실 유골함 앞에 기대어진 액자 사진이 다시 떠올랐다. 화장실 변기를 고쳐주러 갔던 날, 꾸벅 인사를 하던 초등학생 딸아이. 친근감이 느껴졌던 건 그 아이의 얼굴에 미진뿐 아니라 소피스트 박의 흔적이 엿보인 때문일까.

군대를 다녀와 복학생이던 시절, 미진이 나와 친구도 아니고 애인도 아닌 사이로 가깝게 지내던 시절에 소피스트 박은 없었다. 그는 이미 학교를 떠나 대학로 극단에 들어가 무명배우 생활을 하고 있었다.

내가 소피스트 박을 마지막으로 만난 건 졸업 후 일 년이 지났을 무렵이었다. 그때 나는 회사를 그만둘 결심을 한 상태였다. 혜화동 지하 술집에서 본 소피스트 박의 얼굴엔 피곤함이 가득했다. 하고 싶은 걸 하라고 충고하면서도 정작 본인은 즐거워 보이지 않았다.

"석민아, 나 힘들어 죽겠다."

어느 순간 그가 울먹였다. 그가 힘들어하는 것에 대해 나는 알지 못했다. 집안 형편이 좋은 그는 생계 걱정을 하지 않아도 되었다. 대학로 연극쟁이들에게서 흔히 보이는 궁핍의 흔적도 그에게선 예외였다. 그것만으로도 얼마나 큰 축복인가. 나는 살짝 이죽거렸던 것도 같다.

"뭐가 힘들어 인마, 나처럼 먹고살 걱정을 하는 것도 아니고."

"힘들어. 네가 모르는 게 있어."

"뭔데?"

그는 하고 싶은 말이 있다며, 자리를 옮겨 한잔 더 하자고 했다. 그러나 나는 나대로 지쳐 있었다. 내 답답한 현실과 불안한 미래에. 경제적 궁핍과는 거리가 먼 친구의 넋두리나 듣고 있을 만큼 한가하지 않다는 자의식이 나를 일으켜 세웠다.

나는 그의 손길을 매몰차게 뿌리치고 돌아서 술집을 나왔다. 그게 마지막이었다. 불과 보름 뒤에, 그는 사고로 죽었다. 사인조차 정확하게 알려지지 않았다. 듣기로는 술에 취해 아리랑치기를 당했다고도 했고, 취객들과 시비 끝에 싸움이 붙었다고도 했다. 모두들 쉬쉬하는 통에 정확한 사인은 가족들만 아는 것 같았다.

"아이도 알아?"

"응. 몇 년 전에 함께 납골당에 왔었거든."

"난 그 아이가 해성이 아이일 거라 생각했어."

"뭐가 뭔지 모르겠지?"

"……"

"너 복학하고 우리가 가끔 학교 도서관에서 만나는 동안에 해성이가 본격적으로 내게 매달렸었어. 그런데 참 이상도 하지. 해성이와 데이트를 하고 난 다음 날, 하필이면 현식이가 나를 찾아왔었어. 걔가 그러더라고. 아직 나를 보낸 게 아니라고. 하지만 그때쯤엔 이미 현식이에 대한 감정이 식어 있었어. 마음이 갈팡질팡하기는 했지. 그땐 우리 모두 어렸잖아. 결국 해성이와의 결혼을 결심했지. 그래서 결혼을 발표하고 너를 만나지 않았던 거야. 결혼식을 두 달쯤 앞두고 현식이가 다시 찾아왔었어."

그녀의 목소리는 물속 깊은 곳에서 흘러나오듯 젖어 있었다.

"걔가 나한테 무릎을 꿇고 울면서 빌더라. 그러자 그런 생각이 드는 거야. 내가 대체 뭐라고, 뭐가 그렇게 잘났다고 그러는지 모르겠다는 생각 말이야. 해성이와의 결혼 약속도 그렇고. 하지만 어쩔 수 없었어. 결혼까지 약속했지만 내 마음은 해성이보단 현식이 쪽이었던 것 같아. 그래서 어쩔 수 없이 약혼을 파기했지. 그다음엔 양쪽 부모님이 문제였어. 두 집안 다 반대가 너무 심했거든. 우리 부모님은 직장도 없고 스펙도 별 볼일 없다면서 현식이를 반대했고, 그쪽에서도 마찬가지였어. 나는 아이를 지우고 싶지 않았고. 그렇게 된 거야."

"그럼 첫 번째 남편은 다른 사람이었구나."

"응, 평범한 회사원이었어. 그런데 언젠가부터 첫아이한테 유난히 차갑게 굴더라고. 아무튼 그게 다는 아니었는데, 헤어질 수밖에 없었어."

나는 복잡해진 순서를 머릿속에서 정리해보았다. 그러니까 첫 번째 아이는 현식이 아이였고, 나머지 두 아이도 각각 아버지가 달랐다.

"해성이가 순순히 받아들이지 않았을 텐데……."

"그랬지. 걔가 똑똑하고 능력도 있었지만 질투도 심하고 소유욕도 엄청났지. 특히 파혼이 현식이 때문인 걸 알고는 길길이 날뛰더라. 물론 왔다 갔다 갈등한 내 잘못이 컸지. 하지만 걔도 좀 심했어. 나한테 손찌검까지 했으니까. 그토록 카리스마 넘치던 아이가 나하고 둘만 있으면 정말 어린애 같았어. 어느 땐 자기 앞에서 현식이는 물론이고 네 칭찬만 해도 버럭버럭 화를 낼 정도였다니까."

"그럼 현식이와 결혼을 했어야지."

"그러려고 했어. 둘이 몰래 도망이라도 가려고 했었는데, 걔가 그렇게 되고 만 거지."

그녀가 계속 말을 이었다.

"연극판 후배한테 들은 말인데, 현식이 마지막이 어땠는지 알아?"

"……"

"그날 술자리에서 시비가 붙었었나 봐. 어느 순간인가 현식이가 갑자기 줄줄 욕설을 읊더래. 상대방이 그만하라고 해도 계속. 나중에 알고 보니 그 연극 〈관객모독〉의 대사를 현식이식대로 고친 거였다더라. 그 사람들이 그게 연극 대사인지 어떻게 알았겠니? 그냥 자기들을 대놓고 욕하는 줄로만 알았겠지. 그중 하나가 달려들어 드잡이를 하다가 넘어졌는데, 테이블 모서리에 머리를 부딪힌 거야."

정기총회에서 끌려 나가던 소피스트 박의 모습이 눈에 선했다. 시비가 붙은 누군가에게 악에 받쳐 욕설을 떠벌리는 모습도.

"현식이는 그렇다 치고 나는 네가 해성이와 결혼한다는 이야기를 듣고 정말 의외였어."

　나는 한참 만에 말을 꺼냈다. 어느새 미진도 상체를 일으켜 앉아 있었다. 밖엔 어둠이 내려앉아 있었고, 납골당 쪽 숲에서인가 이름을 알 수 없는 새가 마치 자신의 존재를 알리려는 듯이 길게 울었다.

"이제 와 말하지만 거기엔 네 책임도 없다고 볼 순 없지."

"내 책임?"

　나는 그녀에게서 천천히 눈을 돌렸다. 이제야 알 것 같았다. 현식과 이별하고, 해성을 만나기 전까지 그녀는 편안해했었다. 그러니까 그녀는 기다렸던 것이다. 내가 자신에게 고백해주기를. 언젠가 극장에서 했듯이. 좀 더 성숙한 말투로 당당하게 고백하기를. 새로운 관계를 시작하기를. 문득 미진에게 미안해졌다. 그때나 지금이나 내겐 자신감이 없었고, 나는 아무런 준비가 되어 있지 않았다.

"그래도 현식이는 포기하지 않았어. 자기 가족과 등을 돌리면서까지 나와 같이하려고 했었으니까."

미안하다. 나는 그 말을 끝내 하지 못했다. 미진은 살짝 미소를 짓고 손으로 내 볼을 쓰다듬었다.

미진의 세 아이들은 제각각 아빠가 달랐다. 나로선 놀랍다 못해 경이롭기까지 했다.

"미진아, 그런데 한 가지만 물어보자."

"뭔데?"

"현식이야 원래 주관이 워낙 뚜렷한 놈이라 그랬다 쳐도 어떻게 넌 매번 누군가를 그렇게 사랑할 수 있는 거니?"

"글쎄. 나도 나 자신을 모르겠어. 항상 이번이 지나면 다시는 오지 않을 거라고 생각하곤 했지. 그리고 매번 다짐하기도 했고. 사랑 같은 건 하지 않겠다고 말이야. 현식이 아이를 혼자 키울 생각도 했으니까. 하지만 번번이 새로운 누군가가 나타나더라. 그냥 그때마다 최선을 다했을 뿐이야. 도망치고 싶지 않았거든. 사랑이든 인생이든. 아마 그래서였을 거야. 지금은 요 모양 요 꼴이지만."

"넌 참 당차구나."

"나도 한 가지 얘기해도 돼?"

"뭔데?"

"넌, 어떨 때 보면 지나치게 자신감이 부족한 것 같아. 원래의 너 자신보다 너의 가치를 훨씬 더 낮게 평가한다고나 할까. 나는 그게 늘 안타까웠어."

"그래? 나야말로 이 모양 이 꼴이니까."

미진도 더는 말이 없었다. 나는 어두운 창으로 시선을 돌렸다. 숲의 나무들이 팔을 활짝 벌린 채 밤의 정기를 마음껏 빨아들이고 있었다.

어린 시절, 천문대로 오르던 길에 마주친 그 밤의 무수히 많은 나무가 떠올랐다. 나무의 앙상히 펼친 팔 사이로 셀 수 없이 많은 별이 쏟아져 내리던 풍경. 나는 호흡을 고르며 아버지를 따라 부지런히 걸음을 옮겼다.

일곱 살 무렵 우리 집은 말 그대로 쫄딱 망했다. 재기의 여지가 없는 완전한 몰락이었다. 다섯 식구가 서울 재개발 동네의 허름한 단칸방에서 지냈다. 어머니는 파출부 일을 나갔고, 아버지는 공장의 수위로 취직했다. 몰락한 집의 아이들에게 부모님이 하는 말은 언제나 똑같았다. 내가 무엇을 하고 싶다고 하건 "하지 마라"가 대답의 전부였다. 그것을 뒷받침해줄 능력이 부모님에겐 없었기 때문이다. 형과 누나는 모두 말단 공무원이 되었다. 공무원이야말로 몰락할 가능성이 가장 희박한 직업이었기에 그건 집안도 살리고 자신도 살리는 최선의 선택이었다. 나 역시 고등학교만 졸업하고 공무원이 되란 소리를 어린 시절부터 귀에 못이 박이도록 들었다. 나의 '자신감 없음'에는 얼마간 그런 내력이 있을 것이다.

초등학교 5학년 때였던가. 어느 주말 아버지가 내 손을 이끌고 데려갔던 곳이 있다. 몇 시간을 꼬박 걸어서 도착한 산 정상의 천문대. 그곳에서, 망원경으로 본 무수한 별에 어리둥절해 있던 내게 아버지는 말했다.

"인생을 살아가면서 힘들 때마다 저 별을 떠올리거라. 저 무수한 별처럼, 인간은 모두 혼자란다. 혼자이기에 또한 소중한 것이지. 네가 무슨 일을 하든 어떻게 살아가든 저 별처럼 우주에서 유일한 존재라는 걸 잊어선 안 돼."

그날 아버지는 내가 알던 추레하고 비극적인 아버지가 아니었다. 세상에서 가장 낭만적인 아버지였다. 그러나 천문대에서 내려온 이후 아버지는 달라졌다. 어쩌면 아버지는 자신에게도 낭만적인 면이 있다는 걸 어린 내게 보여주고 싶었던 게 아닐까. 지금에 와선 실제 그런 일이 있었는지, 혹시 내 상상이 만들어낸 가짜 추억은 아닐지 의심스럽기까지 하다.

나는 공무원이 되고 싶지 않았다. 된다는 보장이 없는 건 차치하더라도 그것밖에 다른 길이 없어서 되어야 하는 것이라면 차라리 되지 않는 편이 낫다고 생각했기 때문이다. 선택지가 하나밖에 없다면 그건 선택이랄 수 없으니까. 부모님과의 마찰은 불가피했다. 나는 그저 인생에 정해진 길은 없고,

정답 또한 없다는 걸 내 온 생으로 증명하고 싶었다. 공무원이 아니더라도 살아남을 수 있다는 걸. 더 욕심을 부리자면, 살아남는 것만이 전부가 아니라는 걸. 하지만 이제 어렴풋이 알 것도 같다. 어떤 방식으로든 싸워본 사람만이 삶의 의미에 더 가까이 다가갈 수 있음을. 그리고 때로 어떤 싸움은 너무도 보잘것없어서 다른 이들에겐 한낱 무의미하게 비쳐질 수도 있음을.

멀리서 다시 한 번 새가 길고도 구슬프게 울었다. 그 울음소리가 신호라도 되듯 나는 돌아앉았다. 미진이 아무 말 없이 나를 안아주었다. 그녀의 등을 손바닥으로 오래오래 쓸어내렸다.

19

섹스박람회 준비로 무리를 한 탓인지 몸살이 나고 말았다. 나사가 헐렁해진 가구처럼 온몸의 근육과 기관들이 덜그럭거렸다. 회사에 전화로 양해를 구한 뒤, 아스피린 두 알을 먹고 몇 시간 자고 났더니 조금 기운이 났다.

지하철역에서 나오니 한 시가 넘어 있었다. 나는 부랴부랴 회사를 향해 걸었다. 그러잖아도 처리해야 할 일이 많은데 오전 시간을 날려서 마음이 급했다. 새로운 광고 시안도 확정해야 했고 현장에 들러 부스도 점검해야 했으며, 참가업체 준비 상태도 확인해야 했다. 전시업체와 만나 이벤트 스케줄도 최종 확정해야 했다. 나는 직원들에게 커피나 한 잔 돌릴까 싶어 회사 건물 앞 카페로 들어갔다. 사장이 이따금씩 커피를 사가지고 오던 그 카페였다. 카운터 앞에서 실내를 돌아보던 나는 흠칫 놀라고 말았다. 출입문과 반대편 창 쪽 자리에 낯이 익은 사람이 보였다. 당나귀, 박 고문이었다. 그가 누군가와 만나 무슨 이야기인가를 열심히 나누고 있었다. 맞은편 사람은 검은색 티셔츠를 입은 중년의 사내였는데, 짧게 스포츠 머리를 하고 있었다. 나는 카운터로 가려던 걸음을 멈추고 그대로 다시 돌아 나왔다. 혹시라도 그와 눈이 마주치는 일은 피하고 싶었다.

　회사에선 또다시 폭풍이 몰아치고 있었다. 사무실 파티션 안쪽 회의탁자에서 황 이사와 김 과장 간에 고성이 오갔다. 나는 조심스럽게 다가가 의자에 엉덩이를 걸쳤다.

　"다른 건 몰라도 이건 받아들일 수 없습니다. 우리 회사가 섹스박람회 한 번 하고 없어질 회사는 아니지 않습니까? 그런데 그 업체 하나 때문에 다른 업체들 스케줄까지 모두 조정하면 어떻게 되겠습니까?"

　격렬하게 어필하는 이는 김 과장이었다. 그동안 묵묵히 자기 일을 수행하던 김 과장이 언성을 높일 정도라면 심각한 상황이었다.

　"김 과장, 정신 좀 차려, 정신 좀. 이거 박 고문님이 특별히 유치한 광고라구."

　"정신을 차리고 있어서 드리는 말씀입니다."

　"이 광고가 얼마짜린지 몰라서 하는 소리야? 도대체 이 회사에는 제정신 박힌 사람이 아무도 없어. 위에서부터 아래까지 전부가 그래. 난 그나마 김 과장이 가장 멀쩡한 직원인 줄 알았는데, 이제 보니 제일 꼴통이구먼."

　"꼴통이라고 해도 좋고 미친놈이라고 해도 좋습니다. 마음대로 부르십시오. 하지만 저도 지금까지 이 회사를 위해 일

해온 직원입니다. 그 업체를 스폰서로 유치하고 싶으면 원래 스케줄대로 제일 마지막 날로 빼면 되는 것 아닙니까? 그런데 그 업체 하나 때문에 이벤트 스케줄을 전면 조정해야 한다는 게 말이 됩니까. 다른 업체 담당자들한테는 뭐라고 변명을 해야 합니까? 그렇게 마음대로 하실 거면 저는 그만두겠습니다."

일촉즉발의 상황이었다. 이벤트 스케줄을 조정하는 문제 때문인 것 같았다. 별것 아닌 듯 보여도 박람회 개막이 얼마 남지 않은 상황에서 전면 조정을 한다는 게 쉽지만은 않았다. 내막을 보면 황 이사의 독선적인 태도에 내내 참고 있던 김 과장의 불만이 폭발한 것이었다. 나는 김 과장이 내려놓은 광고협찬 의뢰서를 살펴보았다. 둘의 언쟁으로 보건대 이미 광고협찬 계약은 끝난 것 같았다. 의뢰서에 인쇄된 업체의 이름이 눈에 띄었다.

A물산실업.

어쩐지 피하고 싶은 기업이었다. 지난해에 노동조합 파업에 맞서 직장폐쇄를 하는 것도 모자라 구조조정이라는 구실로 파업 주동자를 한꺼번에 해고한 기업이었다. 게다가 노동조합원들을 구슬리기 위해 전직 경찰관과 용역업체 사람들을 직원인 것처럼 위장 고용했다는 혐의가 인터넷 신문에 특종으로 실리기도 했다. 황 이사가 그 기업의 광고를 덥석 물어 온 것이다. 하긴, A물산실업은 수영복과 란제리 제품을 생산 하는 업체였다.

황 이사는 나와 김 과장과 오 대리가 그만둔다고 하면 두 손 들고 반길 사람이었다. 당나귀와 덩치 그리고 황 이사가 알고 있는 인맥을 끌어들여 회사를 수중에 넣을 수 있을 테니 까. 아니나 다를까 황 이사가 으름장을 놓았다.

"김 과장, 그만두겠다고 했나? 뭔가 단단히 착각하고 있는 데, 이 회사에 들어올 사람 많아. 아예 이참에 내가 못을 박 지. 김 과장도 그렇고 윤 과장, 오 대리 모두 나갈 거면 하루 라도 빨리 짐을 싸도록 해!"

황 이사가 선전포고라도 하듯 외쳤다. 김 과장은 침울한 눈 빛으로 일어나 밖으로 나가버렸다. 그가 짐을 싸겠다고 하면 말리지 않을 작정이었다. 당장은 힘들더라도 다른 길을 찾는 편이 나을 수도 있으니까.

김 과장은 저녁 무렵 사무실로 돌아와 짐을 챙겼다. 확실하 게 결정을 내린 것 같았다. 그러나 사장실에 들어갔다 나오더 니 박스에 담았던 물품들을 책상 위에 도로 펼쳐놓았다.

"사장님이 뭐라고 하셔?"

나는 김 과장에게 슬그머니 물었다.

"그냥 다른 회사 잡을 때까지 다니라네. 이번 박람회 마치고 알아보래."

김 과장이 한숨을 내쉬더니 배달된 광고 포스터 시안을 집어들었다. 나도 함께 그것을 들여다보았다. 황 이사가 직접 주문해서 제작한 A물산실업의 판촉이벤트 광고 포스터였다. 발기력을 획기적으로 늘려주는 특수 기능성 팬티 '슈퍼 P' 출시를 이번 기회에 대대적으로 홍보하겠다는 A물산실업의 의도와 그 회사를 물주로 잡겠다는 황 이사의 의도가 맞아떨어진 것이다.

남성의 발기력을 슈퍼하게!
특수 기능성 팬티 '슈퍼 P' 출시 기념
선착순 100명 +α 무료 증정 이벤트

장소 : 코엑스 D전시열람실
시간 : 201X년 X월 X일. 섹스박람회 첫째 날 13시

나는 포스터를 내려놓았다. 촌티 나는 조악한 디자인과 카피였지만 황 이사가 직접 기획과 제작을 한 것이니 간섭은 사절일 것이다.

20

월요일부터 사장이 회사에 모습을 드러내지 않았다. 황 이사는 그가 휴가를 냈다고만 간단히 언급했다. 직원들은 사장의 소식을 궁금해했지만 누구도 연락을 하진 않았다. 나도, 김 과장도, 오 대리도. 황 이사의 지휘 아래 섹스박람회 준비는 주도면밀하게 진행되고 있었다. 김 과장과 황 이사는 사장의 중재로 화해한 뒤부터 관련 업체와 회의를 하러 다니느라 분주했다. 오 대리는 김 과장과 내 업무까지 이어받아 때로는 야근까지 불사하며 인터넷 연애상담을 했다. 나는 광고와 홍보 쪽 일을 전담해야 했다. 행사 개막 일주일 전부터는 보도자료를 쓰느라 정신이 없었다. 보도자료를 만드는 건 내 몫이었지만 전달하는 건 황 이사 몫이었다. 그는 보도자료를 들고 주요 언론사를 직접 돌아다니면서 기자들을 상대했다. 현장에서의 전시 준비도 착착 이루어졌다. 행사를 주관하는 전시이벤트 업체에선 유명한 일본 AV배우들을 패션쇼 모델로 섭외하겠다고 장담했다. 모헤나 마리아, 아키자와 세이초, 이치모리 미유키, 히라노 아키라 등이 첫째 날 개막 이벤트에서 화끈한 누드 패션쇼를 하게 될 면면이라고 했다. 그중 몇몇은 일본의 유명한 AV 걸그룹 밀리언즈를 모방한 빌리언즈의 멤

버로 활동하기도 했다는데, 뭐 그러거나 말거나 별로 중요한 문제는 아니었다.

"혹시 이중에 아는 배우 있어?"

나는 전시이벤트 회사에서 받은 AV배우들의 사진을 김 과장에게 보여주었다. 모두가 누드에 가까운 란제리를 입고 뇌쇄적인 웃음을 짓고 있었다. 이래도 안 쳐다볼래? 그렇게 도발이라도 하듯이. 김 과장이 사진과 나를 번갈아 보더니 고개를 저었다.

"나도 없어. 앞으로는 야동도 최신 걸로 자주 봐야 할까 봐."

앞자리에서 오 대리가 미간을 찌푸리며 못 말리겠다는 듯이 고개를 절레절레 저었다.

이벤트는 처음 기획과 달리 특별 이벤트관을 만들어 매일 오후 한 시에서 두 시까지 벌이기로 했다. 첫째 날에는 AV배우 세미누드 패션쇼, 일반인 참가자들을 대상으로 한 뒤태여왕 선발대회, 추억의 포르노 걸작 상영전, 누드모델 선발대회, 에로영화 촬영 체험전 등이었다. 처음의 기획안을 가지고 황 이사와 주관업체 전문가가 수정한 내용이었다. 내용들이 선정적이다 보니 나는 보도자료를 쓰는 데 오히려 수위를 낮춰야 했다. 가장 중요한 건 첫째 날 이벤트였다. 황 이사가 A물산실업의 특수 기능성 팬티 '슈퍼P' 증정 이벤트를 무리해서 만든 것도 그런 이유였다.

행사가 이틀 앞으로 다가왔다. 이벤트 무대 세팅과 프로그램 리허설 준비, 현수막과 영상과 음향장비 준비도 모두 끝이 났다. 마지막으로 현장 이벤트 담당자와 통화를 하려고 할 때, 전화벨이 울렸다.

"거기 R컨설팅인가요?"

수화기에서 숨을 몰아쉬는 듯한 목소리가 들려왔다.

"네. 무슨 일이시죠?"

곧바로 대답이 튀어나왔다. 일말의 주저도 없는 말투였다.

"여기 여성연합중앙회인데요. 저는 대변인을 맡고 있는 김희수 간사라고 합니다. 먼저 사실관계부터 확인이 필요해서 전화를 드렸습니다."

"네? 무슨…… 사실관계요?"

여자의 말투에서 냉랭한 감정이 고스란히 전해졌다.

"유월 이십일 일에서 이십육 일까지 코엑스에서 열리는 섹스박람회가 그쪽 R컨설팅에서 주최하시는 것 맞습니까?"

"네, 맞습니다만."

"그 행사 총괄 책임자와 통화를 좀 하고 싶은데요."

"지금 외출 중이시거든요. 저한테 말씀하시면 전달해드리겠습니다."

"그럼 단도직입적으로 말씀드릴게요. 저희 여성연합중앙회에서는 여성의 성 상품화와 청소년들의 성 인식에 악영향을 미치는 귀사 주최의 섹스박람회 취소를 요청하는 바입니다. 그 건으로 지금 전화를 드리는 거고요. 이미 저희가 관련 행정부처에도 행사 취소를 요청하는 공문을 보내놓은 상태입니다. 그래도 미리 알려는 드려야겠기에 전화로 통보해드리는 겁니다."

이건 또 뭐지? 머리가 조금 어지러웠다. 물풍선으로 얼굴을 한 방 얻어맞은 기분이랄까.

"저희가 귀사 측에 보내려고 작성한 행사 취소 요청 공문이 있는데요. 그것을 보내드리려고 합니다만."

"아, 네, 뭐, 그러시지요."

상대는 그동안 만반의 전투 준비를 해온 모양이었다. 전화가 끊기고 팩스로 공문이 들어왔다.

수 신 : ㈜R컨설팅 대표이사

발 신 : 여성연합중앙회 회장

발신인 : 여성연합중앙회 책임 간사 김희수

제목 : 섹스박람회 행사 취소 요청서(201X. 6. 21.~201X. 6. 26.

코엑스 개최)

내용 : 귀사에서 주최하고 전시이벤트 기획사 STU가 주관하는 섹스박람회가 여성의 성 상품화를 조장하고 청소년들의 성적인 가치관과 건전한 성 풍속에 심각한 악영향을 초래할 것으로 심히 우려되는 바입니다. 이에 여성연합중앙회에서는 귀사 주최 섹스박람회 개최를 재고해주실 것을 강력히 요청합니다. 행사 재고 요청에도 불구하고 만약 귀사에서 섹스박람회를 아무런 조치 없이 강행할 시, 우리 여성연합중앙회에서는 가능한 한 모든 수단을 동원해 보이콧 절차에 들어갈 것임을 알리는 바입니다.

공문 아래쪽에 세부사항이 길게 이어졌지만 나는 읽기를 멈추었다. 때마침 황 이사가 의기양양한 표정으로 사무실 문을 열고 들어왔다. 나는 공문을 들고 황 이사에게 쪼르르 달려가다시피 했다. 왜 그랬는지 모를 일이다. 무슨 악취미처럼 황 이사의 반응이 어떨지 궁금했다.

"뭐야, 이게?"

황 이사는 공문보다 그것을 내미는 내 얼굴을 더 뚫어져라 노려보았다. 마치 내가 직접 공문을 작성하기라도 한 것처럼. 내가 전화로 겪었던 일을 들려주고 나서야 그의 번들거리는 이마가 다시 펴졌다.

"아, 그랬군. 걱정하지 마. 누가 김치년들 아니랄까봐 아주 작정하고 달려드는구먼. 신경 쓰지 말고 윤 과장은 전시업체 담당자하고 아르바이트생 관리나 잘하도록 해."

"하지만 관련 행정부처들에까지 행사를 취소해달라고 요청했다는데 혹시라도 문제가 생기면 어떡하죠?"

"걱정하지 말라니까. 아니, 지들은 섹스도 안 하고 사나?"

"그게, 그러니까, 그렇다기보다……."

"윤 과장, 생각을 해보라구. 우리가 불법 음란영상물을 배포했나? 미성년을 성희롱했나? 아니면 공공장소에서 성추행이라도 했나? 우리가 불법적인 행사를 하겠다는 것도 아닌데 행사를 취소시킬 명분이 뭐가 있겠나? 자유주의 국가에서 섹스박람회 좀 하겠다는데 대체 뭐가 문제란 말인가? 걱정할 것 전혀 없어."

황 이사가 내 염려를 단칼에 날려버렸다. 그의 반응이 기대보다 훨씬 싱거워서 허무할 지경이었다. 그는 공문을 구겨서 책상 아래 쓰레기통에 던져버렸다. 입가에는 노골적인 비웃음이 떠올라 있었다.

하지만 황 이사는 생각이 바뀐 것 같았다. 이내 쓰레기통을 뒤져 자신이 구겨서 던진 공문을 다시 꺼냈다. 꺼내든 공문을 유심히 읽는 그의 눈빛이 탐욕스럽게 번득였다. 나는 고개를 갸웃거리고 내 자리로 돌아왔다.

인쇄소에서는 박람회 포스터를 보내왔다. 인터넷 포털사이트와 몇몇 무가지, 그리고 서울 시내 주요 게시판에 포스터 광고를 낸 상태였다. 그럼에도 처음에 예상했던 것보다 수량이 부족해 추가로 인쇄한 것이었다. 내일이면 이 포스터가 코엑스 D전시장 한쪽 외벽을 온통 도배하게 될 것이다.

나는 혹시 잘못 나온 곳이 없는지 포스터를 펼쳐놓고 점검했다. '제1회 본격 섹스박람회'라는 노란색 제목이 도드라져 보였다. '본격'이라는 말은 황 이사가 인쇄 직전, 급하게 추가한 말이었다. 본격 섹스박람회? 그럼 언제 약식 섹스박람회라도 있었단 말인가? 고개가 갸웃거려졌지만 어쩔 수 없었다. 포스터 한가운데에서 브이자 라인이 깊게 파인 란제리 차림의 여자가 무릎을 꿇은 채 정면을 바라보고 있었다. 하체도 끈 팬티로 주요 부위만 아슬아슬하게 가린 상태였다. 바탕의 붉은색은 아래에서 위로 올라갈수록 '그라데이션' 처리를 해서 여자의 얼굴은 윤곽만 보이도록 디자인되어 있었다. 하단에는 행사 일시와 장소, 그리고 주최 측인 R컨설팅과 주관사인 전시이벤트업체 이름이 씌어 있었다. 그리고 하단 전체에 이번 행사의 제일 큰 광고주로 부상한 A물산실업의 이름이 회사 로고와 함께 큼지막하게 박혀 있었다. 나머지 협찬사들과 참가업체의 이름은 그 옆에 깨알만 한 글씨로 씌어 있었다.

문득 떠오르는 장면 하나가 있었다. 지난주에 회사 앞 카페에서 누군가와 열심히 무엇인가를 의논하던 당나귀. 그러니까 A물산실업 광고는 당나귀가 특별히 유치한 광고라고 했다. 그가 황 이사의 배후에서 큰 힘을 행사하고 있는 것만은 분명했다.

나는 다시 광고 시안으로 눈길을 돌렸다. 광고 시안은 자극적인 면에선 합격점이었다. 이만하면 지나가던 남자들의 걸음을 멈추게 할 만큼 말초적인 디자인과 색감이었다. 여성 모델의 사진을 보정해서 특히 몸매가 도드라져 보이도록 했다. 어디 이래도 점잔을 뗄 수 있겠어? 그렇게 시치미를 떼고 묻기라도 하듯이. 나는 코엑스 현장에 가져다주기 위해 포스터 뭉치를 떠메고 사무실을 나섰다.

21

토요일, 코엑스 D 전시홀에서 마침내 섹스박람회의 막이 올랐다. 대한민국 역사상 가장 음란한 박람회였지만 시작만큼은 음란하지도 천박하지도 않았다. 아니, 여느 박람회 개막식 못지않게 절도 있으면서 근엄하기까지 했다. 개막식만 떼어놓고 보자면 소년소녀가장돕기 모금행사나 모범납세자 표창식이라 우겨도 믿길 정도였다.

제일 처음 당나귀가 단상 위로 올라가 개막 식사를 낭독했다. 이어 한국성인용품전문협회 김인수 회장이 축사를 했으며, 한국 에로영화부흥협회 최낙도 회장이 기념사를 했다. 모두 처음 듣는 협회들이어서 고개가 갸웃거려지긴 했지만 어쨌든 많은 관계자들이 행사장을 찾아 다행이었다. 이왕 이렇게 된 것 행사가 성황리에 끝나는 편이 모두를 위해 좋았다. 전시이벤트업체 직원들은 물론이고 나와 김 과장과 오 대리까지 모두 무전기를 들고 전시장과 매표소와 진행본부를 바쁘게 오갔다.

이십여 분간 진행된 개막식 행사가 끝나고 관객 입장이 시작되었다. 단체관람객들이 몰려와 매표소 앞에 줄을 서서 기다리고 있었다. 대부분이 사십 대에서 육십 대 사이의 남자들이었다. 단체로 맞춘 듯 똑같은 복장을 착용한 사람들 중 유난히 눈길을 끄는 이가 있었다. 스포츠머리와 검은색 티셔츠. 황 이사와 김 과장이 설전을 벌이던 날, 카페에서 당나귀 앞에 앉아 있던 남자가 틀림없었다. 하지만 행사 진행과 관련된 사람이라면 왜 매표소에서 표를 사는 것일까. 그리고 함께 온 이들은 누구일까. 아무래도 바람잡이로 당나귀가 동원한 사람들 같았다. 관람객들이 더 늘어나는 바람에 그에게만 신경을 쓸 수도 없었다.

대체로 중년층 이상인 수백 명의 남자들이 입구 쪽에서 서성거리고 있었다. 그런데 정작 표를 사놓고도 안으로 입장하지 않는 관람객도 많았다. 입구 쪽이 인파로 와글와글거리는데 반해 전시장 안은 썰렁한 편이었다. 모두들 이벤트가 열리는 오후 한 시 시간대에 맞춰 전시장 안으로 들어가려는 것이리라. 사실 이벤트 부스와 A물산실업의 란제리 부스를 제외하면 성인용품회사 부스들이 전시장 대부분을 차지하고 있었다. 비아그라에서부터 수입용 발기지속제와 최음제, 흥분지속제 같은 의약품들, 각종 섹스 보조기구와 실리콘 재질로 만든 여성 성기 모양의 남성용 자위기구들, 딜도와 바이브레이터 같은 여성용 자위기구들, 그리고 취향이 독특한 이들을 위한 리얼돌과 성인용 DVD와 책, 또 해외에서 수입된 성인잡

지들이 그것이었다. 마치 대규모 성인용품 바겐세일 행사장 같았다. 각 부스마다 회사 관계자들만 앉거나 서서 제품 판매 준비에 들어가 있었다.

오전 열한 시 삼십 분. 일간지 기자와 인터넷 신문사 기자들이 취재를 나왔다. 나는 그들을 전시장 안 진행본부 황 이사에게 안내했다. 잠시 뒤 황 이사의 인터뷰를 옆에서 돕고 있을 때였다. 당나귀 박 고문으로부터 무전 연락이 왔다.

"윤 과장, 지금 매표소 앞으로 빨리 와봐."

나는 부랴부랴 매표소 앞으로 뛰어갔다. 당나귀의 미간에 두 줄의 깊은 고랑이 파여 있었다. 그가 나를 보더니 고갯짓을 해 보였다. 매표소 배너광고 옆에 있는 이를 가리키는 것이었다. 그곳에 모자를 깊게 눌러쓴 여자가 피켓을 들고 서 있었다.

여성의 성 상품화 조장하는 섹스박람회 취소하라!

여성연합중앙회에서 나온 시위대 중 한 명이 분명했다.

"저 여자, 빨리 쫓아버려!"

당나귀는 위협적인 목소리로 명령했다.

"제가요?"

나는 화들짝 놀라 당나귀에게 되물었다. 아무리 박람회가 중요하다고 해도 곤란한 지시였다. 그들이 전시장 안에서 방해를 하는 것도 아닌데다 괜한 충돌을 만들 필요는 없었다.

당나귀가 우물쭈물하는 나를 놔두고 안전요원에게 다가갔다. 안전요원은 당나귀의 말을 듣고 피켓 시위녀에게로 갔다. 안전요원과 피켓 시위녀 사이에 한바탕 실랑이가 벌어졌다. 당나귀는 그 모습을 지켜보다가 미간의 고랑을 하나 더 늘리더니 전시장 안으로 들어가버렸다.

"매표소 가로막지 말고 떨어지기라도 하라니까요"

안전요원도 거세게 저항하는 시위녀에게는 어쩔 수 없었다. 시위녀도 몇 걸음 뒤로 물러나며 타협의 제스처를 취했다.

입구의 다른 쪽에선 '오타쿠'처럼 보이는 삼십 대 전후의 남자 서너 명이 진행요원과 입씨름을 벌이고 있었다. 전시회 내용이 광고와 너무 다르다며 환불을 요구하는 것이었다. 진행요원은 환불은 안 된다며 버텼고, 남자들은 신경질을 부리다가 어쩔 수 없다는 듯 다시 전시장 안으로 들어갔다.

오후 열두 시 삼십 분. 황 이사가 당나귀와 함께 기자들 네 명을 대동하고 근처 식당으로 이동했다. 나와 김 과장과 오 대리는 진행본부에 배달된 도시락을 교대로 먹기로 되어 있었다. 도시락을 먹기 위해 본부로 들어가려던 찰나였다. 전시관 십여 미터 앞에서 소란이 일었다. 주로 삼사십 대 남성들 중 몇 명이 둘러서서 스마트폰으로 사진을 찍어대기 시작했

다. 주관 회사 담당자가 얼굴에 타투라도 한 듯 짙은 화장을
한 여자들을 대동하고 나타난 것이다. 오늘의 메인이벤트를
진행할 일본 AV여배우들이었다. 그런데 걸그룹 멤버들도 있
다는 보도자료와 달리, 다들 어느 정도 나이가 들어 보였다.
그들은 자기들끼리 귀엣말을 속닥거렸다. 남자들이 더 둘러
싸려고 하자 안전요원 두 명이 그들을 제지했다. 여자배우들
은 도망치듯 전시관 이벤트홀 쪽으로 사라졌다.

"방금 들었어요?"

어느 틈에 다가온 오 대리가 물었다.

"어, 오 대리 왔어? 근데 뭘?"

"일본 배우들이 아닌 것 같은데요."

"왜?"

"방금 들어가면서 한 시간만 때우면 된다고 속닥거리던데
요."

"정말이야?"

오 대리는 어리둥절해진 나를 둔 채 이벤트홀 준비사항을
체크해야 한다며 총총히 걸어갔다.

열두 시 사십 분을 넘기자 관객들이 몰려들기 시작했다. 나
는 아르바이트생과 함께 입구에서 관객들의 입장권을 확인했
다. 갑자기 몰려드는 사람들로 정신이 하나도 없었다. 수백

명의 중년 남성들이 입구를 지나 전시실 안으로 들어갔다. 매표소 옆을 보니 시위대 또한 서너 명으로 늘어나 있었다. 원래 서 있던 여자 옆에 또 다른 여자들이 나란히 피켓을 들고 서 있는 것이다.

공공전시실에 섹스박람회 웬 말이냐!

여성의 몸 착취하는 섹스박람회 철회하라!

A물산실업 사주 김인수 회장은 부당해고 철회하라!

나는 세 번째 피켓의 구호를 보고 깜짝 놀랐다. 여성연합중앙회의 피켓이 아니었다. 의문은 곧 풀렸다. 시위대엔 여성연합중앙회 이외에도 A물산실업에서 해고된 노동자들이 합세하고 있었다. 자칫 불상사가 일어날지도 모른다는 불안감이 들었다. 보도자료를 쓰면서 새로 알게 된 사실이 있었다. 그러니까 첫째 날 이벤트로 치고 들어온 A물산실업의 사주 김인수 회장이 바로 한국성인용품협회 회장도 겸하고 있다는 것이었다. 노조의 파업에 직장폐쇄로 맞서고 두문불출하던 그가 이곳에 나타난다는 정보가 샌 모양이었다. 당나귀가 그 회사 광고를 유치한 것도, 군이 섹스박람회로 방향을 튼 것도 착착 아귀가 맞아떨어졌다.

전시관 안에서 팡파르가 울려 퍼졌다. 나는 이벤트홀 쪽으로 빠르게 걸음을 옮겼다. 예상대로 한꺼번에 몰려든 관객들로 북적거리고 있었다. 곧 오늘의 하이라이트가 펼쳐질 것이다. AV배우들의 세미누드 패션쇼가 벌어지기 직전 왁자지껄한 배경음악이 실내를 들썩거리게 했다. 몰려든 관객들이 저마다 스마트폰을 꺼내서 들이댔다. 무대 앞쪽에는 이동식 카메라로 영상 촬영도 진행 중이었다. 이곳저곳 흩어져 있던 관객들이 이벤트홀 쪽으로 몰려들기 시작했다. 홀 바깥도 발 디딜 틈이 없었다. 뒤쪽에 까치발을 들고 서 있는 이들도 여럿이었다.

테크노 음악과 함께 사이키델릭한 조명이 무대 위로 쏟아졌다. 음악 소리가 귀청을 찢을 듯 울려 퍼지더니 무대에서 펑 하고 불꽃 폭죽이 피어올랐다. 이어 한 여자가 리듬에 맞춰 뇌쇄적인 스텝을 밟으면서 무대 앞쪽으로 걸어 나왔다. 여자가 입고 있던 옷을 하나씩 벗어 관객들에게 던졌다. 외투, 치마, 끈으로 연결된 블라우스……. 객석에서 일제히 환호성이 터졌다. 아슬아슬한 끈으로 된 란제리만 걸친 여자가 무대를 한 바퀴 스르륵 돌더니 손으로 관객들에게 하트를 날렸다. 객석 곳곳에서 휘파람이 울렸고, 여기저기에서 스마트폰 카메라 촬영 소리가 들렸다. 이어 또 다른 여자가 무대 앞쪽으로 걸어 나왔다. 그녀는 한손에 들고 있던 딜도를 자신의 입으로 가져가면서 야릇한 동작의 춤을 추다가 무대를 돌아나갔다. 그렇게 여배우들 동작이 점점 노골적이 되어가는데, 객석 뒤에서 누군가 소리를 질렀다.

"야, 일본 배우들 어디 갔어?"

무대를 돌던 여배우의 표정이 순간 움찔거렸다.

"시골 나이트클럽 딴따라 말고 일본 배우들 불러와."

남자가 소리를 질러대자 객석 여기저기가 술렁이기 시작했다. 사회자가 무대 위로 뛰어올랐다. 절묘한 타이밍이었다. 그가 마이크를 들고 무대 가운데에 서자 옆으로 마치 007 영화의 본드걸 흉내라도 내듯 여배우들이 총 대신 바이브레이터와 딜도를 들고 늘어섰다. 요란한 테크노 음악이 끊기고 사회자의 목소리가 흘러나왔다.

"그럼 지금부터 남성의 슈퍼 울트라 발기력 강화를 위한 신제품 남성용 이너웨어 '슈퍼P' 출시 기념 이벤트를 실시하겠습니다. 먼저 입장권 번호 1번부터 100번까지는 나가실 때 입구 옆에 마련된 부스에서 이벤트 기념상품을 받아 가시면 되구요. $+\alpha$에 해당하는 상품 당첨자를 모시도록 하겠습니다."

AV배우 중 한 명이 윗면에 구멍이 뚫린 상자 하나를 들고 와서 사회자 옆에 섰다. 사회자는 모델이 내민 상자에서 응모된 입장권을 꺼내 번호를 불렀다. 그러자 관객 중 한 명이 사람들을 뚫고 무대 위로 올라가 상품 교환권을 받아 갔다. 번

호가 당첨된 나머지 관객들도 차례대로 무대 위로 올라가 AV
배우가 건네는 교환권을 받아 내려왔다. 개중에는 두 손을 높
이 들고 승리의 기쁨을 만끽하는 사람도 있었다. 관객들의 열
기가 고조되며 박수 소리와 환호성이 커졌다. 그때 누군가가
선창으로 외쳐대기 시작했다.

"슈퍼 P! 슈퍼 P!"

객석에서 외치는 구호가 점점 커져갔다. 사회자는 계속 당
첨번호를 뽑았고, 마침내 마지막 번호를 호명했다. 그런데 어
찌 된 일인지 객석에서 아무런 반응이 없었다.

"없으신가요? 164번 고객님 없으세요? 좋습니다."

사회자가 상자 안에서 다른 번호를 뽑아서 불렀다.

"357번 고객님? 나와주세요."

이번에도 객석은 조용했다. 아무도 손을 들거나 무대 위로
올라가지 않았다. 사회자가 다시 상자 안에서 입장권을 뽑
으려 할 때였다. 와아, 하는 소리와 함께 누군가 인파를 헤치
고 앞으로 나아갔다. 거의 동시에 또 다른 남자도 무대 위로
뛰어올라갔다. 바로 검은색 티셔츠를 입고 있는 중년의 남
자였다. 모자를 깊게 눌러쓰고 있는 남자는 누가 봐도 오십
대를 넘긴 중년이었지만 근육만큼은 단단해 보여 웬만한 청
년 못지않았다. 사회자가 마이크를 잡고 두 명의 번호를 살

펴보았다.

"네, 아까 받지 못하신 164번 고객님이 지금에야 올라오셨습니다. 이미 차 떠난 뒤예요. 고객님."

357번 남자가 교환권을 받더니 승리의 브이자를 만들어 보이며 빠르게 무대를 내려왔다. 뒤늦게 올라간 검은색 티셔츠의 164번은 수긍을 못하겠는다는 듯 삐딱한 자세로 그때껏 무대 한쪽에 서 있었다. 사회자가 웃으면서 즉석에서 재치를 발휘했다.

"좋습니다. 우리 164번 관람자분께서 그냥 가실 수가 없다고 하시네요. 평소 귀가 안 좋으신 관계로 교환권 받을 기회를 놓치셨어요. 안타깝네요. 하지만 귀야 뭐 좀 안 좋으시면 어때요? 발기력만 좋으면 되죠. 그쵸? 딱 보니까 근육이 우람하신 게 무척 세실 것 같아요. 하하. 네, 그래서 제가 대신에 특별한 선물을 드리도록 하겠습니다. 지금 이 자리에 있는 늘씬한 AV배우 중에 가장 마음에 드는 한 분과 무려 십 초간 포옹할 수 있는 기회를 드리도록 하겠습니다. 무려 십 초입니다. 자, 어떠십니까?"

사회자가 한 손을 두 번씩 연달아 펼쳐서 십 초를 강조했다. 검은색 티셔츠가 마이크를 건네받더니 중저음의 굵은 목소리로 말했다.

"좋습니다."

"당연히 좋지죠. 저도 부럽네요. 자, 그럼 고객님, 마음에 드는 배우를 골라서 포옹을 하시면 됩니다. 관람객 여러분들께서는 우리 고객님이 포옹을 하실 때 힘차게 박수를 쳐주시는 겁니다. 자, 지금입니다."

사회자가 말을 끝내자마자 남자는 기다렸다는 듯 옆에 서 있던 여자 배우의 허리를 덥석 끌어안았다. 무대 위의 여자 배우가 깜짝 놀라서 소리를 질렀다. 그러나 이내 마지못한 듯 남자를 살짝 끌어안았다. 남자는 아예 AV모델을 두 팔로 번쩍 들어서 안았다. 관객석에서 폭소가 터져 나왔다. 사회자는 분위기가 심상치 않다는 걸 눈치챘지만 시계를 보고 십 초를 재는 척했다. 시간이 흐르는 동안 객석에서 박수와 환호성이 울려 퍼졌다. 사회자가 마이크를 들고 외쳤다.

"네. 이제 됐습니다. 그만!"

남자는 그만두지 않았다. 객석에서도 더 큰 외침이 터져 나왔다.

"슈퍼 P!"

남자는 여자를 안고 객석으로 내려가려고 했다. 여자가 당황해서 발버둥을 쳤다. 사회자가 다시 "그만하세요!"를 외쳤지만 남자는 못 들은 척했다. 여자를 내려놓는 척하더니 몸을 빙글 돌려 뒤로 업었다. 다른 배우들이 일제히 남자에게 몰려들어 여자를 떼어놓으려 했다. 그때였다. 갑자기 객석 전체가 출렁거리더니 남자 관객들이 앞다퉈 무대 위로 올라가기 시작했다. 십여 명의 검은색 티셔츠 사내들이 앞장섰다. 그러자 덩달아 다른 이들도 앞다퉈 무대 위로 뛰어올라갔다. 무대를 점령한 남자 관객들은 늘어선 AV배우들을 닥치는 대로 껴안고 포옹하고 팔을 잡아끌고 무대 밑으로 내려가려고 했다. AV배우들이 까악까악 소리를 질러대기 시작했고, 무대는 삽시간에 아수라장으로 돌변했다. 배우들은 제각각 흩어져서 무대 뒤를 거쳐 입구 쪽으로 달아났고, 그 뒤를 수백 명의 남자들이 마치 발정 난 들개 떼처럼 쫓기 시작했다. 사설 경비업체 요원들과 진행요원들이 헐레벌떡 그 뒤를 쫓았다. 나와 김 과장 또한 돌발사태를 막아보려고 입구 쪽으로 달려나갔다.

사태는 예상치 못한 방향으로 흘러갔다. AV배우들이 시위대의 뒤쪽으로 피신한 것이다. 그들 앞에 수십 명으로 불어난 여성연합중앙회와 A물산실업 해고자들이 각각 피켓을 들고 구호를 외쳐대고 있었고, 몰려든 수백 명의 남성 관객들이 그들과 대치하고 있었다. 역시 곳곳에 검은색 티셔츠가 보였다.

"여성의 성 상품화 조장하는 섹스박람회 취소하라!"

"취소하라! 취소하라!"

"빨리 안 비켜!"

누군가 그렇게 외쳤고, 또 다른 누군가가 욕설을 내뱉었다. 이어 남자들이 한꺼번에 시위대를 뒤로 밀어붙이기 시작했고, 대열이 무너지면서 비명과 욕설이 튀어나왔다. 나는 난감해진 심정으로 그들 모두를 둘러보다 하마터면 소리를 지를 뻔했다. 노인, 바로 포장마차에서 내게 말을 걸던 그 노인이 현장에 있었다. 대치한 군중들의 몸싸움이 심해지면서 말투도 점점 거칠어졌다.

"밀지 마!"

"어딜 만져, 이 아저씨야!"

김 과장과 내가 112로 신고를 했지만 사태는 나아지지 않았다. 남자 군중들과 시위대 간의 충돌을 막아야 할 경찰들이 때마침 단체 휴가라도 냈는지 나타나지 않았다. 황 이사와 당나귀는 도대체 어디로 갔는지 보이지도 않았다.

"저러다 사고라도 나면 어떻게 해요?"

오 대리가 발을 동동 구르며 외쳤을 때였다. 밀리던 시위대의 뒤쪽에서 또 다른 무리가 합류했다. 새로 도착한 여성연합중앙회 회원들 같았다.

"이런 씨발 잡것들 저리 안 꺼져!"

남자 관객 가운데 누군가가 큰 소리로 욕설을 퍼부었다. 우렁찬 목소리가 왠지 귀에 익었다. 사람들의 대오가 쓰나미처럼 물결쳤다. 사방에서 비명이 터져 나왔다. 수백 명의 남녀가 전시장 매표소와 입구에서 한데 얽혀 몸싸움을 벌였다. 란제리 차림의 AV배우들도 이미 사라지고 없었다. 나와 김 과장과 주관업체 직원들이 급한 대로 시위대와 남자 군중들 사이에 끼어들었다. 우리들은 필사적으로 양측을 갈라놓으려고 했다. 그때 누군가의 목소리가 귓전을 울렸다.

"석민아!"

나는 주위를 두리번거렸다. 그러다 깜짝 놀라 눈을 휘둥그레 뜨고 말았다. 마스크를 내리고 모자를 쓴 채 나를 바라보고 서 있는 여자는, 미진이었다.

"미진아!"

그러나 놀랄 틈이 없었다. 남자 군중들의 공세로 미진과 그 옆 시위대가 한꺼번에 뒤로 밀려났기 때문이다. 이런 김치년들 다 비켜! 검은색 티셔츠 중 하나가 외쳤고 여자들의 앙칼진 비명이 이어졌다. 시위대와 군중과 안전요원들이 이리 밀리고 저리 밀렸다. 몸과 몸이 부딪치고 함성과 구호가 뒤섞이고 말과 욕설이 교접했다. 나는 미진의 비명 소리를 들은 것 같아 가만히 있을 수가 없었다. 닥치는 대로 남자 군중들을 뒤쪽으로 끌어내려 했다. 가슴속 깊은 곳에서 이상한 분노가 용솟음쳤다. 미진일 다치게 하면 어떤 새끼든 가만두지 않겠어. 그렇게 속으로 외치면서 남자 군중들과 필사적으로 몸싸움을 벌였다. 검은색 티셔츠를 입은 남자 하나가 힘을 쓰며 나를 밀어냈다. 어느 순간이었다. 누군가가 휘두른 묵직한 주먹이 내 턱에 작렬했다. 나는 몸의 중심을 잃고 쓰러졌다. 수백 명 군중의 외침과 아우성을 들으며 나는 정신을 놓고 말았다.

석민아!

김치년들!

물러가라!

취소하라!

안 꺼져!

잡진이개런씨좆짜같발은어욕디서질나잇집살에서림처먹이나고니똑로바아씨놈년발같은…….

22

응급실 침대에서 눈을 떴다. 미진도 시위대도 남자 군중들
도 검정 티셔츠도 없었다. 보이는 건 침대 위쪽에 걸려 있는
수액 주머니와 천장에서 흰빛을 쏘고 있는 형광등, 나를 내려
다보고 있는 간호사의 얼굴이었다.

"괜찮으세요?"

나는 대답 대신 고개를 끄덕였다. 주머니에서 전화기를 꺼
내 켰다. 부재중 전화가 몇 통 기록돼 있었다.

한 통은 황 이사였고, 다른 두 통은 김 과장, 세 통은 미진이
었다.

나는 잘려나간 필름 조각을 이어붙이듯이 끊긴 기억을 되
살려보았다. 군중이 소란을 벌인 틈바구니 어디쯤엔가 미진
또한 있었을 것이다. 나는 일어나 응급실 밖으로 나가려 했
다. 간호사가 다가와 나를 제지했다.

"가벼운 뇌진탕인 것 같긴 한데, 혹시 모르니까 정밀검사를
해보셔야 하거든요."

간호사가 링거병 수액의 양을 조절하며 말했다. 나는 조심
스럽게 몸을 움직여보았다. 얻어맞은 턱만 얼얼할 뿐 특별한
이상은 느껴지지 않았다.

"괜찮은 것 같아요. 가봐야 하거든요."

나는 상체를 일으키며 간호사에게 말했다. 간호사가 내 어깨를 가볍게 누르며 제지했다.

"정 그러시면 잠깐만 계시겠어요? 의사선생님 모셔올게요."

잠시 뒤에 흰 가운을 입은 의사가 왔다. 그는 내 눈을 작은 손전등으로 비춰보았다. 나는 철망으로 둘러싸인 옥타곤에서 펀치를 맞고 기절했다가 깨어난 이종격투기 선수인 양 그가 시키는 대로 했다. 눈동자를 이리저리 굴려보고 몇 마디 말을 발음해보기도 했다. 의사는 내게 한쪽 다리를 들고 서보라고 했다. 몇 가지를 시험해보았지만 별 이상은 느껴지지 않았다.

"괜찮으신 것 같으니까 지금 퇴원은 하셔도 되는데, 혹시 모르니까 구토가 나온다거나 머리가 어지러우시면 곧바로 다시 오세요."

의사가 친절한 말투로 당부했다.

"수납은 회사에서 하셨어요."

옆에 서 있던 간호사가 말했다. 나는 선뜻 퇴원하지 못하고 물었다.

"병원에 실려온 환자가 누구누구 있는지 알 수 있을까요?"

"글쎄요. 그건 접수창구 쪽에 확인을 해봐야 하는데, 왜 그러시죠?"

"제 친구가 있나 해서요."

"다른 분들은 왔다가 금방 퇴원하셨어요. 환자분이 제일 오래 남으신 거거든요."

나는 그제야 안심하고 병원을 나섰다. 시계를 보니 두 시간이 지나 있었다. 택시를 잡아타고 코엑스로 향했다. 십 분이 채 되지 않는 거리였다. 코엑스 D전시홀 앞으로 갔다. 피켓을 든 시위대도, 수백 명의 군중도, 안전요원도, 행사 담당자들도 보이지 않았다. 매표소 앞에 급조해서 세워놓은 입간판만 덩그러니 눈에 띄었다.

금일 행사는 갑작스런 소요사태로 인해 취소되었습니다. 관람객들의 너그러운 양해를 바랍니다.

전시장 입구 바닥엔 검은 그을음이 남아 있었다. 안으로 들어가자 부스에 입점해 있던 업체 판매원들도 거의 사라지고 보이지 않았다. 몇몇 업체 직원들은 부스에 남아 물건들을 정리하고 있었다. 진행본부 쪽 전시이벤트업체 담당자들 몇 명도 눈에 띄었다. 그러나 황 이사도 당나귀도 김 과장도, 이벤트업체 실장도 보이지 않았다. 나는 김 과장에게 전화를 걸었다.

"윤 과장, 괜찮은 거야?"

"난 괜찮아. 어떻게 된 거야?"

김 과장이 이후 상황을 요약해주었다. 경찰은 나를 비롯한 십여 명이 응급실로 실려간 뒤에야 현장에 도착했다. 남자 군중들 몇 명과 시위대 여자들 중 몇 명이 한꺼번에 경찰차로 호송돼갔다. 그것으로 끝이 아니었다. AV패션쇼를 보며 항의하던 남자 한 명이 몸에 시너를 뿌리고 자살소동을 벌였다는 것이다. 일본배우 섭외가 안 되어 급하게 동원했던 우리나라 배우들 중 한 명의 스토커인 것 같다는 게 김 과장의 추측이었다. 다행히 몸에 불이 붙지 않아 인명피해는 없었지만 행사는 급하게 취소될 수밖에 없었다. 지금은 회사에서 이벤트 업체 대표와 현장감독, 황 이사와 자신이 모여서 대책회의를 하고 있다고 했다.

"그 남자 단체 관객들 있었잖아. 그 사람들 어딘가 수상하지 않았어?"

김 과장이 은근히 목소리를 낮추면서 물었다.

"단체로 티셔츠 맞춰 입고 온 사람들 말하는 거지?"

"그래, 맞아. 왠지 그 사람들이 조직적으로 방해를 한 것 같은 느낌이 들어."

"그거 공식 회의에서 나온 거야? 아니면 김 과장 너 혼자 생각이야?"

나는 되묻지 않을 수 없었다.

"그냥 내 생각이긴 한데, 아무리 봐도 냄새가 나는 것 같아서……. 황 이사는 오늘 일어난 사고 자체는 별로 신경도 쓰고 있지 않아. 혹시라도 박람회를 못 열게 되는 건 아닌지 그것만 염려하더라구."

김 과장은 그렇게 말하고 전화를 끊었다. 황 이사가 자신을 불러서 들어가봐야 한다고 했다.

나는 살짝 어지럼증을 느꼈다. 이벤트의 시작부터 끝까지 벌어졌던 소동이 느린 화면처럼 눈앞에서 재생되었다. 세미 스트립쇼와 갑자기 등장한 검정 티셔츠들, 그리고 무대 위로 난입한 군중들, 고래고래 소리를 지르는 포장마차 노인……. 무대 위에서 내려가지 않고 버텼던 164번 남자도 그 티셔츠를 입고 있었다. 문득 그 노인이 포스터를 떼어갔던 일도 기억이 났다. 그가 내뱉었던 불순세력 운운했던 말들도. 복잡한 선들이 얽혀 있는 것처럼 혼란스러웠다.

나는 입구 쪽 의자에 멍하니 앉아 있었다. 소동의 진원지였던 이벤트홀의 휑한 모습이 눈에 들어왔다. 난잡한 정사를 끝마치고 난 뒤처럼 무대는 어수선하기만 했다. 외주업체 직원들이 객석을 정리하고 철수하는 중이었다.

텅 빈 이벤트홀의 무대 앞 바닥에 무엇인가가 떨어져 있는 게 보였다. 나는 허리를 수그리고 떨어진 물건을 주웠다. 바이브레이터. 이벤트 쇼걸 중 누군가가 도망치다 흘린 것 같았다. 스위치를 올리자 바이브레이터가 요란하게 진동을 했다. 그것을 가방에 넣는데, 이번에는 무대 뒤쪽에서 인기척이 났다. 나는 고개를 갸웃거리면서 그곳으로 걸음을 옮겼다. 검은색 커튼으로 가려진, 이벤트 출연자들의 대기 공간이었다. 가까이 다가가자 한결 소리가 크게 들렸다. 길고양이라도 들어온 건가. 나는 커튼을 걷고 안으로 고개를 들이밀었다.

순간 쾌락에 신음하는 여자의 두 눈이 내 시야에 들어왔다. 여자는 내 쪽으로 얼굴을 향한 채 벽에 등을 기대고 있었다. 여자의 가슴을 움켜쥐고 숨을 헐떡이는 남자의 뒷모습이 보였다. 나와 눈이 마주친 여자가 입 꼬리를 올리며 씨익 웃더니 아아, 하고 나직하게 교성을 내질렀다. 나는 얼른 고개를 돌리고 커튼을 다시 쳤다. 당나귀의 헐떡임과 이벤트 여배우의 교성이 귓가에 질척이듯 들러붙었다.

홀을 빠져나오는데 전화기가 진동을 했다. 발신자는 미진이었다. 통화 버튼을 누르자 나를 진심으로 걱정해주는 목소리가 들려왔다.

"너, 어디야? 괜찮아?"

23

"오늘 오전 열한 시경, 서울 코엑스 전시장에서 국내 최초로 섹스박람회가 열렸는데요. 금기시되고 있는 성에 대한 통념을 깨고 성 문화를 음지에서 양지로 끌어올리겠다는 주최 측의 취지가 무색하게 박람회장이 아수라장이 되고 말았습니다. 어쩌다가 난장판이 되었는지 취재기자 연결해서 알아보도록 하겠습니다."

뉴스의 앵커 멘트에 이어 화면이 바뀌었다. 화면에선 섹스박람회장 전시관 전경에 이어 원경으로 모자이크 처리된 AV배우들의 누드패션쇼가 흘러나왔다. 이어 표를 바꿔달라고 항의하는 장면과 이벤트에 한꺼번에 몰려드는 관객들과 사은품을 받지 못해 불만인 관객들이 시위대와 거칠게 몸싸움을 벌이는 장면, 그리고 입구 쪽에서 불길이 치솟는 화면이 차례대로 흘러나왔다. 취재기자는 섹스박람회장에 모인 여성연합 중앙회 시위대와 이벤트 여배우들을 쫓던 수백 명 남성 관객들의 몸싸움, 바닥에 시너를 뿌리고 자살 협박을 한 스토커의 난동, 현장에 늦게 출동한 경찰의 안일한 대처, 그리고 겉으로 내세운 취지와 달리 섹스용품 판매장으로 변질된 주최 측의 부실한 준비를 부각시켜 신랄하게 비판을 가했다.

"관객들이 한꺼번에 무대 위로 난입하면서 아수라장으로 변한 거고요. 바깥에서 시위를 벌이는 여성연합중앙회 사람들하고 몸싸움이 붙으면서……. 아무튼 큰 인명사고가 나지 않은 것만도 다행이었습니다."

대회 안전요원의 코멘트가 흘러나왔다. 화면에는 다시 마이크를 든 뉴스 기자의 모습이 비쳐졌다.

"경찰은 소란의 주동자로 보이는 오십 대 남성 두 명을 구속해 조사를 벌이고 있는 중입니다. 한편 주최 측은 이런 불미스런 사태에도 불구하고 예정대로 섹스박람회 일정을 이어갈 것이라고 밝혔습니다. 그러나 여성연합중앙회가 박람회 보이콧에 대한 의지를 굽히지 않고 있어 또 다른 불상사가 일어나지나 않을지 우려가 커지고 있습니다. ABS뉴우스 김도식입니다."

나는 스마트폰을 끄고 미진을 바라보았다. 늦은 밤 시간의 커피숍은 한가로웠다. 에드워드 호퍼의 그림 속 인물들처럼 고독해 보이는 도시인들 몇 명만이 나른한 우수에 잠긴 표정으로 띄엄띄엄 앉아 있었다. 넓은 창을 마주 보며 노트북을 바라보는 이들의 등짝도 오늘따라 어딘가 쓸쓸해 보였다. 미진의 일이 끝나기를 기다렸다가 만나는 중이었다.

"다친 데는 괜찮니?"

미진이 팔을 뻗어 내 볼을 어루만졌다.

"응, 괜찮아."

"거기서 무슨 일을 하고 있었던 거야?"

나는 섹스박람회의 진행 과정을 숨기지 않고 털어놓았다. 처음엔 심각하게 듣던 미진이 갑자기 만화영화의 비둘기처럼 쿡쿡쿡 웃기 시작했다.

"그러니까 낭만은 다 사라지고 섹스만 남은 거로구나."

나 역시 만화영화의 비둘기 친구처럼 크륵크륵 웃어댔다.

"사실은 우리 내부에서도 의견이 엇갈렸었어. 단체의 공식 입장은 보이콧이었지만 참여 여부는 각자의 판단에 맡기기로 했지. 나는 행사 반대보다 해고자들과 연대하기 위해 나왔던 거였고."

웃음이 멎은 뒤, 미진이 옅은 한숨을 쉬며 말했다.

시간은 밤 열 시가 넘어 있었다. 미진은 집에 있는 아이들에게로 돌아가야 했다. 나 또한 원룸에 있는 세 쌍둥이에게로 돌아가야 할 것이다. 외로움, 헛헛함, 도무지 무엇에 대한 것인지 모를 막막한 그리움.

지난번에 보았던 미진의 몸이 꿈의 한 장면처럼 희미하게 떠올랐다. 군살이 붙어 옆으로 비어져 나온 허리와 아랫배…… 앵그르의 매끈한 그림보다는 들라크루아의 그림처럼 균형도 무너지고 절제도 부족하며 덕지덕지 덧칠이 된 듯한 몸매. 아련한 그리움과 슬픔이 오래된 화석처럼 부조된 육체.

불현듯 행방불명이 되다시피 한 사장도 떠올랐다. 낭만엑스포를 개최하려고 했지만 회사마저 뺏기고 만 바보 사장. 거세된 수말 같고 사냥당하는 수사슴 같던 사장. 하지만 그는 열정적으로 자신의 이상을 관철하려 했던 사람이었다. 비록 그가 추구하던 이상이 '빠구리'라는 진창으로 굴러떨어졌을지라도. 그리고 소피스트 박과 미진도. 그들은 자기들의 사랑을 포기하지 않았었다. 오랫동안 미뤄둔 질문 하나가 청구서처럼 가슴으로 날아들었다. 나도 그들처럼 집요하게 무언가를 추구했던 적이 있었던가. 내 앞에 닥친 난관에 도망치지 않고 끈질기게 맞섰던 적이 있었던가. 짙은 안개가 걷히듯 머릿속이 명징해졌다. 운명이라는 건 매순간 만들어가는 것이다. 그렇다면 미진과의 운명 또한 만들어가는 것이어야 한다. 나는 엷은 미소를 띤 채 커피 잔을 만지작거리는 미진에게 말했다.

"미진아, 우리 같이 살자."

미진이 고개를 들어 새삼스럽다는 듯이 나를 바라보았다.

"넌, 우리 아이들 감당 못해. 그럼 우리 둘 다 상처만 받게 될 거야."

그녀가 자신의 손을 조심스럽게 내 손 위에 얹었다.

"내가 어떻게든 잘해볼게. 회사도 더 열심히 다니고 아이들한테도 잘해주고 또……"

나는 더 말을 할 수 없었다. 미진이 집게손가락을 내 입술에 가져다댔다. 갑자기 눈물이 날 것 같아 후우 긴 숨을 들이마셨다.

"가끔 이렇게 만나. 그게 최선이야."

실연이라도 당한 듯 몸이 아려왔다. 그건 은유적인 표현이 아니었다. 정말로 식도와 폐, 심장 주위 어디쯤인가가 송곳으로 찌르듯이 아파왔다. 살면서 지금처럼 격렬하게 아팠던 적이 없었다고 여겨질 만큼 극심한 통증이었다. 그녀가 나를 어루만지듯 부드러운 눈길로 바라보았다.

"너, 슈베르트의 미완성 교향곡 들어본 적 있지?"

"내가 이래봬도 대학시절 고전음악감상실 빠돌이였잖아."

나는 짐짓 가벼운 말투로 대답했다. 가슴 언저리는 여전히 쓰라렸다. 어떠한 말도 위로가 될 것 같지 않았다. 그런 내 마음의 빈틈으로 미진의 말이 조용조용 비집고 들어왔다.

"흔히 2악장으로 끝나서 형식적으로는 미완성이지만 내용적으로는 완성된 곡이라고들 하지. 근데 왜 슈베르트가 몇 년 동안 그 곡을 완성하지 않았는지는 슈베르트만 안다고 그러더라고."

"……그래?"

"가장 신빙성 있는 추측은 이거야. 슈베르트는 굳이 2악장을 더 추가할 필요를 느끼지 못한 거지. 그냥 그것 자체로 완성된 곡이라고 여겼던 거야. 인생도 때로는 그런 것이 있는 것 같아. 형식 같은 건 미완성인 채로 남겨두는 편이 더 나은 일들 말이야."

나는 천천히, 힘을 주어 고개를 끄덕였다. 잔잔한 물결처럼 그녀의 말이 아픈 부위를 적셔주고 있었다. 신비로운 약물로 치유받은 신화 속 기사라도 된 기분이었다. 그래, 이대로 사랑할 수 있다면, 그것도 괜찮은 것이다.

나는 애써 미소를 지었다.

커피숍을 나가서 그녀와 헤어지는 순간부터 그녀가 그리워질 것임을 모르지 않았다. 그러나 또한 잘 알고 있었다. 그렇게 안달을 내면 안 된다는 것을. 나도 곧 있으면 보름달처럼 꽉 찬 나이, 마흔이 된다는 것을.

24

첫째 날의 불상사에도 불구하고 섹스박람회는 일정대로 끝이 났다. 첫째 날 이후 다른 소동은 일어나지 않았다. 남성 단체관람객들도 그날 이후 몰려오지 않았다. 아마도 몇몇 주동자들이 경범죄 처벌을 받은 영향이 큰 듯했다. 다만 딱 한 명, 포장마차 노인만은 일주일 내내 입구 쪽에서 어슬렁거림을 멈추지 않았다. 준비 부족으로 열리지 못한 이벤트들이 많았지만 관객들은 예상보다 훨씬 많이 몰려들었다. 첫째 날 소동으로 뉴스 보도가 나간 영향이 컸다. 황 이사는 폐막식 식사에서 내년에는 두 배 이상의 관객을 끌어모으겠다며 기염을 토했다. 지켜보던 당나귀는 표정관리를 할 만큼 흡족한 얼굴이었다. 여성연합중앙회 회원들과 A물산실업 해고자들의 시위도 마지막 날까지 계속되었다.

최 사장으로부터 연락이 온 건, 섹스박람회가 끝나고 일주일이 지난 뒤였다.

"윤 과장, 부탁할 게 하나 있어 전화했습니다."

반가웠지만 황 이사가 눈치채지 못하도록 나는 목소리를 낮추어야 했다.

"사장실에 있는 내 물건을 모두 버려줄 수 있겠습니까?"

"그야 어렵지 않지만……."

"그리고 서랍에 있는 내 노트들과 게시판에 붙어 있는 사진들을 좀 떼어다 주십시오."

짧은 통화였다. 나는 황 이사가 외출한 틈에 김 과장과 오 대리에게 그 소식을 알렸다. 우리 셋은 모두 사장실로 들어갔고, 재빠르게 사장의 짐을 처분했다. 서랍에 있던 노트를 작은 상자에 담고, 게시판에 붙어 있는 메모와 일정표들을 떼어 냈다. 그러고 나니 덩그러니 두 장의 사진이 남았다. 활짝 피어난 자목련과 원경으로 찍은 목련나무 사진. 나는 그것들을 상자에 담고 테이프로 봉했다. 김 과장과 오 대리에게 함께 사장을 만나러 가겠느냐고 물었다. 끝은 미약했지만 시작은 창대했던 만큼 추억을 되새기기엔 좋은 친구들이었다.

"참, 그 말을 안 했었구나. 윤 과장은 그때 없었지?"

김 과장이 갑자기 눈을 반짝이며 말했다. 내가 홍보업무 협의차 전시이벤트업체를 방문하던 날, 사장이 회사에 들렀다는 것이다. 그날 그는 자신의 컴퓨터를 포맷하고 중요한 자료 몇 가지만 챙겨 회사를 도망치듯 떠나갔다고 했다. 지극히 짧은 인사만 나누고서. 그게 마지막이었다. 김 과장도, 오 대리도, 제대로 된 인사를 할 수 있을 것이라 기대했지만 환송회는 열리지 않았다.

"또 만나자고, 말씀은 그렇게 하셨어요."

오 대리가 눈시울을 살짝 붉히며 말했다.

"그럼, 오늘은 나만 다녀올게."

나는 황 이사 체제에 적응하려는 김 과장을 방해하고 싶지 않았다. 오 대리 역시 결혼 준비로 바빴다. 뒤바뀐 회사 상황이 그녀의 결혼 결심을 부추겼던 것일지도 몰랐다.

* * *

그날 밤 나는 상자를 들고 사장의 집을 방문했다. 내가 가지고 간 작은 상자 말고도 연립주택엔 상자가 많았다. 쌓여 있는 상자더미 옆에 접이식 침대와 옷장과 옷걸이 선반과 이불만 덩그러니 놓여 있었다. 그리고 집 안 곳곳에 붙어 있는 빨간 딱지들……. 내 시선을 의식했는지 사장이 황급히 덧붙였다.

"아아, 이거 다 해결된 것들입니다. 집과 회사를 넘겨주는 대신 빚을 청산하게 된 거지요."

"어떻게?"

나는 되물은 걸 후회했다. 물으나 마나 박 고문과 황 이사와 딜을 한 것일 테니까. 빚을 처분하되 섹스박람회의 이익과 회사를 모두 넘기는 것으로. 역시 그렇게 될 운명이었다. 낭만엑스포 같은 건 앞으로도 없을 게 뻔했다. 섹스박람회를 열어야 한다고 주장했던 나는 그들의 음모에 놀아난 꼴이었다.

"박 고문과 황 이사는 이익도 나지 않는 회사를 대체 왜 인수한 거죠?"

"내가 알기로는 본격적으로 야동산업에 진출할 생각인 것 같습니다."

"야동산업이요?"

"네. 섹스박람회도 그 전초전 격으로 연 거예요. 다 그들끼리는 단계별 과정이었던 겁니다. 하여간 새로 회사를 차리는 것보단 인수를 하는 편이 낫다는 계산이 섰던 거겠지요."

"그것도 모르고 저는……."

사장의 얼굴을 마주 보기가 힘들었다. 사장은 내 어깨를 두드려주며 오히려 나를 위로했다.

"그래도 박람회가 성공적으로 개최된 덕분에 빚을 갚게 된 겁니다. 윤 과장님 덕이 컸습니다."

집과 회사를 내놓고 어디로 가시려구요? 그걸 물으려는 순간 베란다에 놓여 있는 자전거가 한 대 보였다.

사장은 아직 봉해지지 않은 상자 하나를 들추더니 양주를 꺼내왔다. 터키에서 사온 거라면서 사장이 종이컵에 술을 채

웠다. 얼음도 넣지 않고 스트레이트로 잔을 비웠다. 독한 술기운이 잠자고 있던 신경들을 빠른 속도로 깨웠다. 찌르르르르. 비행장 활주로에 안내등이 켜지듯 식도에 일제히 환한 불이 켜졌다.

나와 사장은 양주 한 병을 빠르게 비웠다. 어느덧 새벽 두 시에 가까워지고 있었다.

사장이 상자를 뒤적거려 노트들을 펴보았다. 짧은 단상 같은 글을 써놓은 것들이었다. 그가 그것들을 다시 내려놓더니 이번에는 사진을 집어들고 들여다보았다. 봄날의 한때, 활짝 피어난 자목련. 사진을 들여다보던 사장의 눈빛이 촉촉이 젖어들었다.

"사장님, 그 사진에 무슨 사연이라도?"

내가 술잔을 채우면서 물었다. 그가 나를 보더니 싱긋 웃었다.

"아내와 결혼하던 날, 심었던 나무예요. 뭔가 기념이 될 만한 일을 하고 싶어서 묘목을 사다가 직접 심었습니다."

"아, 그 나무가 자라서 꽃을 피운 거로군요. 근데 사모님은?"

"죽었습니다."

"……."

"죽기 일주일 전쯤 아내가 말했었지요. 병이 나으면 함께 자전거를 타고 전국일주를 하자고요."

사장이 자신의 지갑을 열어 사진을 꺼내 보여주었다. 진짜로 혼자만 간직한 사진은 따로 있었던 것이다. 눈이 번쩍 뜨일 만큼 미인은 아니었다. 그럼에도 여자의 얼굴은 환히 빛나고 있었다. 얼굴 전체에 퍼진 화사한 웃음 덕분인 것 같았다. 나는 남아 있는 잔을 비우고 다시 베란다에 있는 자전거를 바라보았다.

"우리는 여행 중에 만났습니다. 아내는 여행기를 쓰는 작가였어요. 그때 나도 회사를 그만두고 훌쩍 터키로 떠났었지요. 당시엔 박 고문과 황 이사와 함께 여행사를 했었는데, 아이엠에프 직격탄을 맞아 무척 힘들어졌어요. 그들이 마련한 탈출구는 사채업이었습니다. 나는 고민 끝에 회사를 그만두고 훌쩍 여행을 떠났어요. 그리고 무슨 운명처럼 아내를 만났습니다. 아내의 유럽여행 마지막 코스가 터키였거든요. 나는 아내가 죽고 나서 오랫동안 방황했습니다. 그러다가 아내가 쓴 글들을 읽기 시작했지요. 그녀가 발표한 글들, 그리고 노트에 메모한 글들을 모두 읽어보았습니다. 내가 죽은 아내와 만나는 길은 그것밖에 없었으니까요. 회사에 있던 그 일기장들은 아내가 쓴 것이었습니다. 아내의 글을 읽으면서 결심했고 고심 끝에 남은 돈을 쏟아 부어 차린 게 그 회사였습니다. 아내는 정말로 낭만적으로 살고 싶어했어요. 그래서 더 잘해보고 싶었습니다."

문득 몇 개월 전에 사무실에서 목격했던 장면이 떠올랐다. 무릎을 꿇고 있는 사장과 그 앞에 서 있던 당나귀.

사장이 일어나더니 베란다에서 삽 두 자루와 가방을 들고 왔다. 그리고 덤덤한 말투로 부탁했다.

"윤 과장님, 마지막으로 나를 좀 도와주시겠습니까?"

"네? 무슨 일인데요?"

사장은 내 손에 삽 한 자루를 쥐여주고 현관으로 앞장서 걸어갔다. 자신의 양손에는 삽과 가방을 든 채였다.

거대한 아파트가 마치 공룡처럼 연립주택을 굽어다보고 있었다. 사장의 발길이 멈춘 곳은 몇 미터 앞 연립주택의 작은 화단이었다. 그는 얌전히 가방을 내려놓고 삽을 들었다. 나는 어리둥절해져서 그가 삽질하는 모습을 멀거니 바라보기만 했다. 야심한 달밤에 웬 삽질이람. 이상한 회사에서 이상한 사업으로 삽질을 하다가 재산을 탕진한 것도 모자라서 이젠 집에서까지 삽질을 하다니. 혹시 사장은 미친 게 아닐까.

"윤 과장님, 보고 있지만 말고 도와주세요."

사장이 숨을 몰아쉬며 돌아보았다. 내가 다가가자 사장은 가방을 가리켰다. 가방엔 톱과 랜턴이 들어 있었다. 나는 랜

턴을 켠 뒤, 나무와 흙이 잘 보이도록 돌 위에 올려놓았다. 그리고 나 또한 삽으로 화단의 흙을 퍼내기 시작했다. 비로소 사장의 의도를 알아챌 수 있었다.

"이 목련나무가 바로 그 나무지요. 그런데 이 나무 좀 이상하지 않나요?"

사장이 삽질을 멈추더니 물었다. 나도 삽질을 멈추고 사장의 얼굴과 목련나무를 번갈아 쳐다보았다.

"잘 모르겠는데요."

"한번 잘 살펴보세요."

나는 뿌리를 드러내고 있는 나무를 세심하게 관찰했다. 그러나 뭐가 이상한지 알아내기 힘들었다. 내가 나무 전문가도 아니고 말이다. 사장이 일어나서 손가락으로 이파리를 쥐어보였다.

"이파리가 다른 목련나무들보다 두 배 이상 넓지요. 키는 수령에 비해 너무 작고 가냘프답니다. 목련나무 품종이 스무 종 넘게 있다지만 절대로 이건 품종 때문이 아니에요. 아무리 고민해봐도 답은 저 빌어먹을 아파트 말고는 없어요."

사장이 고갯짓으로 아파트를 가리켰다.

"저 아파트가 들어서면서부터 나무가 햇빛을 받지 못해 자라질 못합니다. 그래서 나무는 해가 짧게 비치는 순간이나마 최대한 빛을 빨아들이기 위해 자신의 이파리를 이처럼 넓게 만든 겁니다. 참으로 눈물 나는 노력 아닙니까. 그 우아한 꽃도 다른 나무들보다 훨씬 늦고 작고 약하게 피웠다가 금세 져버리고 맙니다. 나는 그 연약한 꽃잎을 볼 때마다 활짝 펴보지도 못하고 죽은 아내가 떠올랐습니다. 그래서 떠나기 전에 이 나무를 볕이 많이 드는 곳으로 옮겨주려는 겁니다."

어떤 의문 하나가, 달빛이 사금파리를 비추듯 반짝 스쳐갔다. 나는 삽을 드는 대신 사장에게 질문을 던졌다.

"하지만 사장님, 여기 화단의 다른 나무들은요? 다른 나무들은 어떻게 합니까? 다 똑같이 햇빛을 못 보잖습니까?"

사장이 삽질을 멈추고 고개를 돌렸다. 그의 하얀 치아가 희미하게 보였다.

"다른 나무들한테 미안하지요. 하지만 어떻게 합니까? 내가 온 세상을 다 구원할 순 없잖습니까? 난 이 목련나무 하나라도 구해야겠습니다."

사장은 다시 삽질을 시작했다. 나는 멈춰 선 채 그 광경을 내려다보았다. 사장의 등이 어두워졌다가 다시 희미하게 드러나길 반복했다. 그의 불규칙적인 숨소리가 어둠의 적막을 들라크루아의 붓질처럼 채워나갔다. 낭만엑스포를 주장하던 사장, 박철순을 좋아하던 사장, 그리고 아내와 자전거여행을

떠나려 했던 사장. 내게는 달밤에 열심히 삽질을 하는 지금의
모습이 가장 기억에 남을 것 같았다. 그의 마지막 말이 내 가
슴 어디쯤엔가 깊숙이 뿌리를 내렸다. 언젠가 그 뿌리가 나무
로 자라나서 나만의 목련꽃으로 피어날 수 있을까. 나는 삽자
루를 단단히 쥐고 흙을 퍼내기 시작했다.

그날 새벽, 사장과 나는 목련나무를 동네 공원의 양지 바
른 화단에 옮겨 심었다. 그것이 나와 사장의 마지막 이벤트
였다.

25

나는 회사를 그만두었다. 사장을 만난 다음 주 월요일이었다. 사직서를 받아 서랍에 넣은 황 사장이 내게 뜻밖의 제안을 했다.

"우리가 조만간 영화산업에 진출할 예정이에요. 그래서 윤 과장님에게 한 가지 도움을 청하고 싶은데요."

"제가 도와드릴 일이 있을까요?"

황 사장이 만면에 웃음을 지으면서 고개를 끄덕였다.

"윤 과장이 작성한 연애상담 글들을 주욱 읽어봤어요. 글솜씨가 보통이 아니더라구. 특히 불륜 알리바이는 지어낸 이야기들이 어떻게나 그럴듯한지 내가 그 사람들 아내라도 다 속아 넘어가겠더라구."

"감사합니다만 이제 그 일은……."

"아, 부탁할 건 다른 일이에요. 뭐 짐작했을지도 모르겠지만 곧 저가 성인영화들을 제작할 계획입니다. 우리는 고객의 니즈를 충족시킬 수 있는 질 좋은 작품으로 승부를 볼 겁니다. 메이드 인 재팬에 뒤지지 않는, 스토리가 있는 그런 영화들을 만들기로 결심을 굳혔습니다. 아무리 떡치는 게 좋다고 해도 그렇지, 미국 아이들처럼 처음부터 들입다 그 짓만 해대면 그게 무슨 재밉니까? 사람이 말이야, 뭔가 분위기도 좀 띄우고 스릴도 있고, 줄 듯 말 듯 긴장도 시키고 그러다가 뭔가 좀 해괴한 장소에서 기구도 써가면서 하기도 하고 말이야. 그래야 더 재미도 있고 짜릿한 거지, 안 그렇습니까?"

"그래서 제가 할 일이라는 게 어떤 건가요?"

"그, 시나리오를 좀 부탁하려구요. 이참에 우리 전속 시나리오 작가로 계약을 하시는 게 어떻습니까? 우리가 뭐 영화 쪽에 믿을 만한 사람을 알고 있지도 않고 말입니다. 소개받은 감독과 만나봤는데, 자기가 직접 대본까지 쓰고 싶진 않다고 딱 부러지게 거절을 하더라구요. 그래서 고심 끝에 윤 과장님에게 제안을 드리는 겁니다. 그 이야기 만드는 재능을 그냥 썩힐 수는 없잖아요? 어떻습니까? 어차피 윤 과장님 나이도 있고 한데 뭔가 안정적인 수입이 필요할 거 아닙니까."

나도 모르게 안도의 한숨이 새나왔다. 퇴직 이후 어디에서 수입을 얻을지 막막했던 게 사실이니까. 나는 내 심리를 들키지 않기 위해 짐짓 꺼칫한 표정을 지었다. 늑대를 피하려다 호랑이를 만난다더니 불륜 알리바이를 그만두고 이젠 야동 시나리오를 쓰게 생겼군. 웃어야 하나, 울어야 하나? 내가 자신의 부탁을 들어주길, 황 사장이 진정으로 바라고 있다는 것만은 확실했다. 어차피 생계를 해결하는 일일 뿐이다. 그리고 일을 해야만 먹고살며 후일을 도모할 수 있다.

"대신 계약금과 고료는 선불로 주십시오."

"하하, 제가 고문님을 설득해서 섭섭하지 않게 해드리겠습니다. 이젠 동업자가 된 거로군요."

그는 내게 반말을 쓰고 있지 않았다. 이것도 프로정신인가? 내가 일어나서 꾸벅 인사를 했지만 황 사장은 받지 않았다. 그의 입술이 달싹거리다가 마는 것을 나는 놓치지 않았다.

"더 하실 말씀이라도……."

"아, 별건 아닙니다. 그냥 윤 과장, 아니 이제부턴 윤 작가라고 불러야겠군. 이것만은 기억해주었으면 싶습니다."

"뭘 말씀이신지?"

"어쨌든 윤 작가가 돈을 벌어서 먹고살도록 해주는 건 바로 나라는 것 말입니다. 강 사장 같은 사람들이 아니라."

그가 보기 싫은 매부리코를 살짝 치켜들었다. 나는 오만해 보이는 그의 눈과 코 중간쯤에 시선을 풀어두었다.

"고맙습니다. 그런데 솔직히 그래서, 그걸 모르지 않기 때문에 더 화가 납니다."

우리는 불꽃을 마주 들고 서 있는 사람들처럼 한순간 서로를 잡아먹을 듯이 노려보았다. 결국 나는 그동안 꾹꾹 눌러두고 있던 의심을 발설하고야 말았다.

"그러니까 행사 첫날 이벤트를 엉망으로 만든 것도 계획적인 거였죠? 노이즈마케팅으로 언론의 관심을 끌기 위해 일부러 사람들, 그 A물산실업 사태에 개입한 구사대 용역을 끌어들여 단상을 점거하고 충돌하게 만든 거지요?"

나는 단도직입적으로 찔러보았다. 황 이사는 내 눈길을 피했다. 하지만 이내 득의만만하게 웃으며 고개를 들었다.

"눈치가 전혀 없진 않군. 어쩔 수 없었네. 어떻게든 입소문을 타게 해야 했으니까. 사고가 나고 약간의 불상사가 나더라도 언론에 보도만 되면 그것만큼 더 좋은 일도 없었으니까. 다행히 처음에 의도했던 것보다도 훨씬 더 성공적이었어. 그야말로 히트를 친 거지."

나는 기가 차서 웃을 수조차 없었다. 화가 치밀어 올라 그대로 넘길 수가 없었다.

"저는 하마터면 뇌진탕으로 크게 다칠 뻔했습니다. 그리고 그곳에 있던 다른 사람들, 시위대들도 다 잘못하다가 다칠 뻔했습니다. 그러다 누가 죽기라도 했으면 어쩔 뻔했습니까? 이익만 거두면 누가 다치거나 죽거나 아무런 상관이 없는 겁니까?"

내 목소리는 악에 받쳐 있었다. 나도 모르게 소리를 질러대고 있었지만 그럴수록 황 이사의 태도는 평온해졌다. 언젠가 술집에서 사장과 말다툼할 때의 그처럼 얼음장 같은 냉정을 유지하고 있었다.

"어쨌든 아무도 크게 다친 사람은 없잖나? 그저 몇 명 경범 죄로 잡히고 약간 다쳤을 뿐이잖아. 박람회는 기대 이상으로 성공했고, 또 자네도 새로운 일까지 맡게 되었고, 그거면 모두 다 잘된 거 아닌가? 그야말로 작전 성공이지 않나."

황 이사가 안색을 바꾸지 않고 말했다. 그의 얼굴에 옅은 비웃음까지 떠올랐다가 사라졌다.

"사실 힌트는 윤 과장, 아니 윤 작가 자네가 내게 해준 말이었어. 자네 입으로 그랬잖나. 시끄럽게 만들라고 말이야. 나는 박 고문님과 의논해서 그 아이디어를 실행했을 뿐이지."

나도 모르게 한숨이 새나왔다. 마치 서로 다른 언어로 이야기하는 기분이었다. 허탈해져 더 할 말조차 떠오르지 않았다. 대신 황 이사가 생각난 듯 입을 열었다. 어느덧 그는 다시 존댓말을 쓰고 있었다.

"아 참, 그거 알아요?"

"뭘요?"

"윤 과장은 보기보다 근성이 있더군요. 앞으로 그걸 잘 살리시기 바랍니다."

내 근성을 인정해주는 최초의 인간이 황 사장이라는 사실에도 화가 났다. 나는 형식적인 인사만 던지고 그 자리를 벗어났다.

김 과장이 퇴사하기 위해 물품을 정리하는 나를 부러운 눈으로 바라보았다.

"야, 한편으론 네가 부럽다."

"무슨 소리야? 나야 솔로니까 그런 거지. 어떻게든 꿋꿋하게 버티면 해 뜰 날 있을 거다."

그날 밤, 김 과장과 오 대리와 함께 마지막 술자리를 가졌다. 김 과장은 회사에 남기로 한 상태였다. 어쨌든 그에게는 딸린 자식과 아내가 있었다. 오 대리는 사직서를 썼다. 결혼을 하고 연극 무대로 돌아갈 거라고 했다.

"오 대리, 내가 실망 많이 시켜서 미안했어."

나는 오 대리에게 사과를 하며 악수를 건넸다.

"아니에요. 과장님 마음 저도 알아요."

오 대리가 웃으면서 가볍게 나를 안아주었다. 우리는 자정이 넘을 때까지 술을 마셨다. 노래방을 나와 호프집에서 마지막 술잔을 기울일 땐, 사장과의 지난 시간을 회고라도 하는지 모두 먹먹해져 말이 없었다. 그렇게 인생의 한 골목 외진 귀퉁이에서 우리는 각자의 길로 흩어져 갔다. 함께했던 추억을 가슴에 간직한 채.

김 과장과 오 대리를 먼저 보내고 실내 포장마차에서 잔치국수를 먹었다. 얼큰한 국물을 들이켜는데, 누군가가 술잔을 건넸다. 아직도 이런 낭만취객이 있다니. 아니, 혹시…… 반신반의하며 고개를 들자 역시 그 노인이 앉아 있었다. 참으로 술도 세고 잠도 없는데다 더듬이도 끝내주고 정정하기까지 한 노인이었다.

  "보아하니 생각대로 사람들이 잘 포섭되진 않았나 보던데……"

  노인이 의뭉스런 어조로 말했다. 그저 헛웃음만 나왔다. 대답 없이 잔을 비우고 넘겼다. 노인에게 술을 따라주자 그가 얌전히 받았다.

  "내년에도 그 박람회가 뭔가를 또 한다고 했다지? 음, 그렇게 해서 사람들의 혼을 쏙 빼놓고 혼란을 유발한 뒤, 뒤편에선 빨갱이 짓을 해댈 속셈이겠지."

  "저, 그만뒀습니다."

  포장마차 주인에게 새 잔을 받아 술을 따르며 말했다.

  "그만두다니?"

  "회사 그만뒀다구요."

  "흥, 그럼 본격적으로 혁명인지 뭔지를 위해서 공작을 벌이고 다닐 속셈이로군. 내가 가만둘 것 같은가? 다른 사람 눈은 속여도 내 눈은 못 속이네."

나는 눈을 흡뜨고 노인을 노려보았다. 노인이 뒤로 슬그머니 몸을 뺐다. 의심스런 눈매만은 여전히 숨기지 않고서였다.

"영감님이나 나나 결국엔 다 소모품일 뿐이에요. 재미는 다른 사람들이 보고, 우린 그냥 그런 존재라구요."

"흥, 난 자네와 달라. 내겐 해야 할 사명이 있거든."

"그게 뭔데요?"

"단 한 명이라도 더 불순분자를 색출해내는 것, 그게 내 사명이지."

노인의 더없이 진지한 태도에 절로 쓴웃음이 나왔다. 나는 앞에 있는 잔을 홀짝 비우고 일어섰다.

"어딜 가나? 한잔 더 하면서 자네가 말하는 그 혁명에 대해 이야기해봐야지."

"됐습니다. 어르신 혼자 많이 연구하세요."

노인이 나를 따라 실내 포장마차 밖으로 나왔다. 금방이라도 한잔 더 하자며 달려들 기세였다. 나는 노인을 밀치고 도로쪽으로 걸어갔다. 힐끗 뒤를 돌아보았다. 그때까지도 노인은 의심과 아쉬움이 반반씩 섞인 눈빛을 보내고 있었다. 이윽고 그가 고개를 돌리더니 다시 포장마차 안으로 들어갔다. 나는 잠깐 서 있다가 가방 지퍼를 열었다. 손에 여성용 바이브레이터가 잡혔다. 그것을 쥐고 노인에게로 성큼성큼 걸어갔다.

"선물입니다. 소모품이지요. 여기에도 무슨 음모가 있는지
연구해보시든가요."

나는 탁자 위에 그것을 내려놓았다. 여성용 바이브레이터
가 포장마차의 전등불빛을 반사시켰다. 포장마차 주인이 조
마조마한 눈빛으로 나와 노인을 번갈아 보았다. 노인은 나를
노려보기만 할 뿐 일어서진 않았다. 나는 그대로 등을 돌려
그곳을 빠져나왔다.

26

미진과는 가끔 만나 시간을 보냈다. 이따금은 그녀 집으로 가서 집안일을 돕고 아이들과 놀아주기도 했다. 아이들은 나를 잘 따랐고, 그런 나와 아이들의 노는 모습을 미진은 반은 쓸쓸하고 반은 흐뭇한 미소로 바라보았다.

야동 시나리오도 쓰지 않고 미진도 만나지 않고 약속도 없는 날이면 나는 책을 읽었다. 읽다가 만 책이 아니라 그냥 책들이었다. 굳이 읽다가 만 책만 고집할 이유가 없다는 깨달음이 들었기 때문이다. 읽다가 만 책은 읽다가 만 그대로 두는 것도 괜찮았다. 가장 마지막으로 읽은 '읽다가 만 책'은 찰스 부코스키의 《팩토텀》이었다. 찰스 부코스키의 소설들도 대부분 자유와 낭만에 대한 이야기라는 점에서 조르바적인 데가 있었다. 다만 카잔차키스가 지적이라면 부코스키는 훨씬 더 마초적이고 반항적이며 퇴폐적인 느낌이랄까. 둘의 묘비명도 다른 듯하면서 어딘가 비슷했다. 크레타 섬에 있는 카잔차키스의 묘비명 마지막 줄엔 "나는 자유다"라고 씌어 있고, 찰스 부코스키의 묘비명엔 "하려고 하지 마라(Don't try)"고 적혀 있다고 했다. 하려고 하지 말라니……. 그건 "그냥 냅둬유(Let it be)"보다 훨씬 더 적극적인 무의지가 아닐까. 그리고 적극적인 무의지에 대한 의지야말로 역설적으로 가장 강력한 의지가 아닐까. 나는 마지막까지 다 읽은 《팩토텀》의 첫 문장을 음미해보았다.

새벽 다섯 시, 나는 비 내리는 뉴올리언스에 도착했다. 잠시 버스터미널에서 멍하니 앉아 있었지만 사람들의 무거운 시선을 더는 견디기 힘들어 여행가방을 집어들고 빗속으로 나서 무작정 걷기 시작했다. 어느 쪽으로 가야 묵을 만한 곳이 나올지, 허름한 곳은 어느 쪽에 있는지 알 길이 없었다.•

나는 책을 책장의 왼편에서 오른편으로 옮겨놓았다. 어떤 막막한 감정이 들었다. 나는 뉴올리언스의 비 내리는 버스터미널이 아니라 서울 변두리의 허름한 원룸에 혼자 있었다. 나역시 어디로 가야 할지 모르기는 마찬가지였다. 눈을 들어 창을 내다보았다. 밤하늘은 구름 한 점 없이 투명했지만 내 마음에는 어느덧 비가 내리고 있었다. 삶의 길을 잃어버린 자의 비애. 불현듯 조르바처럼, 헨리 치나스키처럼 살고 싶다는 막연한 욕망이 느껴졌다. 그러나 어떻게 사는 게 그렇게 사는

• 《팩토텀》, 찰스 부코스키 지음, 석기용 옮김, 문학동네, 2007.

건지 알 수 없었다. 그냥 막 사는 것이 그런 삶이 아닌 것만은 분명했다. 그들은 막 산 게 아니라 치열하게 살아갔다. 그 치열함을 진지함으로 포장하지도 않았고, 남들과 다른 길을 가면서도 흔들리지 않았다. 사장의 마지막 말이 떠올랐다. 난 이 목련나무 하나라도 구해야겠습니다.

내게 있어 하나의 목련나무는 무엇일까.

열병이라도 찾아온 듯 몸이 뜨거워졌다. 어떤 강렬한 열망이 배꼽 아래에서부터 열기로 승화해 올라오고 있었다. 나는 그 열기의 정체가 무엇인지 비로소 깨달았다. 글을 쓰고 싶은 열망. 먹고살기 위해 써야 하는 '야동' 시나리오나 성공하기 위한 시나리오, 남들에게 폼을 잡기 위해 쓰는 글이 아닌 그냥 내 글.

나는 어느새 책상에 앉아 글을 끼적이기 시작했다. 이렇듯 순수한 마음으로 글을 썼던 건 대학시절 이후 처음이었다. 마치 먼 여행길을 돌고 돌아 고향에 도착한 기분마저 들었다. 쓰는 동안 또한 나는 깨달을 수 있었다. 내가 쓰고 싶었던 건 시나리오가 아니라 소설이었음을. 내가 정말 존경했던 작가들은 한결같이 소설가였음을. 내가 소설가가 될 수 있을 거라 장담할 수는 없을 것이다. 그러나 이제부턴 두려워하지 않고 한 걸음씩 묵묵히 걸어갈 작정이었다. 예전처럼 쉽게 포기하지 않겠다는 다짐만은 그 어느 때보다 확고하고 강렬했다. 이젠 야동 시나리오를 그만두고 다른 아르바이트를 찾아볼 때인 것 같았다.

누군가 연달아 누르는 벨 소리에 잠에서 깨어났다. 노트북에 글을 써내려가다가 잠깐 눈만 붙인다는 게 깜박 잠이 든 모양이었다. 창밖엔 어둠이 깔려 있었다. 시계를 보니 새벽 시간이었다. 이 시간에 누가 찾아왔나? 나는 귀를 의심하며 어기적어기적 현관으로 갔다.

"누구세요?"

밖에선 아무런 대답이 없었다. 나는 살짝 경계심을 갖고 현관문을 열었다. 복도에는 아무도 없었다. 대신 문이 열리면서 문틈에 끼어 있던 작은 엽서 하나가 펄럭거리면서 떨어져 내렸다. 나는 떨어진 엽서를 집어들어 읽었다.

가칭 '낭만당' 창당 추진을 위한 첫 발기인 모임을 아래와 같이 개최합니다.

일시 : 10월 ○○일 저녁 6시

장소 : ○○구청 뒤 낭만호프(○○구청역 7번 출구로 나와 도보 100미터)

엽서에 씌어 있는 내용은 그게 다였다. 뒷면을 펼치자 자전거 옆에 서 있는 한 남자의 사진이 나타났다. 어디인지 알 수 없는 끝없는 코스모스 길 위에서 자전거 헬멧과 복장을 차려입은 사장이 손가락으로 브이자를 그려 보이며 환한 웃음을 짓고 있었다. 나는 급하게 계단을 내려가 집 앞 골목으로 가보았다. 인기척 없는 골목에 가로등만 휑뎅그렁하게 서 있었다. 나는 엽서를 다시 들고 읽어보았다. ○월 ○일 저녁이라면 아직 한 달 가까이 남아 있었다. 그곳에 갈지 말지 결정할 시간은 충분했다. 그때쯤이면 나 또한 나만의 목련나무를 꽃피우기 위해 분투하고 있겠지. 나는 그렇게 되기를 기도하며 새벽의 골목을 바라보았다. 사장과 함께 옮겨 심은 목련나무가 떠올랐다. 이젠 마음껏 햇빛을 받으며 봄마다 더욱 아름다운 꽃을 피울 수 있겠지. 삽상한 바람이 골목에 늘어선 나무의 이파리를 살랑살랑 흔들고 지나갔다. 어느새 가을이 저만치 다가와 있었다. 어디선가 세레나데의 선율이라도 들려올 것 같았다. 하늘에선 밝은 달빛이 쏟아져 내렸다. 검푸른 새벽하늘 한쪽에서 작은 샛별 하나가 희미하게 깜박거렸다. 저 별들처럼 너 역시 우주에서 유일한 존재라는 걸 잊지 말거라. 그래서 소중하다는 것도. 까마득한 은하계 저편 어딘가에서 그런 목소리가 들려왔다. 나는 고개를 끄덕이며 써야 할 소설의 첫 대목을 떠올려보았다. 무언가를 결심하기엔 썩 괜찮은, 그럭저럭 낭만적인 밤이었다.

작가의 말

소설을 구상하던 몇 년 전 봄날이 떠오릅니다. 천지간에 봄꽃이 화사하게 피어나던 그날, 첫 만남의 감정은 설렘과 떨림이었습니다. 즐거움은 오래가지 않았습니다. 벼락같이 초고를 끝낸 뒤부터는 한숨을 쉬다 못해 한탄했던 적도 있습니다. 기쁨과 보람도 있었지만 아쉬움과 불안으로 고개를 떨궜던 적이 더 많았습니다. 그 짧은 순간의 설렘과 떨림의 기억이 없었다면 아마 여기까지 오지도 못했을 것입니다. 그래서인지 막상 소설을 세상에 내보내려니 마치 이루지 못한 사랑을 떠나보내는 기분입니다.

나는 이 소설로 '변화'가 아닌 '변질'이나 '변절'에 대해 말하고 싶었습니다. 우리 시대에 열정이 탐욕으로, 낭만이 포르노그래피로 어떻게 변질되는지에 대해 경쾌하지만 가볍지는 않은 이야기를 하고 싶었습니다. 초고 이후에 이런저런 삽화들이 빠지거나 추가되고 이야기의 줄기가 다소 바뀌었지만 처음의 작의만큼은 끝까지 유지했습니다. 완성한 뒤 출판사를 만나기까진 결코 짧지 않은 시간이 흘렀습니다. 한국문화예술위원회 아르코창작기금에 선정되지 못했다면 더 많은 시간을 보내야 했을 것입니다. 고마운 마음을 전합니다. 출간에 도움을 준 폭스코너의 윤혜준 대표, 구본근 편집장에게도 감사드립니다.

소설은 세상과 타인에게 말을 거는 나의 유일한 도구입니다. 그래서 더디고 힘든 이 걸음을 앞으로도 멈추진 못할 것 같습니다. 지난해 초겨울 한 그루 나무처럼 조용히 세상에 머물다 가신 나의 아버지, 당신에게 부끄러운 작품을 바칩니다.

2019년 6월
은승완

낭만컨설팅

1판 1쇄 발행 2019년 7월 22일

지은이 은승완
펴낸이 윤혜준 | 편집장 구본근 | 고문 손달진 | 디자인 오필민디자인

펴낸곳 도서출판 폭스코너 | 출판등록 제2015-000059호(2015년 3월 11일)
주소 서울시 마포구 월드컵북로 400 문화콘텐츠센터 5층 15호(우 03925)
전화 02-3291-3397 | 팩스 02-3291-3338 | 이메일 foxcorner15@naver.com
페이스북 www.facebook.com/foxcorner15
블로그 https://blog.naver.com/foxcorner15

종이 광명지업(주) | 인쇄 수이북스 | 제본 국일문화사

ⓒ은승완, 2019

ISBN 979-11-87514-24-4 03810

· 이 책은 한국문화예술위원회의 2018년 '아르코 창작기금'에 선정되어 출간하는 작품입니다.
· 이 책의 전부 또는 일부 내용을 재사용하려면 저작권자와 도서출판 폭스코너의 사전 동의를 받아야 합니다.
· 잘못된 책은 구입하신 서점에서 바꾸어드립니다.
· 책값은 뒤표지에 표시되어 있습니다.
· 이 도서의 국립중앙도서관 출판예정도서목록(CIP)은 서지정보유통지원시스템 홈페이지(http://seoji.nl.go.kr)와 국가자료공동목록시스템(http://www.nl.go.kr/kolisnet)에서 이용하실 수 있습니다.(CIP제어번호 : CIP2019024049)